KB275065

나는 서투른 삶의 조각가

김상환 수필집

도서출판 지식나무

책을 내면서

　오랜 망설임 끝에 책을 출간하기로 했다. 지금까지 세 권의 책을 출간했으니, 더 이상 책을 내지 않을 생각이었다. 한국 문단을 대표하는 거장의 작품도 읽지 않는데 문단 말석에 있는 사람의 글을 읽어 줄 리 만무하기 때문이다. 그렇지만 작가가 아무도 읽어주지 않는 글을 계속 쓰는 것은, 농부가 애써 키운 농작물이 제값을 받을 수 없어 갈아엎고도, 다시 씨앗을 뿌리고 가꾸는 심정과 같다고 할 수 있다.

　글 한 편을 쓰려면 몇 날 며칠 고심하고 온갖 노력을 기울여야 한다. 흔히 글을 쓴다는 것은 뼈를 깎고 피를 말리는 작업이라고 하거나, 출산의 고통에 비유하기도 한다. 이렇게 힘들게 쓴 글들을 차마 모두 다 버릴 수가 없었다.

　내가 처음 글쓰기를 시작한 것은 작가가 되기 위해서가 아니었다. 지금까지 살아오면서 누구에게도 말하지 못하고 가슴속에 묻어두었던 응어리들을 풀어내고 싶어서였다. 그렇게 시작한 글쓰기가 20년 동안 계속되다 보니 이제는 일상이 되어버렸다.

　특히 수필은 자기 고백적 문학이기 때문에 인생의 고백이

자 성찰이 될 수밖에 없다. 처음 글쓰기를 시작하면서 가난하고 힘들게 살아온 초라한 과거사가 자랑이 될 수 없으므로 큰 용기가 필요했다.

미국의 억만장자 빌 게이츠는 "가난하게 태어난 것은 당신의 잘못이 아니지만, 가난하게 죽는 것은 당신 잘못이다."라고 했다. 이 말처럼 가난하고 힘들게 살아온 것이 내 잘못도 부끄러워할 일도 아니라고 스스로 위로하고 싶었다. 슬프고 힘들 때 펑펑 울고 나면 마음이 편안해지듯이, 아픔 또한 감출수록 상처가 깊어지고 과감하게 드러내면 치유될 것이라고 생각했다. 그런 연유에서 과거의 아픔을 치유하고 척박한 내 삶의 땅에 풀꽃 한 송이 피워 올리고 싶은 심정으로 열심히 썼다.

하지만 막상 책을 출간하려니 이런 자질구레한 내용을 읽어줄 사람이 있을까? 하는 생각에 오랫동안 망설였다. 더욱이 요즘 출판물은 넘쳐나는데 읽는 사람은 별로 없다고 한다. 특히 긴 글은 잘 읽지 않는다고 하기에 조금이나마 지루함을 덜어주기 위해 짧은 수필을 끼워 엮어 봤다. 아직 많이 부족한 글이지만 누군가의 마음에 작은 울림을 줄 수 있기를 바란다.

2025년 김상환(동백)

※ 문단에 나와 같은 이름이 여러 명 있어 '동백'이라는 표시를 하고 있다.

목차

제1부 (문학상 수상작 모음)

바람과 바람

새 한 마리가 유유히 날아가고 있다. 날갯짓도 하지 않고 양쪽 날개를 활짝 펴고 평온하게 난다. 역풍이 불거나 바람이 심하게 몰아친다면 저렇게 평화로이 날 수가 없다. 바람이 부는 방향과 목적지가 같아야만 저와 같이 날 수 있다.

우리 인생도 세상의 바람을 잘 타야 한하는데, 나는 우리나라가 일본으로부터 해방되던 바로 다음 해에 극심한 혼란기에 태어났다. 여기에 더하여 아직 말도 다 배우기 전에 아버지마저 세상을 떠나셨다. 바로 그다음 해 1950년 6월 25일 일요일 새벽 4시에 북한군이 암호명 폭풍 224라는 이름으로 남침했다. 전쟁으로 인한 사회적 회오리바람 속에서 두엄 냄새가 진동하는 시골에 배고픈 유년 시절을 보냈다.

한창 꿈에 부풀어 있어야 할 나이에 출구가 보이지 않는 피폐한 현실에서 벗어나기 위해 20대에 가출을 결심했다. 한 번도 창공을 날아보지 못한 새가 두려움을 무릅쓰고 둥지를 떠나듯 내 삶을 새롭게 바꿀 미지의 세계를 찾아 떠나는 모험을 단행했다. 부스럼 딱지처럼 덕지덕지 붙은 가난의 딱지를 떼어버리기 위해서는 다른 방법이 없었다.

그렇게 도착한 도시의 바람은 생각보다 훨씬 매서웠다. 우물 안 개구리가 넓은 바다로 뛰쳐나온 격으로, 시골에 갇혀 살다가 모진 세파를 온몸으로 받으며 매섭고 짠맛을 봐야 했다. 슬퍼도 눈물을 흘리지 않고 소리 없이 우는 법을 터득하고, 밥을 굶어도 어깨를 펴고 살아가는 훈련을 했다.

아무도 돌봐 주지 않는 잡초의 생존 전략을 익혀가며 근근이 모은 돈으로 스물일곱 살에 방문 판매사업을 시작했다. 세상의 바람을 잘 만나 2년 만에 대지 42평의 주택을 장만할 수 있었다. 객지에 나와 밥만 굶지 않아도 성공했다고 생각하던 그 시절에 이십 대에 방이 다섯 개나 되는 내 집까지 장만하자 주변 사람들에게 부러움의 대상이 됐다.

사업에 대한 자신감이 생기자 남이 만들어 놓은 상품만 판매하는 것에 만족하지 않고, 내 힘으로 우수한 제품을 개발하여 보람과 가치를 느끼고 싶었다. 생각이 여기에 미치자 마음속 깊은 곳에서 새로운 바람이 일어났다. 하지만 세상일이 마음먹은 대로 되는 게 아니었다. 바람 따라 눕고 바람 따라 일어서는 풀잎처럼, 나 또한 세상의 바람에 따라 쓰러졌다가 일어서기를 반복했다. 지나고 보니 나의 실패는 뱃사공과 같은 지혜와 경험이 부족한 탓이었다.

우리 인생에서 일이 잘 풀리면 순풍, 예측하지 못한 상황을 만나면 역풍이라고들 한다. 그렇지만 어떠한 경우에도 바람만을 탓할 수가 없다. 바다의 푸른 물결을 가르고 가는 돛단배가 그 이유를 말해준다.

사공은 자신의 힘으로 바람의 방향을 바꿀 수 없다는 것을 안다. 그래서 힘으로 맞서지 않고 지혜로 싸운다. 만약 역풍을 활용하려 하지 않고 바람을 피하기만 한다면 돛단배는 목표를 향해 나갈 수가 없다. 바람의 종류에 따라 돛을 펴거나 접으며, 보조 돛을 사용하여 선체(船體)의 무게중심과 각도를 잡는 방법으로 역풍을 활용하여 앞으로 나간다. 이처럼 바람의 방향과 목적지가 달라도 상관없이 상대의 힘을 활용하여 목적지를 향해 앞으로 나가면서 콧노래까지 부른다. 이런 사공의 모습이 바로 삶의 교과서라 할 수 있다. 그런데 나에게는 그런 지혜와 요령이 부족하여 오랜 세월 고달픈 삶을 살아야만 했다.

이제 노년의 문턱을 넘어서 지나온 삶을 뒤돌아보니 바람은 하늘에서만 부는 것이 아니었다. 내 안에 이는 바람이 헤어나올 수 없는 생각의 바다로 이끌 때가 많았다. 밖에서 부는 바람은 피할 수 있어도 내 안에서 부는 바람 앞에서는 속수무책이었다. 그러니 내 안에서 부는 바람이 미래를 결정한다고 해도 과언이 아니다. 자신의 마음속에 뿌리내리고 있는 가치관과 원칙에 따라 새로운 바람을 일으키고 미래가 결정되기 때문이다.

인생에서 본인의 의지와는 상관없이 누구에게나 바람이 분다. 평생 순풍만 부는 삶도 없고, 역풍만 부는 인생도 없다. 또 어떤 바람도 지나가게 되고 언젠가는 멈추게 된다. 하지만 세상의 바람은 방향도 강도도 예측하기 어렵다. 무거운 짐을 짊어지고 가파른 언덕길을 오르고 있을 때 맞바람까지

불어서 숨조차 쉴 수 없을 때가 있는가 하면, 정반대로 바람이 뒤에서 세차게 밀어주는 역할을 해줄 때도 있다. 그래서 세상의 바람을 잘 만나면 우리는 이것을 행운이라 하고, 뜻밖에 아주 놀라운 결과를 낳으면 기적이라고 한다. 나는 사업을 할 때 두 차례나 바람을 잘 만나 동일업체에서 대박 돌풍을 일으켰던 경험이 있다. 하지만 이 또한 잠시 스쳐 지나가는 현상일 뿐이다.

누구나 순풍을 만나 순탄한 삶을 살아가기를 원한다. 세상의 바람을 잘 타서 새나 연처럼 높이 날아오르기를 소망한다. 그런데 나는 바람의 흐름을 분석하는 지혜도, 바람을 다루는 재능도 없었다. 다만 참고 견디는 것 하나로 겨우 버티었다. 어린 시절부터 세상의 거친 바람과 수많은 장애물에 부딪쳐 왔던 경험들이 밑거름이 되어 그나마 견딜 수가 있었다. 여기에 더하여 그 어떤 바람에도 흔들리지 않는 가족이라는 뿌리의 힘까지 보태어져 최소한의 삶의 터전을 지킬 수 있었다.

자연의 바람은 나뭇가지를 흔들고 인생 항로에 부는 바람은 우리의 삶을 흔든다. 자연의 바람은 나무를 강하게 만들고 인생 항로에 부는 바람은 사람을 더 강하게 만든다. 초목이 거친 비바람에 시달리면서도 꽃을 피우고 열매를 맺듯이 우리의 삶도 수많은 시련을 통해서 성숙한다고 할 수 있다.

파도치지 않는 바다가 없듯이 위험이 존재하지 않은 인생도 없다. 그 수많은 고비를 무사히 넘겨온 것에 대해 감사하며 지난날 힘들게 살아온 만큼 이제는 즐기면서 살아갈까 한다.

　　손을 들어 바람을 잡아본다. 손가락 사이로 빠져나가는 바람처럼, 내 인생도 부질없는 일로 허송했던 시간이 많았다. 그렇지만 바람은 마른 잎 하나라도 건드리고 가지, 그냥 지나가는 법이 없다. 마찬가지로 내 인생도 시간을 헛되이 낭비한 것이 아니라 실패가 밑거름이 되기도 하고, 한때 침체기가 있었을 뿐이라고 스스로를 위로한다.

　　바람은 그 어디에도 얽매이지 않고 자유롭다. 세상 구석구석 찾아다니며 온갖 사물을 흔들어 보고 뒤집어도 보고 밀쳐도 본다. 나도 이제 노년의 문턱을 넘어섰으니 살랑살랑 부는 바람처럼 매일매일 소풍하듯 살아가고자 한다.

（2016년 11월 20일）

≪에세이 21≫ 2017년 여름호
≪창작 산맥≫ 2024년 겨울호

동전과 노년의 삶

KT&G 복지재단으로부터 문학상 수상자로 선정되었다는 전화를 받았다. 2개월 전 문우의 권고로 응모한 후 그 사실도 잊고 있었는데 뜻밖의 일이다. 요즘 문학상을 수상한 작품들은 대부분 난해한 시(詩)들이다. 그런데 나는 이해하기 쉽고 깊이 있는 글이 좋은 시라는 지도 교수님의 가르침대로 쓰려고 노력했다. 그래서 내 글이 뽑힐 것이라고 기대하지 않았는데 천 편이 넘은 응모작품 중에서 최우수상으로 뽑히는 꿈같은 일이 일어났다.

이번에 당선된 시는 파고다 공원 앞을 지나가다가 길바닥에 떨어져 있는 10원짜리 동전을 주워들고 그 느낌을 옮겨 적은 글이다. 10원짜리 동전은 내가 육군에 입대하던 1966년에 발행되었다. 당시 라면값이 10원, 시내버스 요금은 8원이었고, 파고다 담배 가격은 50원이었다. 그 시절 담배 4갑이면 강남에 땅 한 평을 살 수 있을 정도로 고급 담배였으며 부의 상징이었다.

이와 같은 일련의 일들을 반백 년의 세월 동안 모두 잊고 있었는데 땟국 묻은 10원짜리 동전이 지난날의 기억을 흔들어 깨웠다. 동전을 주워들고 무심코 공원 쪽을 보니 어느 한 노인이 홀로 서서 텅~빈 하늘만 멍하니 바라보고 있었다. 어디서 본듯한 모습이기에 가까이 다가가 보니 뜻밖에도 지난날 발명 진흥회의 추천으로 이태리 밀라노에서 열리는 '마제프 국제 박람회'에 함께 참가했던 분이다. 9년 만에 만나 반가운 마음에 근황을 물었더니 그는 사업을 아들에게 물려주고 무미건조한 나날을 보내고 있다 했다. 지루한 일상 속에 무료함을 달래기 위해, 가끔 젊은 시절 이웃집 드나들듯 했던 세운상가를 둘러본 후 이곳 공원에서 시간을 보낸다며 풀이 죽은 목소리로 말했다, 이처럼 탑골공원에는 10원짜리 동전처럼 가정과 사회로부터 소외된 노인들이 모여서 담소를 나누는 곳이다. 지난날 파고다 담배 연기를 뿜어 올리며 큰 소리치던 청년들이 지금은 '실버푸어'라는 신조어의 주인공이 되어 있는 것이다.

생각해보면 나 또한 탑골공원의 노인들과 별반 다를 바 없다. 젊은 시절에는 하루 24시간이 부족하여 잠자는 시간도 밥 먹는 시간조차도 줄이며 바쁘게 살았다. 그런데 요즘은 남아도는 시간을 주체하지 못해, 새로운 취미 생활을 한답시고, 여기저기 기웃거리고 있다. 지난날 무엇을 위해 그토록 숨 가쁘게 살아왔었나 싶고, 갑자기 허무한 생각이 들 때가 많다.

특히나 탑골공원은 흥망성쇠의 역사가 담겨있는 곳이기도 하다. 탑골공원은 고려 때 흥복사(興福寺)라는 절이 있던 자리다. 그곳에 수양대군이 원각사(圓覺寺)를 건립했는데, 연산

군이 승려들을 내쫓고 기생방으로 만들어 버렸다. 그 후 중종 때 결국 원각사 건물은 철거되고 십층석탑만 홀로 선 공터로 남았었는데, 고종황제께서 국호를 대한제국으로 선포했던 1897년 국내 최초로 근대공원으로 조성되었고 '파고다공원'이라 명명했다. 그로부터 22년 후 1919년 3·1운동의 발상지로 더욱 유서 깊은 곳이 되었다. 1992년 5월 민주화 과정에서 또다시 '탑골공원'으로 개칭되어 오늘에 이르고 있다. 하지만 나는 탑골공원이라는 이름보다는 파고다공원이라는 명칭을 더 좋아한다.

'파고다'의 뜻이 불탑(佛塔)이라고 한다. 지난 세월 나름대로 하루하루 탑을 쌓듯이 열심히 살아왔는데 화폐의 가치에서 밀려난 동전처럼 사회의 중심에서 밀려난 노인들이 모이는 장소가 되어있다. 인생의 쓸쓸한 뒷모습을 보는 듯한, 그날의 느낌을 〈다보탑이 누워 있다〉라는 제목의 시를 썼는데 뜻밖에 큰상을 안겨 주었다.

다보탑이 누워 있다

탑골공원 앞
동그랗게 누워 있는 십 원짜리 동전 한 닢
폐지 줍는 사람도 노숙자도 밟고 간다

버스 요금, 라면 한 봉지도
십 원하던 시절엔
저 퇴물 동전도 기세등등했었다

제1호만 알고
제2호는 기억조차 하지 않는 인심
검버섯으로 얼룩진 원각사지 십층석탑
발부리에 누워 있는 국보 제20호 다보탑을
동병상련의 마음으로 내려다본다

땟국 찌든 다보탑
곱게 닦아 주머니에 넣는다
그 작고 가벼운 추억의 무게가
내 발걸음을 밀고 간다

나는 지금 무엇이며
얼마짜리인가

※ 원각사지 십층석탑 : 국보 제2호

☆ 2018년 6월 19일

녹슨 낫

녹슨 낫이 헛간에 걸려있다. 낫의 주인인 형님도 기억이 녹슬어 자식도 몰라본다. 젊은 시절 매일같이 낫처럼 ㄱ자로 허리를 구부리고 소와 돼지 먹일 꼴을 베고, 농작물을 수확했다. 하지만 지금은 외양간도 돼지우리도 텅 비어 있고 주인은 낫자루를 놓은 지 오래다.

보릿고개를 겪던 그 시절 문맹자가 80%였다. 그러나 낫 놓고 ㄱ자는 몰라도 낫질만은 잘해야 살아갈 수 있었다. 다른 농기구는 초보자도 쉽게 다룰 수 있지만 낫질만큼은 쉽지가 않았다. 자칫 잘못하면 몸에 상처를 내고 또 낫이 잘 안들 때는 숫돌에 갈아서 날을 예리하게 세울 줄도 알아야 하기 때문이다.

그 시절 벼와 보리농사는 농사의 근본이고, 낫은 농기구의 기본이 되는 연장이었다. 보리와 벼를 수확할 때는 종일토록 ㄱ자로 엎드려 낫으로 곡식을 벴다. 오랫동안 일을 하다 허리가 너무 아파서 잠깐씩 쉬는 시간에는 무디어진 날을 예리하게 세우기 위해 숫돌에 갈았다. 낫을 갈 때는 숫돌에 물을 자주 축여 주어야 한다. 연마로 인한 쇠와 돌의 마찰로 생기는 열을 식혀주기 위해서다.

나는 열세 살 때부터 낫질을 배웠다. 우리 집 생계를 책임지고 있던 형님이 원인 모를 무릎 통증으로 일을 할 수 없게 되었기 때문이다. 내 키가 아직 자라지 않아 형님이 사용하던 지겟다리를 톱으로 잘라서 짊어지고 하루에 두 차례씩 산에서 땔감을 구해왔다.

그 시절에는 누구나 풀을 베어다 땔감과 퇴비를 마련했었다. 때문에 산에도 들에도 벨 만한 풀이 별로 없었다. 어디를 가도 없는 풀을 내 힘으로 만들 수도 없으니 마음고생이 심했다. 나처럼 어린 나이에 일하는 동무가 없어 늘 혼자 다녔다. 인적 없는 깊은 산속에 들어가면 머리끝이 쭈뼛쭈뼛 서고 등골이 오싹오싹했다. 내 발소리에 놀라 푸드덕 날아가는 새들보다도 내가 더 놀라, 가슴이 철렁하고 등줄기로 식은땀이 주르륵 흘러내렸다. 가끔 여우나 늑대를 만나면 무서움을 참고 짐승을 향해 크게 소리를 지르거나 낫을 휘둘러도 빨리 도망가지 않고 어슬렁어슬렁 걸어갔다. 짐승들도 어린 나를 만만하게 보는 듯했다.

지금 생각하면 고만고만하게 낮은 야산에 지나지 않는데, 열세 살짜리 어린 나에게는 심산유곡처럼 느껴졌다. 그래서 조금이라도 무서움을 피하기 위해, 동네가 한눈에 내려다보이는 앞산에서 나무를 했다. 그 시절에는 집집마다 땔감이나 퇴비를 만들기 위해 너도나도 베어갔기 때문에 동네에서 가까운 산일수록 풀이 귀했다.

풀이 아직 자라지 않아 손에 잡히지 않았으므로 낫을 땅바닥에 바짝 대고 옆으로 쳐서 자른 다음, 갈퀴로 긁어서 모았다. 그러면 낫이 돌과 흙에 부딪쳐서 날이 쉽게 무뎌져 풀이 잘 베어지지 않으니 더 힘들었다. 어떤 날은 풀 벨 만한 곳을 찾지 못해 빈 지게를 지고 패잔병처럼 힘없이 집으로 돌아올 때도 있었다. 반백 년이 지난 지금도 풀 베러 다니던 꿈을 꾸면 악몽을 꾼 것처럼 잠에서 깨어나곤 한다.

낫 놓고 ㄱ자도 모르고 낫 다루는 기술밖에 없는 사람은 대부분 순후하다. 하지만 세상은 이런 사람을 이유 없이 무시하고 차별했다. 그래서 나는 ㄱ자를 아는 사람이 되기 위해 낮에 일하고 밤에는 공부하며 치열하게 살았다.

그런데 배움의 길은 인내와 싸움이 아니라 졸음과 싸움이었다. 밤에 공부하려면 피곤함보다 무섭게 밀려오는 졸음을 참기가 가장 힘들었다. 졸음을 쫓기 위해 살을 꼬집거나 연필로 팔다리를 찔러도 눈꺼풀은 천근만근 무겁게 감겼다. 찬물로 세수를 하거나 머리를 감아 봐도 정신을 차릴 수가 없었다. 그럴 때마다 지금 졸음을 이기지 못하고 포기하면 또래의 동무들보다 뒤떨어진 인생이 된다는 생각에 더욱 모질게 마음을 다잡고 숫돌에 낫을 갈듯 나를 갈고 벼리었다. 그렇게 애를 써도 쓰나미처럼 밀려오는 졸음을 이길 수 없을 때는 일찍 자고 일찍 일어나는 방법을 택했다. 그러니 주경야독(晝耕夜讀)이 아니라 주경서독(晝耕曙讀)을 한 셈이다.

암기할 과목은 지게를 짊어지고 걸어가면서 외웠다. 일할 때도 틈틈이 조각 시간까지 알뜰하게 활용했다. 어느 날은 영어 단어를 외우면서 풀을 베다가 둘째 손가락이 잘릴 뻔했다. 낫질하는데 정신을 집중하지 않았던 탓이었다. 피가 너무 많이 흘러 일을 계속할 수가 없어 집으로 돌아왔다. 뼈가 하 얗게 보일 정도로 깊은 상처에 바를 약이 없으니 된장을 발 랐다. 낫으로 베인 곳이 손등과 가까운 곳이라 동여맬 수도 없었다. 반창고도 없으니 지혈될 때까지 다른 손으로 상처 부위를 오랫동안 꼭 누르고 있어야만 했다. 그때의 흉터는 가난의 훈장처럼 평생 남아있다. 번개 모양의 그 흉터에는 어머니의 걱정과 눈물이 서려 있다. 그러나 그 당시 손을 베 이는 일이 흔히 있는 일이었다. 지금 자세히 살펴보니 주먹 뼈로부터 5밀리쯤 떨어진 위치에 굵은 힘줄이 있는 곳이다. 그때 만약 힘줄이 잘렸더라면 어떻게 되었을까, 지금 생각만 해도 아찔하다.

　농촌에서 아무리 열심히 일해도 낫으로는 가난을 벨 수 없 음을 깨닫고 군대에서 제대 후 무작정 상경했다. 아무도 손 잡아 주는 사람 없는 객지 생활 역시 몹시 힘들었다. 하지만 아무리 힘들어도 뙤약볕에서 낫질하는 것보다는 더 났다고 참고 견디었다. 주린 배를 움켜쥐고 잠자리를 찾아 헤맬 때 도, 졸음을 쫓아가며 공부하던 때를 떠올리면 못 참을 일이 없었다. 사업을 하다가 세 번씩이나 실패를 딛고 일어설 수 있었던 것도, 어린 시절 가난과 어려움 속에서 심신이 단련 되어 있었기에 가능했다.

　헛간에 걸려있는 낫자루를 잡아 본다. 가난의 헐떡고개를 넘어온 손때 묻은 낫자루가 세월의 흔적을 말해준다. 닳고

녹슨 낫은 자식들을 위해 모든 것을 다 내어준 허리 굽은 노
인의 모습이다.

　녹슨 낫을 숫돌에 쓱싹쓱싹 간다. 오랜만에 부모님 산소에
벌초를 하기 위해서다. 예초기(刈草機)로 하면 쉽게 벨 수 있
지만, 오늘은 내가 직접 낫으로 베려고 한다. 숫돌에 갈린
녹물이, 낫이 흘린 붉은 눈물처럼 흥건히 고여 있다. 가난과
격동의 세월을 건너온 녹슨 낫이 섬뜩하고 푸르게 날을 세운
다. 낫의 주인이었던 형님도 날을 다시 세운 낫처럼 하루빨
리 녹슨 몸을 훌훌 털고 일어나시기를 기원해본다.

≪수필과 비평≫ 2022년 5월호

녹슨 낫

녹슨 낫 하나 헛간에 걸려있다.
낫의 주인도 기억이 녹슬어 자식도 몰라본다.

낫 놓고 ㄱ자는 몰라도
낫은 다룰 줄 알아야 했던 시절
자식들만은 낫 다룰 줄 몰라도
ㄱ자는 알고 살 수 있게 하기 위해
날마다 ㄱ자로 구부리고
한숨을 베고 가난을 벴다

그 자식들은 가난을 딛고 우뚝 섰는데
당신의 녹슨 세월을 벼리어 줄
숫돌은 어디에 있는가

☆ 2021년 6월 28일

질경이의 생존전략

한여름 뙤약볕에 뜨겁게 달아오른 돌 틈 사이에서 질경이가 씩씩하게 자라고 있다. 바늘귀만큼 좁은 틈에서 어떻게 이처럼 튼실하게 자랄 수 있을까? 참으로 신기하게 생각되어 나도 모르게 발길을 멈추었다. 질경이는 열악한 환경에서도 잘 죽지 않아 질기고 질기다는 뜻으로 붙여진 이름이라는 것은 익히 알고 있었다. 그렇지만 이토록 생명력이 강한 식물인 줄은 몰랐다.

우리 어린 시절에는 질경이 잎으로 제기를 만들어서 놀았다. 질경이 잎줄기를 꺾으면 실처럼 질긴 섬유질이 나왔다. 그렇게 줄기를 깐 다음 10여 장씩 모아서 하나로 묶어 제기를 만들었다. 이처럼 강한 섬유질 덕분에 세찬 비바람과 척박한 환경에서 살아남을 수 있다.

흔히들 역경 속에서 불굴의 의지로 꿋꿋하게 살아가는 사람을 일컬어 잡초 같은 인생이라고들 한다. 그 잡초 중에서도 질경이가 대표적인 식물이라 할 수 있다.

자생식물 연구에 따르면 질경이 잎이 질기지만 다른 식물들과의 생존경쟁에는 약하기 때문에 어울려 살지 못한다고 한다. 그래서 기름진 땅으로부터 밀려나서 길가나 논둑과 밭둑에서 자란다.

질경이는 다른 식물들에게 부당한 대우를 받고 삶의 터전까지 잃지만 원망하지 않는다. 슬픔과 고통을 눈물에 비벼 먹을지라도 꿋꿋하게 견디며 자기에게 주어진 환경을 긍정적으로 받아들이고 스스로 살아갈 방법을 모색한다. 밟히면 눕고, 잠시 누웠다가 기어코 일어난다. 이처럼 질경이가 다른 식물과 다투지 않고 꿋꿋하게 살아가듯 척박한 환경에서 잘 견디는 사람은 경쟁하지 않고도 이긴다.

질경이의 또 다른 이름은 '차전초(車前草)'라고 한다. 그 뜻은 수레가 자주 오가는 길바닥에서도 잘 자라기 때문이다. 질경이는 다른 풀과 달리 씨앗을 날라줄 매개체가 없다. 그래서 비바람과 오고 가는 사람들의 발바닥이나 수레바퀴에 씨가 묻혀서 번식한다. 질경이는 그 흔한 줄기도 없고 꽃도 보기 민망할 정도로 초라하지만, 꽃말이 '발자취'라고 한다. 삶이란 질경이처럼 저마다 의미 있는 발자취를 남기기 위해 최선을 다한다는 뜻이 아닌가 생각된다.

5~60년대 산동네나 쪽방촌을 전전하며 힘겹게 살았던 사람들의 생활상이 바로 질경이와 같은 삶의 모습이었다. 생존경쟁에서 밀려난 그들 역시 길 위에서 살길을 찾았다. 대부분 거칠고 힘든 직업이었지만, 그마저 일자리를 구하지 못하면 행상을 하거나 사람의 왕래가 빈번한 길가에 좌판을 펼쳤다. 길거리 생활이란 햇빛에는 목이 타고, 비가 오면 마음속까지 젖었으며, 추운 날씨에는 뼈까지 시렸다. 하지만 포기할

수 없는 삶이기에 질경이처럼 끈질긴 생명력으로 좌절과 고난을 딛고 일어섰다.

나 역시 지난날을 돌이켜보면 흙 한 줌 없는 돌 틈 사이에 뿌리를 내린 질경이처럼 틈새시장을 찾아다니며 도전과 열정을 쏟아내는 삶이었다. 질경이가 기름진 땅으로부터 밀려나듯이 정든 고향 땅에 뿌리를 내리지 못하고 새로운 삶의 터전을 찾아 떠나야만 했다. 아무도 손잡아주지 않는 낯선 도시에서 주어진 환경에서 살아남기 위해 궂은일 힘든 일 가리지 않고 열심히 살았다. 아무리 힘들어도 기필코 새로운 땅에 뿌리를 내리겠다는 일념으로 밥 한 끼 정도는 굶어도 가슴을 펴고 살아가는 훈련을 한끝에 나만의 방법으로 삶의 터전을 마련할 수 있었다.

질경이도 사람도 양지바르고 기름진 땅에서 살아가기를 소망하지만, 생활환경이 좋은 곳일수록 자리다툼이 더 치열하다. 힘겨루기에서 지면 도태되거나 척박한 땅으로 밀려날 수밖에 없다. 설령 부당한 대우를 받았다 할지라도 불평하거나 원망할 수가 없다. 그에 따른 대가를 크게 치르게 되고, 결국 약육강식(弱肉强食)의 냉혹한 현실을 맞이하게 되기 때문이다. 그런 연유에서 질경이의 생존 절약이 바로 삶의 표본이요, 적자생존(適者生存) 자연의 섭리라는 생각을 하게 된다.

이처럼 질경이의 살아가는 모양새가 권력과 부(富)와 지식의 힘에 짓밟혀도 꿋꿋하게 살아가는 민초(民草)들의 모습과 흡사하다. 이를 보고 문득 그 느낌을 시로 표현하고 싶었다.

우리의 삶에 비유하자면 아무래도 보릿고개 시절 서민들의 모습에 가깝다는 생각이 들었다. 그래서 다양한 문학 장르의 틈에서 정경이처럼 명맥을 이어가고 있는 우리 민족 고유의 정형시 시조로 표현해 봤다. 그렇게 해서 쓴 글을 시니어 문학상에 응모하였더니 뜻밖에 수상의 기쁨을 안겨주었다.

질경이

철심처럼 질기고 질긴 잡초라는 이름으로
짓밟고 가는 자들 힘 빌려 새 길 열고
혼 벼린 담금질 속에 고봉밥 소박한 꿈

큰 줄기 욕심 없이 꽃으로도 자랑 않고
밤이슬 목 축이고 빗물로 살지라도
구차히 구걸하지 않아 더 빛나는 저 궁핍

이유 없이 짓밟고 무시하고 차별해도
저린 가슴 삭혀가며 숨죽이고 바짝 엎드려
약한 듯 뿌리 깊은 삶, 천년 지혜 배였다

☆ 2018년 7월

마음을 찍는 사진기

단양 팔경으로 문학기행을 갔다. 아름다운 풍경에 꽃까지 피어있어 황홀감에 빠졌다. 빼어난 풍경에 매료된 회원들은 사진찍기 바빴다. 평소 좋아하는 사람들끼리 어우러져 멋있게 포즈를 취하는 모습이 또 다른 아름다움을 연출했다. 그중에 선배 한 분은 함께 사진 찍자고 하는 사람이 많아 유난히 바빴다. 그 선배는 전직 공무원 출신으로 평소 점잖고 글솜씨가 특출하여 모두 들 존경했다.

저녁 식사가 끝나고 본격적인 술자리가 마련되었다. 주최 측에서 준비한 술과 회원들이 각자 가정에서 직접 담근 술을 가지고 와서 내놓았다. 그렇게 모아놓고 보니 갑자기 술 품평회처럼 되었다. 진귀한 술들을 보고 평소 술을 먹지 않던 분들도 한두 잔씩 마셨다.

어느 정도 시간이 흐른 뒤 인기 많은 그 선배가 술에 흠뻑 취해 완전히 다른 사람으로 돌변 변했다. 어떻게 사람이 저렇게까지 변할 수 있을까 하고, 뜻밖의 모습에 모두 들 놀랐다. 소란을 피울 뿐만 아니라 여성 회원을 술집 종업원 취급하고 후배들을 어린아이 대하듯 했다. 참다못한 여성 회원

몇 분은 집으로 돌아가 버리고 남자 회원들도 하나둘씩 자리를 떠났다. 이를 보다 못한 선배 한 분이 나서서 자신이 악역을 맡겠다며 주정하는 장면을 동영상으로 촬영했다. 망신을 주기 위한 목적이 아니라 술이 깨어난 다음 본인이 그 영상을 보고 깨우침을 갖도록 해주겠다는 뜻이었다. 술주정 때문에 한순간에 존경과 신뢰를 잃어버린 것을 안타깝게 생각하는 마음에서 그랬다.

밤늦게까지 소란을 피우던 선배도 스스로 지쳐 잠이 들었다. 다음 날 아침에는 어젯밤에 아무 일도 없었다는 듯, 모두들 산책을 다녀오고 식사 후 단체 기념사진까지 찍었다. 그 후 그 선배는 모임에 참석하지 않았다. 들리는 말에 의하면 지난날 업무상 횡령죄로 직장에서 물러났었다고 했다. 사람을 겉모습만 보고 판단하지 말라는 말이 떠오르는 하루였다.

흔히들 오랜 세월 가까이 지낸 사람을 잘 알고 있다고 생각한다. 그러나 그건 외양만 알고 있을 뿐, 마음속까지 온전히 안다는 건 불가능한 일이다. 하지만 인간은 사회적 동물이며 공동체를 이루며 함께 살아가야 하므로 믿음을 바탕으로 서로 협력하며 목표를 향해 나갈 수밖에 없다.

사회생활에 성공하려면 자기의 생각과 감정을 숨기고 손익 계산에 능숙해야 하는데 나는 그런 일에 몹시 서툴다. 급한 성격에 너무 솔직하여 손해 보는 경우가 많다. 무엇보다 한 번 믿으면 의심하지 않은 탓에 상대에게 이용당하여 어려움을 겪기도 했다.

　지난날 사업을 하면서 파트너의 성격과 겉모습만 믿고 제품 개발을 추진했다가 상대가 갑자기 약속을 저버려서 어쩔 수 없이 폐업했던 적도 있다. 그로 인하여 많은 빚을 안고 노점상으로 전락하기까지 했다. 수십 년이 지난 지금도 그때의 일을 생각하면 심장이 부르르 떨린다. 그와 반대로 삶의 나락에서 떨어졌을 때 뜻밖의 사람에게 획기적인 사업 아이템에 대한 정보와 함께 도움을 주어 재기할 수 있었다. 때문에 가까이 지내는 사이라도 서로 믿고 살아갈 뿐 참 마음은 알 수가 없다. 그러니 엑스레이처럼 마음속을 훤히 들여다볼 수 있는 사진기가 있다면 보다 밝은 세상이 되지 않을까 하는 동화 같은 생각을 잠깐 해보았다.

마음 찍는 사진기

몸과 마음 사로잡혀 영혼까지 묶이었다
속속들이 보고 싶어 망원렌즈 달아봐도
보이는 풍경들 보다 간직된 건 하찮다

내 너를 송두리째 간직하고 싶지만
향기 한 점 숨결 하나 잡아두지 못하고
새겨둔 사각의 집엔 가득한 상형문자

번지르르한 겉모습만 밤낮없이 새기다가
파인더에 눈을 떼고 그 속으로 들어간다
반백 년 판독하지 못한 너의 속내 찍으러

≪월간문학≫ 2020년 9월호

벌레 먹은 고추

벌레들이 고추밭을 망쳐 놓았다. 사람도 먹으면 혀끝이 아리고 쓰린데, 그 독한 것을 벌레가 먹었다는 게 이해가 안 된다. 텃밭의 풍경을 들여다보고 있으려니 어린 시절 어머니 모습이 떠오른다. 고춧가루는 우리 식생활에 없어서는 안 될 필수 양념이기에 어머니는 고추 농사에 많은 정성을 기울이셨다. 어머니의 인생 또한 고추처럼 매서운 삶이었다.

아버지께서 갑자기 돌아가시자 어머니는 30대 후반에 홀로 되어 전쟁과 가난 속에서 고추보다 더 매서운 세월을 살 수밖에 없었다. 어린 자식들을 굶기지 않기 위해. 억척스럽게 사셨다. 고추나무에 지주대를 세우듯 우리에게 튼튼한 버팀목이 되기 위해 힘든 농사일에 길쌈과 행상까지 하셨다.

국민학교 3학년 여름 방학 때의 일이다. 어머니는 우리에게 식은 보리밥 한 덩이씩 나누어주고 당신은 입맛이 없다고 잡수지 않으셨다. 어머니는 밥보다 고추가 더 맛있다고 하시며, 밥도 없이 풋고추만 된장에 찍어 상추에 싸 잡수셨다. 그리고 물 한 사발 마시고 " 아 ~ 잘 먹었다." 하시며, 허리를 곧추세우고 힘든 농사일을 나가셨다.

그날 우리가 먹었던 식은 보리밥은, 식량이 떨어져 좀도리 쌀로 밥을 지어서 아침에 먹고 남은 것이었다. 좀도리란 전라남도지방의 방언이며 절미(節米)란 뜻이다. 식량이 부족하던 시절 밥을 지을 때마다 쌀을 한 움큼씩 덜어서, 단지나 항아리에 저축해둔 양식을 뜻한다. 그 쌀로 지은 밥이 적어서 우리에게만 주고 당신은 상추쌈으로 허기를 달래셨던 것이다. 아직 철이 없고 눈치 없는 우리는 그런 사실을 모르고 있다가 다음날 이웃집 아주머니와 말씀 나누신 것을 듣고서야 비로소 알았다.

보릿고개를 겪던 시절, 우리 집은 논보다 밭이 부족하여 여름철이면 보리를 빌려다 먹고 가을철에 벼로 갚았다. 이것을 전라도 사투리로 샛거리(장리쌀)라고 했다. 그런데 그렇게 빌려온 양식마저 떨어지고 없을 때가 가끔 있었다. 그처럼 궁핍한 환경에서도 우리 삼 남매가 구김살 없이 자랄 수 있도록 사랑을 듬뿍 주셨다. 그러나 잘못을 저질렀을 때는 친어머니가 아닐지도 모른다는 생각이 들 정도로 엄격하고 매섭게 가르쳤다.

어느 추운 겨울날이었다. 썰매를 타면서 장난으로 동무를 밀었는데 너무 힘껏 밀었던 탓으로 동무가 그만 얼음판 위에서 뒹굴고 말았다. 그러자 동무가 화를 내면서 웅덩이 가까이에 있는 나를 밀어서 물에 빠뜨렸다. 나는 장난으로 했는데 그는 내가 미워서 일부러 물에 빠뜨린 것이다. 나도 화가 나서 그 동무를 웅덩이로 밀어 버렸다. 우리는 옷이 흠뻑 젖어 추위에 떨며 집으로 돌아왔다. 그 몰골을 보고 동무 엄마가 나를 불러다 야단을 쳤다. 이 사실을 알게 된 어머니는 나를 더욱 심하게 꾸짖으며 부지깽이로 종아리를 때렸다. 동무 어머니는 무조건 자기 자식 편을 들어주는데, 오히려 나를 더 야단치는 어머니가 무척 야속했다. 그때 어린 마음에 이 세상에서 내 편은 아무도 없다는 생각이 들어 매 맞은 아픔보다도 더 서러워서 울었다.

지금 생각해 보면 내가 아버지 없이 자라서 버릇이 없다는 말을 들을까 봐 그러셨던 것이다. 이처럼 엄격하고 매서운 교육 덕분에 어른들로부터 버릇없다는 말은 듣지 않았고, 사회생활을 하면서도 웬만큼 힘든 일은 잘 참고 견디었다.

세월이 갈수록 몸은 성장했지만, 생활 형편은 조금도 좋아질 기미가 보이지 않았다. 이처럼 앞이 캄캄한 가난의 동굴을 벗어나기 위해서는 새로운 세계를 찾아 떠나는 방법밖에 없었다. 젊은 혈기로 둥지 밖으로 탈출했지만 나를 맞이하는 것은 고추보다 더 매서운 세상인심이었다.

해가 지면 새들도 둥지를 찾아 날아가고 사람들도 서둘러 집으로 돌아간다. 그런데 나는 돌아갈 곳이 없는 현실 앞에 참담한 심정을 가눌 길이 없었다. 천지간에 의지할 곳이 없다는 사실에 서러움이 밀려왔다. 그럴 때마다 아무것도 내세울 것 없는 내 처지에 슬픔에 잠기는 것은 사치라고 나 자신을 더욱 모질게 채찍질했다.

이처럼 생활이 너무 힘들 때면 어디 원망할 곳이라도 있으면 크게 소리쳐 불평이라도 하고 나면 조금은 위안이 될 것 같은데 그럴 곳조차 없어 하느님을 원망했다. 그 하느님은 기독교에서 말하는 그런 하느님이 아니라 촌 무지렁이가 생각하는 나만의 하느님이다.

고추는 아무리 매워도 혀끝만 아리고 잠깐 눈물을 글썽이고 말지만, 세상의 매운맛에는 가슴까지 아리고 온몸으로 울게 된다. 삶의 매운맛을 견디지 못해서 매년 1만 명 이상 자살한다는 사실이 이를 증명한다.

하지만 현실이 아무리 매섭고 힘들어도 지난날 탈출구가 보이지 않는 암담한 현실 앞에서 극단적인 생각까지 했던 일을 떠올리면 못 견딜 일이 없었다. 때로는 슬픔도 힘이 된다고, 모진 세상을 이기려면 내가 더 모질고 독해져야만 했다. 이렇게 죽으나 저렇게 죽으나 세상과 맞짱이라도 떠보자는 심정으로 용을 쓰고 벌떡 일어섰다. 마음을 그렇게 바꿔 먹으니 두려울 것이 없었다.

하루 세끼 밥과 잠자리를 마련하기 위해 험한 일 궂은일 가리지 않고 몸이 부서지도록 일을 했다. 점심을 먹는 날 보다 굶은 날이 더 많았고, 물을 반찬 삼아 맨밥도 먹어 봤다. 하루를 남들 한 달보다 더 힘들게 살 때도 있었다. 이처럼 고추 벌레보다도 더 독한 생명력으로 삶의 밑바닥에서 살아남기 위해 눈을 부릅뜨고 고군분투했다. 그렇게 일 년 동안 열심히 모은 돈으로 전세방을 얻었다. 비록 단칸방이었지만 저택이라도 장만한 것처럼 기뻤다. 그리고 그로부터 일 년 후 내 사업을 시작했다.

그 과정에서 바닥 밑에 또 다른 바닥이 있고 그곳에도 등급이 있음을 알았다. 오직 살아남기 위해서 매운 고추를 먹어야 하는 벌레처럼 매서운 현실을 정면으로 부딪치며 이겨냈다. 이렇듯 힘든 세월을 지나고 보니 인생살이가 고추보다 더 매섭다는 말이 결코 과장된 표현이 아니라는 생각이 든다.

다시 고추밭을 바라보니 벌레가 먹지 않고 남아있는 고추가 꽃처럼 곱다. 뙤약볕과 비바람 속에 갖가지 병, 모두 다 이겨내고 빨갛게 익은 꽃이다. 아니 꽃보다 더 아름다운 열매다. 찬바람 찬서리에도 시들지 않는 꽃이다.

≪문학세계≫ 2023년 9월호

고추보다 더 매운 것

고추밭에서 벌레들이 잔치를 벌이고 있다
매서움과 무서움을 합한 고통이
배고픔이라는 걸 보여주고 있다
혀끝이 타는 듯 아리고 쓰린 고추를 먹고
살아가는 벌레도 있는데
인생사가 매섭다고 무릎 꿇을 수 없다

벌은 코끼리를 도망치게 하고
모기는 사자를 굴복시키는데
세상이 무섭다고 겁먹을 수 없다
개미는 자기 몸의 50배
벌은 자기보다 300배 더 큰 것을 운반하는데
삶이 버겁다고 앓는 소릴 낼 수 없다

고추의 매운맛은 혀만 아리게 하지만
삶의 고통은 가슴까지 아리게 한다
청양고추보다 더 매운 것도
양념으로 삼아야 한다는 걸
뙤약볕 아래 폐지 줍는 허리굽은 노인이
온몸으로 웅변하고 있다

☆ 2008년 주간 현대 신문

거울

돌멩이 맞을지라도
자랑도 허물도 사실만 말하네
네가 나이고 내가 너인 것을
흉내만 내지말고
본받으라 한다

세월이 만든 얼룩과
세상에 묻힌 때를
그 무엇으로 닦아 볼까
닦고 닦으면
부딪친 빛마다 별이 되어
너도나도 다 함께 빛나리

☆ 2008년 주간 현대 신문

모발(毛髮) - 미운 털 고운 털

수염 깎는 일로 하루를 시작한다. 이는 내 모습을 찾는 일이며 나를 다듬는 일이기도 하다. 아무리 깔끔하게 잘 차려입고 멋을 내도 수염이나 코털이 삐죽삐죽 나와 있으면 좋은 이미지를 줄 수가 없다.

무엇보다 외모의 중심은 머리 모양이라 할 수 있다. 그런 까닭에 외출하기 전에 거울 앞에 서면 머리 모양부터 살펴본다. 그처럼 소중한 머리카락이 나이가 들수록 자꾸 빠지고 필요 없는 수염은 수없이 솟아나 빨리 자라기까지 한다.

지금까지 내 몸에 난 털들을 하찮게 여겨 왔다. 그런데 그 역할과 기능을 알고부터 참으로 소중하다는 생각이 든다. 우리 몸에는 손바닥과 발바닥을 제외하고 전신이 수많은 털로 덮여있다. 그것도 꼭 필요한 부위에 역할과 기능에 따라 모양과 크기가 각각 다르다. 가장 중요한 역할은 체온을 조절해주고 직접적인 마찰로부터 피부를 보호해 주는 일이다. 특히 머리카락은 직사광선과 외부의 충격으로부터 머리를 보호해 주는 갑옷과 같은 역할을 한다. 그리고 눈썹은 이물질의 침투를 막아주고 강한 빛의 반사로부터 그늘을 만들어 준다.

그중에서 수염처럼 필요 없는 곳에 솟아있는 것들은 미운털이 되어 깎이거나 뽑히게 된다. 하지만 만약 머리카락처럼 많이 있어야 할 곳에 없다는 것을 상상하면 작은 털 하나도 하찮게 생각할 수가 없다.

샴푸 광고를 보면 바람에 휘날리는 풍성한 머릿결에서 젊음과 아름다움이 출렁인다. 그 미인에게 만약 머리카락이 없다고 상상해 보면, 더 이상의 미적 요소에 대한 설명이 필요 없을 것이다.

머리숱이 많은 사람은 대머리의 애환을 모른다. 머리를 감거나 빗질을 할 때 빠지는 머리카락을 보면 몸에서 피가 빠져나가는 것 같다. 그래서 날마다 머리 손질하는 일이 여간 조심스럽지가 않다. 오죽하면 어느 여류작가가 자신의 탈모에 관한 글에서 '머리카락 하나에 눈물 한 방울'이라고 했겠는가.

어떤 청년은 심한 탈모 때문에 십 년은 더 나이가 들어 보여서 별명이 '빛나리' 또는 '문어 머리'라고 놀림을 받았다. 그로 인해 나이 마흔이 되도록 장가도 못 갔으며 한때는 대인기피증까지 겪었다고 한다. 어느 날 그 청년이 아버지와 함께 양복을 사려고 옷가게를 들렸다. 점원이 아버지에게 친절하게 옷을 골라 주면서 하는 말이 "손님, 이 옷을 사시면 디자인과 색상이 무난하여 동생분과 같이 입으셔도 좋을 것입니다."라고 하더란다. 아들과 아버지의 관계를 형제지간으로 잘못 알고 하는 그 말을 듣고, 너무 황당하고 어이가 없어 옷도 사지 않고 가게를 나와 버렸다고 한다.

나 또한 탈모 때문에 불편을 느끼고 있다. 심한 대머리는 아니지만, 본래의 나이보다 더 들어 보인다. 어느 날 가족들과 함께 버스를 타고 가는데, 내 또래의 신사가 나에게 자리를 양보했다. 나는 몹시 멋쩍어하며 사양했지만, 그 신사는 기어이 자리를 내주고 다른 쪽으로 가버렸다. 옆에서 이를 지켜보고 있던 아내는 재미있다는 듯이 웃었고, 딸은 매우 걱정스러운 표정을 지으며"아빠 제가 돈 드릴 테니 가발 꼭 맞추세요."라고 했다.

다음 날 나는 아내와 딸의 성화에 못 이겨 인기 탤런트가 광고하는 가발 전문 업체를 방문하여 맞추었다. 그러나 불편하다는 핑계로 자주 사용하지 않는다. 가발을 쓰면 갑자기 변한 모습이 본래의 나를 잃어버린 것 같고 어색하다. 그뿐만 아니라 비가 오거나 강한 바람이 부는 날은 머리 걱정부터 하게 된다. 그리고 가발이라고 하면, 가면(假面)과 같은 것을 연상하게 된다. 가짜의 뜻이 담긴 단어에는 대부분 거짓 가(假)를 쓰는데 가발 또한 이와 똑같은 한자를 쓰기 때문이다. 그래서 뭔가 나쁜 뜻으로 남을 속이고 있는 것 같은 느낌을 준다. 이러한 여러 가지 이유를 들어가며 나는 가발 착용하는 것을 싫어한다. 그럴 때마다 아내는 요즘은 머리숱이 많은 사람도 모자를 쓰듯이 패션 가발을 착용한다며 자주 사용하기를 권한다. 그렇지만 나는 그에 응하지 않고 언어 행동이 모자라야 부끄러운 일이지 머리숱이 모자라는 것은 부끄러워할 일이 아니라고 강변한다.

이처럼 우리 몸에 나 있는 작은 털 하나하나가 외모를 바꿔놓기도 하고, 바뀐 외모 때문에 일생이 바뀌는 경우까지 있다. 그래서 어떤 사람은 모발이식을 통하여 미운털을 고운 털로 둔갑시키기도 하고, 더욱 멋있고 아름다운 털로 다듬기 위하여 이발관이나 미용실을 찾는다.

하지만 머리 모양이나 수염에 대한 미적 개념도 시대 상황에 따라 변화한다. 조선 시대 사람들에게 머리와 수염은 권위와 위엄의 상징이었다. 성인이 되어 결혼하게 되면 남자는 상투를 틀고 여자는 쪽진머리를 했으며, 부모님이 세상을 떠날 때는 머리를 풀고 애도했다. 그뿐만 아니라 생사를 기약할 수 없는 전쟁터에 나갈 때면 머리와 손톱, 발톱을 미리 깎아서 가족에게 남겨 두고 떠났다. 자신의 생명체와 동일한 존재, 즉 분신(分身)으로 생각했기 때문이다.

이처럼 소중하게 생각해서 그런지 흔히들 머리와 머리털을 같은 뜻으로 사용하는 경우가 많다. 그 대표적인 말이 미용실이나 이발관에서 머리털을 자른다고 하지 않고 머리를 자른다고 한다. 머리와 머리털은 명백하게 구별되는데 머리카락에 얼과 혼이 담겨 있는 것으로 여기고 소중하게 생각하기 때문이 아닐까 싶다.

하지만 사람의 일생도 털처럼 태어나는 시대와 장소에 따라, 털털거리는 삶을 살아가기도 하고 떵떵거리고 살아가는 인생이 되기도 한다. 꽃나무나 채소도 잔디밭에서는 잡초 취급을 받게 되는 것처럼 모든 게 적재적소에 있어야만 빛을 발휘하게 된다. 머리털 또한 탈모 때문에 고민하는 사람에게는 한 올 한 올 소중하지만, 머리가 아닌 다른 곳에 있으면 보기 흉하다. 특히 음식에서 발견되면 불결한 느낌이 들고 입맛까지 사라진다.

그러니 모든 것이 태어난 환경에 따라 절반의 운명이 결정되고, 머무는 장소에 따라 나머지 운명이 결정된다. 길거리에 굴러다니던 하찮은 돌멩이도 석축(石築) 밑의 고임돌이 되어 커다란 축대를 버티어주는 중요한 역할을 하는 것처럼...

≪월간문학≫ 2006년 11월호, 『한국 대표 명 산문집』 2010년

전철 속 진풍경

발명가 협회에서 가깝게 지냈던 분의 손주 결혼식에 참석했다. 행사가 끝나고 노원역에서 7호선 전철을 탔다. 평소에는 앉아 가려고 애쓰지 않았는데, 요즘 무릎 관절이 좋지 않아 서서 가기가 힘들다. 어쩔 수 없이 노약자석을 살펴봤지만, 빈자리가 없다.

생각해 보면 경로석은 노인 우대가 아니다. 일선에서 물러난 것도 서러운데 구석으로 내모는 것은 차별이다. 진정으로 우대한다면 임산부 배려석처럼 중앙에 자리를 배치했어야 옳다.

혹시나 하고 일반석을 둘러보니 마침 한 곳이 비어 있다. 그것도 내가 좋아하는 끝자리다. 내 집 소파에라도 앉듯이 반짝반짝 빛나는 쇠기둥에 팔을 척 걸치고 가장 편안한 자세로 앉았다. 별것도 아닌 일에 기분이 좋다.

잠시 후 문이 열리자 한 무리의 사람들이 밀려 들어왔다. 누군가가 내 앞으로 다가와, 옷자락이 얼굴에 닿을 정도로 아주 바짝 가로막고 섰다. 숨 쉬는 것조차 불편하여 좀 지나치다는 생각이 들어 쳐다보니 나와 비슷한 나이로 보이는 여인이다. 뭐라고 한마디 할까 하다가, 차라리 서서 가는 편이 나을 것 같아 자리를 양보했다. 그 여인은 아주 당연하다는 듯이 내 자리에 앉았다.

　이런저런 생각을 하고 서 있는데 맞은편 출입구 쪽 코너에 젊은 여인이 세 살쯤으로 보이는 어린아이를 안고 그림 같은 모습으로 앉아있다. 그 옆에는 20대로 보이는 두 아가씨가 선반 기둥을 붙잡고 서 있다. 최대한 노출을 위해 애를 쓴 옷차림이다. 훤칠한 키에 초미니스커트를 입은 아가씨의 배꼽이 환하게 웃고 있다. 나란히 서 있는 또 다른 아가씨는 노랑머리에 팬티보다 더 짧은 청바지를 입고 있으며 달걀빛 배꼽에서는 장신구가 시계추처럼 흔들거린다.

　엄마 무릎에 앉아있는 어린아이가 노랑머리 아가씨의 배꼽에서 반짝이는 액세서리에 관심이 많은지 뚫어지게 쳐다보고 있다. 바로 맞은편에는 청년이 양복 정장에 넥타이까지 매고 앉아 있다. 청년의 몸이 노출된 곳은 얼굴과 손뿐이니 아가씨의 옷차림과는 대조를 이룬다. 청년은 잠시 아가씨들을 쳐다보더니 눈을 지그시 감아 버린다.

　그리고 보니 오늘따라 눈을 감고 가는 사람들이 유난히 많다. 어떤 이는 자리에 앉자마자 눈을 감는다. 기왕이면 악착같이 눈 뜨는 연습을 해야지, 하필이면 눈 감는 연습을 하고 있으니 보고 있는 사람이 더 불안하다. 저러다가 정말 잠이 깊이 들어서 내려야 할 역을 지나쳐버리면 어쩌나 하는 공연한 걱정이 들기 때문이다.

　맞은편 끝 좌석에는 벽면과 바닥이 핑크색으로 되어 있고 '이곳은 임산부를 위한 좌석입니다.'라는 글귀가 눈을 부릅뜨고 있다. 그런데도 아랑곳없이 씨름 선수 같은 체구의 중년 남자가 앉아서 휴대폰 삼매경에 빠져있다.

바로 그 앞에는 젊은 여인이 갓난아기를 안고 서 있다. 옆에서 이런 광경을 지켜보고 있던 할머니가 아기 엄마를 향해 손짓하여 부른다. "애기 엄마 이리와 앉아가요" 하고 자리를 양보하지만, 여인은 계속 사양한다. 할머니와 아기 엄마가 서로 자리를 양보하려고 실랑이를 벌이는 바람에 휴대폰 삼매경에 빠져있던 중년 남자는 마지못해 자리를 양보한다.

이어서 공릉역을 지날 무렵 신사복 정장 차림의 중년 남자가 옆 칸에서 문을 열고 들어서더니 "예수님을 믿으면 천당에 가고, 교회에 나가지 않으면 심판의 날 불구덩이 지옥으로 떨어지게 됩니다." 하며 잔뜩 겁을 주고 지나간다.

잠시 후 태릉입구역에서 배낭을 멘 할아버지 세 분이 승차한다. 어디 빈자리가 없나 둘러보는 눈치다. 하지만 노약자석도 앉을 자리가 없다. 그러자 휴대폰으로 열심히 게임을 하고 있는 젊은이들 앞을 노인들이 가로막고 선다. 이때부터 전철 안의 평화는 깨졌다. 노인들끼리 한참을 떠들더니 "요즈음 젊은 것들은 ……." 하고 갑자기 큰 목소리로 이어졌다. 젊은이들은 견디다 못해 익모초 씹는 표정을 하고 자리에서 일어나 다음 칸으로 가버렸다. 노인들은 기다렸다는 듯이 자리를 나누어 앉아 왁자한 사랑방이 되었다.

이러한 광경을 보고 있으려니 지난날 내가 20대였을 때 만원버스에서 있었던 일이 떠올랐다. 1970년대는 버스 앞뒤로 안내양이 한 명씩 있었다. 출퇴근 시간에는 콩나물시루처럼 승객들로 꽉 차서 키가 작은 사람은 숨쉬기조차 힘들었다. 어느 날 운이 좋게 자리에 앉아 가는데 나이 지긋한 노인이 내 앞에 서 계시는 것을 보고 자리를 양보했다. 노인은 한사코 자리에 앉기를 사양하며 하시는 말씀이" 나는 할 일 없이 노는 사람이니 힘들게 일하는 젊은이가 편히 쉬어가요,"하며 사양했다. 노인이라고 하여 다 똑같은 건 아니라며, 한참 옛날 생각에 젖어 있는데 내 앞에 앉아있는 중년 여인이 휴대폰을 꺼내 통화를 시작했다. 별로 중요한 내용이 아닌 수다였다. 가끔 목소리가 한 톤 높아지기도 하고 큰소리로 웃기까지 했다. 어림잡아 세 정거장쯤 지나도록 전화통화는 계속 이어졌다. 옆에 앉아있는 비슷한 또래의 남자가 참다못해 한마디 한다."죄송하지만 목소리 좀 낮추어 주십시오."하고 정중하게 한마디 한다. 그러자 여인이 잠시 통화를 중단하고 손바닥으로 휴대폰 송화구를 가리고 하는 말"저가 갱상도 사람이라 목통이 좀 큽니더. 그카니께 대중교통 아닌갑요,"라고 답한다. 그러자 남자는 어이가 없다는 듯이 여인의 얼굴을 빤히 쳐다보며"그러니까 더 공중도덕·····."하고 말을 하려다가 그만둔다.

바로 이때 갑자기"아얏!"하고 아가씨의 비명이 크게 들려왔다. 소리가 나는 쪽을 보니 노랑머리 아가씨였다. 미루어 짐작하건대 어린아이가 아가씨 배꼽에 달린 장신구를 잡아당긴 모양이다. 아이 엄마가 어린아이를 야단치는 소리와 함께 승객들의 웃음소리가 터져 나왔다. 이 흔치 않은 광경에 빠져 나는 목적지인 군자역에서 내리는 것을 잊고 지나가고 말았다.

한국여성 문예원 주관 공모전 우수상 (2010년)

≪문학공간≫ 2005년 1월

벽과 창문

봉창을 떼어 내고 새 창문을 달았다. 열리지 않는 문은 또 다른 벽이나 다름없기 때문이다. 창문이 열리는 순간! 새로운 풍경이 들어오고, 하늘이 들어왔다. 눈 부신 햇살과 은은한 달빛이 밤낮으로 번갈아 방문하니 새집으로 이사 온 듯한 기분이 든다.

어쩌다 앞집 사람들과 눈이 마주치면 서로 손을 흔들어 인사를 나눈다. 그러다 보니 예전보다 더 가까운 사이가 되었다. 이래서 소통이라는 말이 이 시대의 화두가 되지 않았나 싶다. 이 말을 달리 표현하면 '벽 허물기'라고 할 수 있을 게다. 특히 아파트 문화는 이웃집에 누가 살고 있는지 관심이 없다. 오고 가다 마주쳐도 소 닭 보듯 한다.

우리 부모님 세대는 이웃사촌이라는 말이 딱 어울릴 만큼 옆집 사람들과 사이가 좋았다. 먹을 것이 귀하던 그 시절, 보리 개떡이나 호박죽 등, 조금 색다른 음식을 장만해도 울타리와 담장 너머로 주고받으며 정을 나누었다. 하지만 울타리와 담장이 사라진 지금은 벽 하나 사이에 살면서도 강도가 들거나 사람이 죽어가도 모른다. 누에가 스스로 만든 고치

속에 갇혀 번데기가 되어 살아가듯, 콘크리트 벽 속에 갇혀 고립된 개체로 살아가고 있다.

벽은 단절을 의미한다. 벽은 우리에게 포근하고 안락한 휴식과 함께 나만의 세계를 마련해 주지만, 자칫 고립될 염려를 안고 있기도 하다. 세상과 나의 단절이며 사람과 사람의 단절이 되어 인생을 못질해 버리는 결과가 된다. 그런 까닭에 우리는 안락함을 주는 공간의 벽은 만들려고 애를 쓰지만, 다른 한편으로는 타인에게 다가가기 위한 마음의 벽은 허물려고 노력한다.

지난날 내가 한창 사업에 몰두하던 30대 때의 일이다. 바로 이웃집에 내 또래의 한 남자가 살고 있었다. 그는 시장 골목에서 작은 점포를 운영하고 있었는데, 서로 생활 패턴이 다르고 바쁘게 살다 보니 직접 얼굴을 마주할 일이 별로 없었다.

어느 날 그의 가게 앞을 지나다가 들여다보니 내가 취급하는 제품과 똑같은 상품을 판매하고 있었다. 반가운 마음에 가게로 들어가서 인사를 했다. 이야기를 나누다 보니 그는 상품을 비싸게 매입하고 있었다. 그래서 내가 마진을 붙이지 않고 공급해 주겠다고 했더니 고마워하며 나에 대한 지나간 이야기를 들려줬다.

그는 내가 가끔 쓰는 사투리를 듣고 같은 고향 사람이라 짐작되어 반가운 마음에 말을 걸고 싶었으나 내 표정이 항상 굳어있어 쉽게 말을 붙이기 어려웠다고 했다. 언젠가는 길을 가다 마주쳤는데 내가 아는 척도 하지 않고 지나쳐버리더라는 것이다. 그는 내가 자기를 무시하여 일부러 모른척하며 지나친 것으로 단단히 오해하고 있었다.

당시 나는 식사 시간도, 잠자는 시간도 절약할 정도로 바쁘게 살았다. 길을 걸어가면서도 새로운 상품개발과 사업 구상에 대해 골똘히 생각하는 습관까지 있었다. 때문에 아는 사람을 만나도 모르고 지나치는 경우가 종종 있어 오해를 샀다. 살다 보면 이처럼 자신도 모르게 벽이 만들어지는 경우가 종종 있다. 그러므로 모든 벽은 관계에서 시작된다고 할 수 있다.

하지만 마음의 벽을 허물면 소통의 씨앗이 되어 상생의 길로 발전한다. 그래서 관계(關係) 또는 관련(關聯)이라는 말을 한자로 쓸 때 빗장 관(關)자를 쓰지 않았을까 하는 생각이 든다. 실제 빗장은 안쪽에서 잠그게 되어 있는 장치다. 밖에서는 아무리 애를 써도 문을 열 수 없는 구조다. 그런 까닭에 관계란, 상대방이 가까이 오기를 기다리지 말고 내가 먼저 마음을 열고 다가가야 한다는 뜻으로 해석된다. 빗장이 안쪽에 있는 장치이듯이 창문 또한 밖에서는 안을 들여다보기 힘들고, 안에서는 밖이 환히 보이는 구조다. 그러므로 모든 열쇠는 언제나 나에게 있다고 할 수 있다. 그런데 나는 그 열쇠가 밖에 있는 줄만 알았다.

이제 황혼이 깃든 나이에 내 삶의 벽을 바라본다. 지금까지 살아오면서 수없이 많은 벽을 만났다. 벽 앞에서 좌절하기도 했지만, 때로는 잠재력을 발휘하여 나를 변화 시키고 삶을 발전시키기도 했다.

지금까지 살아오면서 벽의 높이에 따라 변화된 생활의 모습들을 꺾은선 그래프로 그려본다. 나이와 사건들을 회상하며 가장 행복했던 기억에 점을 찍고 가슴 아팠던 기억들을 중심으로 세월의 흐름을 따라가며 그려본다.

벽 중에서 가난의 벽이 가장 높고 견고했다. 어린 시절 헐벗고 굶주림 속에서 조롱과 멸시를 받으며 자랐다. 그로 인하여 주눅이 들어 자신감을 잃고 동무들에게 놀림감이 되기까지 했다. 하지만 때로는 슬픔도 힘이 된다고 이처럼 수많은 아픔을 겪으며 자랐기에 웬만큼 어려운 일에는 실망하거나 쉽게 포기하지 않고 꿋꿋하게 살아왔다. 어디에도 기댈 곳이 없으니 내가 더 독해질 수밖에 없었고 마음이 약해질 때는 더 혹독하게 나를 채찍질했다. 그렇게 피나는 노력 끝에 또래들보다 조금 일찍 삶의 터전을 마련할 수 있었다. 그렇지만 다른 한편으로는 경제력이 행복의 바로미터이고 사업의 성공이 곧 인생의 성공이라 생각하고 오직 앞만 보고 내달리느라 놓쳐버린 것들이 너무 많았다. 이는 한쪽 벽만 바라보고 살아온 탓이다.

이제 겨우 가난의 벽 하나를 넘었는가 싶은데 그보다 더 견고한 세월의 벽 앞에 몸은 낡고 정신마저 혼미해졌다. 황혼빛 노을을 등지고 내 인생의 잔고가 얼마나 될까? 하는 생각에 잠기어있는데 돈으로 살 수 없는 것들이 마음의 창문으로 찬바람을 몰고 온다.

남은 세월 벽은 허물기보다 마음의 창문을 내는데 더 정성

을 기울여야 하지 않을까 싶다. 창을 내는 일은 새로운 세상
으로 향하는 일이 될 테니 어떤 모양과 크기로 달 것인가, 고
민 해야 될 것 같다. 함께 바라볼 사람의 마음을 세심히 헤아
려 보다 멋지고 아름다운 풍경이 펼쳐지는 최상의 창문을 내
도록 해야겠다.

※봉창(封窓) : 햇빛이 들어오도록 하기 위해서 벽을 뚫고
안쪽에서 종이를 발라서 봉한 창문

≪문예춘추≫ 2008년 가을호,
≪수필과비평≫ 2007년11/12월,『대표에세이』 2007년

객토(客土)

텃밭에 객토 작업을 했다. 객토란 산성화되었거나 질 나쁜 토양 위에, 다른 곳에서 양질의 흙을 가져와 땅의 힘을 상승시켜 주는 작업이다.

농사가 생업의 전부였던 시절, 우리 집에는 산을 깎아 만든 논이 있었다. 원체 박토라서 작물이 잘 자라지 않았다. 그때마다 거름을 듬뿍 주고 온갖 정성을 다했지만 애쓴 보람도 없이 너무 흉작이라 수확을 포기하고 갈아엎었다. 식량이 부족하여 굶어 죽는 사람들이 많았던 그 시절, 곡식을 갈아엎는다는 건 가슴 아픈 일이었다. 하지만 갈아엎을 수도 없는 땅이 있다. 돌도 아니고 흙도 아닌 비륵땅은 쟁기로도 갈 수가 없다. 삽 끝도 들어가지 않으니 곡괭이로 조금씩 파내야 한다. 이런 땅은 젊은 피를 수혈하듯 객토를 해야 한다.

어린 시절 내 삶의 땅이 바로 그런 비륵땅과 같았다. 1950년대는 전쟁과 가난으로 점철된 고난 속에서 살아남기도 힘들었던 때라 국민학교 입학도 못 하는 아이들도 있었다. 다행히 나는 휴전 협정이 체결되던 그해에 입학했다. 그때까지 나는 누구나 살아가는 형편이 똑같은 줄 알았는데,

학교에 다니면서부터 우리 집이 몹시 가난하다는 사실을 처음 알았다. 내 옷에서는 가난이 뚝뚝 흘러내렸고, 사친회비(수업료)를 제때 내지 못할 때도 있었다. 그때마다 동무들 앞에서 선생님으로부터 회비 납부 독촉을 받을 때는 부끄러워 도망치고 싶었다.

이처럼 혹독한 가난 속에서도 내 키는, 물만 먹고도 쑥쑥 자라는 콩나물처럼 무럭무럭 자랐다. 다른 아이들보다 키도 크고 힘도 셌지만 나는 항상 기가 죽어있었다. 정신적 지주(支柱)인 아버지도 계시지 않고, 몹시 가난하기까지 하여 기댈 언덕이 없으니 그리되었다.

세월 따라 나이를 먹고 몸은 자랐지만, 마음은 더욱 피폐해졌다. 한창 꿈에 부풀어 있어야 할 십 대 후반에 위궤양이 심하여 하혈까지 했다. 그건 아마도 독학을 하면서 한번 목표를 정하면 지나치게 몰두하는 성격이라 심한 스트레스로 인하여 병을 앓게 되었던 것으로 짐작된다. 척박한 환경에 건강까지 좋지 않으니 삶의 목표를 잃었다.

스물다섯 살 되던 어느 날, 이십 리쯤 되는 먼 산으로 땔감을 구하러 갔다. 그곳은 워낙 산세가 험하여 웬만해서는 모두가 가기 싫어하는 삼박골이라고 하는 곳이다. 그날따라 꿩과 산비둘기 우는 소리가 유난히 구슬프게 들렸다. 그중에서 뻐꾹새의 피를 토하는 듯한 울음소리는 깊은 산골짝을 채우고도 넘쳐서 메아리가 되어 울려 퍼졌다. 잡념을 떨쳐버리기 위해 평소보다 더 부지런히 땔감을 모았다. 덕분에 짧은 시간에 나무 한 짐이 다 되었다. 시간이 넉넉하여 너럭바위

아래 누워서 잠시 쉬었다. 무심코 위를 쳐다보니 나무 한 그루가 거꾸로 자라고 있었다. 좁디좁은 돌 틈을 비집고 나와서 물구나무서듯 자라고 있는 나무를 보고 나는 어떤 어려운 환경에 처해도 절망은 없다는 것을 깨달았다.

세상의 모든 것은 환경의 지배를 받는다. 하지만 사람만이 자신의 힘으로 어느 정도 환경을 바꿀 수 있다는 생각이 문득 들었다. 계모에게 천덕꾸러기 취급받던 친척 형님이 도시로 나가 크게 성공한 것을 보고 그렇게 믿었다. 환경을 바꿀 수 없으니 자신을 바꾼 결과였다.

조금도 망설이지 않고 아무런 대책 없이 나도 고향을 떠났다. 하지만 세상 그 어디에도 내가 뿌리 내릴 수 있는 옥토는 없었다. 기댈 곳이 없으니 내가 더 독해질 수밖에 없었다. 척박한 현실을 갈아엎고 희망의 씨를 뿌리기 위해 힘든 일 궂은일 가리지 않고 열심히 살았다.

도시 생활에 익숙해지자 더욱 풍성한 삶의 땅을 일구고자 그동안 쌓아온 길거리 지식을 바탕으로 방문 판매 사업을 시작했다. 원체 적은 자본금으로 시작한 탓에 6개월 만에 큰 고비를 맞았다. 어쩔 수 없이 매달 이자가 10% 되는 돈까지 빌려 썼다. 당시 이런 고리대금을 딸라돈이라고 했다. 하루하루 살얼음판을 밟고 가듯 아슬아슬하게 위기를 넘겼다.

다른 업체와 차별화 전략의 일환으로 창의력과 실용성이 돋보이는 아이디어 상품을 취급했다. 방문 판매하기 좋은 상품을 취급하자 소문을 듣고 영업사원들이 스스로 찾아왔다. 방문 판매는 외무사원이 움직이는 점포와 다름없다. 판매 실

력이 뛰어난 영업사원들 덕분에 2년 만에 방이 다섯 개나
되는 주택을 장만하고 세상을 다 얻은 것처럼 기뻤다.

처음에는 곡괭이로도 팔 수 없는 비릉땅과 같았던 삶의 터
전에, 실낱같은 한 줄기 빛이 보이기 시작했다. 산비탈을 개
간할 때 큰 돌을 파내고 나면 작은 돌멩이들이 나오고 부드
러운 흙도 조금씩 섞여 나왔듯이 일자리와 숙식을 해결하고
부터 자리가 잡혀갔다.

삶의 땅을 바꿀 수 없으니 내가 바뀌고 연장을 바꾸었다.
연장도 내 손에 맞지 않으면 나만의 방식으로 개조했다. 가
난이 죽음보다 더 무서워 모험을 했고, 땀과 노력을 쏟아부
어도 안 될 때는 갈아엎었다. 그래도 안 되면 창의력을 무기
로 객토를 했다. 그 과정에서 나와 만났던 사람들 중에는 흙
속에 숨겨진 바윗돌처럼 나를 속이거나 믿음을 저버린 이도
있었다. 하지만 그와 반대로 돌밭에 섞인 흙처럼 소수의 사
람들이 힘을 보태주고 길을 열어주었다.

농촌에서는 가을이 되면 수확의 결과에 상관없이 다음 해
의 풍작을 기원하는 마음으로 땅을 갈아엎는다. 땅을 갈아엎
으면 위아래 흙이 서로 바뀌어서 땅의 질이 높아지고, 겨울철
에 잡초와 해충이 얼어 죽게 하는 확실한 방법이기 때문이다.
이와 같이 살아간다는 건, 삶의 땅을 개간하고 갈아엎는
연속이라 할 수 있다. 삶의 땅이 아무리 기름지고 풍요로워
도 수시로 갈아엎어주지 않으면 땅의 힘이 유지되기 힘들다.
묵히고 방치해두면 잡초가 무성하고 돌처럼 굳어진다. 굳은

땅에 물이 고일 수는 있어도 새로운 싹이 움트기는 어렵다. 설령 싹을 틔웠더라도 무성하게 자라지는 못한다. 그래서 박토뿐만 아니라 옥토도 가끔 뒤집고 갈아엎어야 한다. 그래도 안 되는 비륵땅은 객토 작업을 해야 한다.

농사꾼의 가을처럼 인생의 완성은 노년에 결정된다고 할 수 있다. 그러므로 삶의 땅 또한 농토처럼 갈아엎거나 객토하는 일은 멈출 수 없는 작업이다. 나는 요즘 과거를 갈아엎고 문학을 통해 삶의 마지막 객토 작업을 하는 중이다.

≪수필과 비평≫ 2018년 3월호, ≪散文의 詩≫2019년 신년호
☆ 2019 매일신문 시니어문학상 논픽션부문 〈비륵땅〉 수상

※ 비륵땅 : 돌도 아니고 흙도 아닌 땅, 비석비토(非石非土)라고도 함
※ 1941년 ~ 1995년 국민학교
※ 1996년 3월 1일부터 초등학교
※ 1952년부터 사친회비, 1958년 기성회비, 1970년 육성회비 1997년 폐지됨

백목련

하얀 달빛이 청초한 꽃잎에 내려와 적요한 밤을 지키고 있다. 혹독한 겨울을 이겨낸 나목의 뼈아픈 고독을 견디며 찬바람 속에 피어난 목련이 청아하고 고결한 여인의 모습처럼 느껴진다. 백목련의 청순한 아름다움에 빠져 있노라니 하얀 꽃송이가 친구의 영정 앞에 소복 차림으로 오열하던 부인의 모습과 오버랩된다.

목련꽃은 그 모양이 연꽃을 닮아서 나무에 핀 연꽃이라는 뜻으로 목련(木蓮)이라 부르게 되었다고 한다. 목련 중에서도 백목련은 꽃 빛깔이 맑고 깨끗하여 순백의 꽃을 보고 있으면 마음까지도 깨끗해지는 듯한 느낌이 든다. 평소에는 순결한 자태와 고결한 아름다움에 취했었는데 오늘은 어찌 된 까닭인지 처량하게 느껴진다. 아마도 보는 사람의 마음에 따라 다르게 다가오기 때문인 것 같다.

내 나이 육십이 되던 해의 일이다. 어린이 대공원에서 백목련의 우아한 자태를 감상하면서 산책하고 있는데 전화가 왔다. 초등학교 동기가 췌장암으로 세상을 떠났다는 소식이었다. 그 친구는 생일이 나보다 하루 늦은 동갑내기다. 키까지 비슷해서 학교 운동장에서 일렬종대로 설 때면 그와 나는 앞뒤로 가까이 섰다.

경찰 공무원이었던 그의 아버지는 국민학교 다니던 때 교통사고로 하반신이 마비되었다. 그는 어쩔 수 없이 병상에 누워계시는 아버지와 동생들을 책임져야 하는 가장의 역할을 해야만 했다. 농촌에서 농사지을 땅이 없으니 가족들 생계를 위해 국민학교 졸업과 동시에 자동차 회사에서 일했다. 정비 기술을 배우기 위해 심한 구박 속에 온갖 궂은일을 하며 견뎠다.

졸업 후 각자 꿈을 이루기 위해 헤어진 후 30여 년이 흐른 뒤 우리는 동창모임에서 다시 만났다. 그는 중후한 중년 신사 모습으로 나타나서 개인택시도 사고, 농장도 마련했다며 자랑을 끝없이 늘어놓았다. 슬픔이 머물고 간 자리에 꽃이 피었다고 우리는 다함께 박수를 치며 축하하여 주었다.

그렇게 만남이 시작되고 쉰아홉 살 되던 해 가을, 자기 농장에서 수확한 과일이라며 단감과 왕밤 한 상자를 들고 아내와 함께 불쑥 찾아왔다. 상자 속에는 아기 주먹만 한 알밤들이 기름을 바른 것처럼 윤기가 흐르고 있었다. 나를 위해서 전라남도에서 서울까지 그 먼 거리를 가지고 온 정성을 생각하니 그것은 단순히 과일이 아니었다. 우정과 정성이 담뿍 담긴 과일을 그냥 먹을 수가 없어 소중히 보관해 두었다. 그런데 너무 오랫동안 놔둔 탓으로 썩어서 그 아까운 것을 절반 이상 버렸다.

　그로부터 일 년 후 서울에 있는 종합병원에 입원했다는 소식을 들었다. 서둘러 병문안을 갔더니 아직 병명을 알 수 없다고 했다. 그리고 자기 병에 대해서는 걱정할 것이 없다는 표정으로 나를 쳐다보며 대뜸 "상환아, 우리 생일이 하루 차이 밖에 안 되니 회갑 잔치를 함께 하자."고 뜬금없는 말을 했다.

　며칠 후 고향으로 내려갔다고 하기에 병세가 호전되어 퇴원한 줄 알았는데, 어느 날 그의 부인으로부터 친구가 나를 몹시 보고 싶어 한다는 전화가 왔다. 나도 친구를 만나 보고 싶었지만, 교통편도 좋지 않고 자동차로 여섯 시간 이상 걸리는 곳까지 가기란 쉽지가 않았다. 건장(健壯)한 체구에 튼튼했던 사람이니 건강을 회복하리라 믿고, 한 달 후 고향 문중시제(門中時祭)에 참석할 겸 찾아갈 생각으로 우선 편지부터 보냈다. 그 후 들리는 소식에 의하면 병명이 췌장암이라고 했다. 췌장암은 조기 발견이 어렵고, 암이 발견되었을 때는 이미 상당히 진행된 상태여서, 간이나 폐로 전이가 되어 있는 경우가 많다는 사실을 뒤늦게 알았다.

　그때 친구를 만나러 가지 않은 일이 평생 후회로 남을 줄 몰랐는데 내가 편지를 발송하고 며칠 안 되어 그만 세상을 떠나고 말았다. 그렇게 허망하게 세상을 떠나다니, 도무지 믿어지지 않았다. 친구가 세상을 떠났다는 소식을 듣고 나는 갑자기 실어증에 걸린 사람처럼 한동안 아무 말도 할 수가 없었다. 죽음은 항상 우리 곁에 있는데 나는 지금까지 죽음과는 무관한 사람처럼 살아왔다. 죽음이란, 어떠한 기준도 없이 아주 불공

평하게 불시에 닥쳐온다는 사실을 가슴 저리게 느꼈다.

친구를 다시 만나 볼 수 없다는 사실이 너무나 안타깝고 슬펐지만 내가 마지막 할 수 있는 것은 문상하는 일밖에 없었다. 문상을 가는 것이 친구의 죽음을 확인하는 일처럼 생각되어 두려웠다. 장례식장에서 만난 친구 부인은 나를 보자 서러움에 복받치는 목소리로, 그이가 많이 기다렸었는데 하루만 좀 빨리 오지 그랬느냐며 말끝을 흐렸다. 원망 어린 그 한마디에 나는 아무 말도 못 하고 죄인이 된 기분으로 한동안 장승처럼 서 있었다. 내가 보낸 편지는 친구가 운명하기 하루 전에 도착하여 부인이 대신 읽어 주었다면서 또다시 절규했다. 소복 차림의 처연한 그 모습이 찬바람 속에 떨고 있는 백목련과 같았다.

목련은 이제 나에게 아름다운 꽃이 아니라 서러움의 상징으로 다가온다. 대부분의 꽃들은 따뜻한 남쪽을 향해 피어나는데, 목련은 이별의 슬픈 얘기를 매달고 북쪽을 향해 쓸쓸하게 피어있어 보는 이의 가슴을 더욱 시리게 한다. 순백의 꽃송이가 창백한 모습의 여인이 소복 차림으로 난간 위에 서 있는 것처럼 나뭇가지 끝에 위태롭게 피어있어, 무심코 지나가는 실바람에도 우수수 쏟아질 것만 같은 긴장감이 들기도 한다.

역경과 시련을 딛고 삶을 꽃피웠다가 빨리 가버린 친구처럼, 목련도 시련 속에 잔설(殘雪)을 녹이고 잠시 피었다가 서둘러지고 말 것이다. 떨어진 꽃은 내년 봄에 환생하겠지만,

사람은 한번 가면 부활할 수 없으니 후회를 남기지 않도록 매 순간 최선을 다해야 한다는 무언의 메시지를 전달하고 있는 것만 같다.

꽃이 지면서 열매를 남기듯이 친구는 떠났지만, 그를 쏙 빼닮은 아들딸들이 훌륭한 열매로 영글어갈 것이다. 나도 이 글을 끝으로 친구에 대한 슬픔과 미안함을 잊고 백목련의 아름다움에 취할 수 있었으면 한다.

≪수필과 비평≫ 2006년 11월 12월호

동백꽃

　해마다 동백꽃 구경을 가려고 벼르기만 하다가 큰마음 먹고 나섰다. 봄이라고 하지만 아직은 찬바람이 코끝을 싸하게 스치는 3월 중순, 아내와 함께 여수 오동도로 향했다.

　아내를 더욱 즐겁게 해주기 위해 광주광역시에 살고 계신 두 분의 처형님과 여수에서 합류하기로 했다. 아내는 언니들을 만나자 세 자매가 함께 여행을 떠난다는 기쁨에 들떠 수학여행을 나온 여고생처럼 즐거워했다.

　옛날에는 오동나무가 많고 섬 모양이 오동잎처럼 생겼다고 하여 '오동도'라 불렸다고 하는데, 지금은 섬 어디에서도 오동나무를 찾아볼 수가 없다. 오동나무가 사라진 것은 고려 때 요승(妖僧)으로 불렸던 신돈이 오동도에 봉황이 날아드는 것을 막기 위해 오동나무를 모두 베어버렸기 때문이라고 한다.

　지금은 오동나무 대신 동백나무로 유명하다. 우리는 첫 번째 관광코스인 자산공원으로 향했다. 해가 떠오를 때 산봉우리가 자주색으로 물든다고 하여 자산공원이라고 한다. 가파른 언덕길을 올라가니 확 트인 시야에 오동도와 바다가 한눈

에 보이고 시원한 바닷바람에 막혔던 가슴이 뻥! 뚫리는 것
만 같았다. 무엇보다도 곳곳에 피어있는 진분홍빛 동백꽃의
화려함에 정신이 팔렸다. 견줄 데 없이 아름다운 유혹에 발
길이 느려져 가끔 아내에게 잔소리를 듣기도 했다.

어린 시절 고향 집 뒤란에는 동백나무와 대나무가 울창한
숲을 이루고 있었다. 동백나무는 나에게 그냥 나무가 아니라
말없이 곁에 있어 주는 다정한 친구였으며 추억의 산실이었
다. 나는 동백나무에 올라가서 타잔처럼 이 나무 저 나무로
옮겨 다니며 놀기를 좋아했다. 동백꽃이 필 때면 대나무 가
지를 꺾어 빨대를 만들어 꽃받침 속에 고여 있는 꿀을 빨아
먹었다. 먹어도 먹어도 배가 고프고 먹을 것이 귀하던 그 시
절, 달콤한 꿀은 우리들에게 최고의 간식거리였다.

동백꽃은 봄이 되기 전부터 꽃을 피운다고 하여 선춘화(先
春花)라 한다. 더욱이나 새봄에 가장 화려하게 차려입고 꽃
등불처럼 피어나는 첫 손님이기에 가장 많은 박수를 받는다.
이른 봄에 피는 꽃들은 대부분 나뭇잎이 피기 전, 앙상한 나
뭇가지에 달랑 꽃봉오리만 달고 있어 불완전한 느낌을 준다.
하지만 동백은 그 어떤 꽃보다도 먼저 피고 사시사철 푸른
잎을 간직하고 있어 강인한 생명력과 열정을 느끼게 한다.
타원형의 나뭇잎이 기름을 듬뿍 바른 것처럼 윤기가 흐르고,
날씨가 추울수록 더욱 푸른색을 띄우기에 나뭇잎 자체가 꽃
처럼 아름답다.

겨울과 봄을 넘나드는 동백꽃은 낙화할 때도 다른 꽃처럼
꽃잎이 어지럽게 흩어지지 않는다. 어떤 상황에서도 화장을

지우지 않는 여인처럼 마지막까지도 아름다운 모습을 간직하기 위해 시들기 전에 꽃송이 채로 단번에 툭! 떨어진다. 땅에 떨어진 꽃에도 꿀을 머금고 있기에 벌들이 날아든다. 그래서 동백꽃은 세 번 핀다고 한다. 연붉은 새색시의 웃음처럼 활짝 웃으며 나무에서 한 번 피고, 땅에 떨어져서 다시 피고, 처연한 아름다움에 그 꽃을 바라본 사람들의 마음속에 피어있어서 오래도록 기억에 남아있기 때문이다.

무엇보다도 나는 동백꽃을 보면 원삼족두리를 쓰고 초례청에 서 있는 예쁜 신부를 떠올리게 된다. 내가 코흘리개 어렸을 때 사촌 형님이 장가를 갔다. 그 시절에는 대부분 일손이 바쁜 농사철을 피하여 한가한 겨울철에 혼례를 치렀다. 초례청을 아름답게 장식하고 싶어도 추운 날씨에 흔한 들꽃조차 구할 수가 없으므로 동백나무 가지를 꺾어다가 놓고 예식을 올렸다. 동백나무는 겨울철에도 푸르고 나뭇잎이 꽃잎처럼 고와서 초례상(醮禮床) 양쪽에 세워 놓고 동백꽃 대신 조화(造花)를 매달아 두었었다. 우리는 그 꽃을 꺾기 위해 추운 줄도 모르고 예식이 끝날 때까지 오랜 시간을 참고 기다렸다.

사촌 형수가 시집오던 날, 나는 신부 모습에 정신이 팔려 꽃을 하나도 꺾지 못했으나 예쁜 신부가 나에게 형수가 된다는 사실이 더 기뻤다. 그렇게 예쁜 신부가 코흘리개인 나를 보고 "도련님" 하고 부르면 나는 부끄러워 대답도 제대로 하지 못했다. 어린 나에게 그렇게 깍듯이 경어를 써서 말해주는 어른은 오직 그 형수뿐이었다. 그때 형수는 항상 동백꽃잎처럼 붉은 치마에 꽃 수술 같은 노랑 저고리를 즐겨 입었다.

여수는 어디로 가나 바다와 동백나무를 볼 수 있는데, 나의 최종목표는 일출(日出)명소인 향일암을 구경하는 일이었다. 본래는 원효대사가 창건하여 원통암(圓通庵)이라고 했는데, 해가 뜨는 광경이 장관을 이루어서 향일암(向日庵)이라 했다고 한다.

다음 날 아침 여섯 시가 조금 지나 일출을 보기 위해 향일암으로 향했다. 힘겨운 인생길처럼 가파르고 험난한 길을 오르면, 역경 속에서 천국의 문이 열리듯 바위로 된 문을 통과하도록 되어있다. 깎아지른 듯한 절벽 사이로 겨우 한 사람이 간신히 통과하면 향일암이었다. 암자 주변은 기묘하게 생긴 바위와 동백나무가 절경을 이루고 있어 아무리 감성이 무딘 사람도 절로 경탄을 자아내게 했다. 바위틈을 비집고 피어있는 동백꽃은, 똑같은 꽃이라도 절벽 위에 피어있는 꽃이 더 아름답다는 말을 실감하게 해주었다.

동백꽃은 색깔이 새색시 입술처럼 붉고 꽃 수술은 병아리 색깔처럼 노래서, 마치 시루에 숙주나물 올라오듯 꽉 차 보였다. 더욱이 아직 추운 날씨에 꽃 등불처럼 피어있어 아리도록 곱다. 상쾌한 아침 공기와 함께 바위를 타고 올라오는 바닷바람조차도 동백꽃 앞에서는 향기롭게 느껴졌다.

일출을 보기 위해 올라온 사람들은 향일암을 등지고, 태극기를 향해 거수경례할 때처럼 바른 자세로 동쪽 바다 끝을 주시하고 서 있었다. 얼마간 시간이 흐른 뒤, 수평선 멀리 옅은 안개를 뚫고 천지를 태워버릴 듯한 기세로 붉은 태양이 솟아올랐다. 신비롭고 놀라운 광경이 펼쳐 우리는 형용할 수 없는 황홀함에 넋을 잃었다.

눈부신 아침 햇살 아래 아내와 처형님들이 즐거워하는 모습을 보고 나는 문득 사람이 꽃보다 아름답다는 말이 떠올랐다. 아무리 뛰어난 절경이라도 누구하고 보느냐에 따라 느낌이 다르다. 만약 처형님들과 동행하지 않았다면 단순히 눈앞에 펼쳐지는 풍경만으로 그처럼 즐겁지는 않았으리라.

≪문학저널≫ 2005년 3월호

절망의 강을 건너

1992년 우리나라 최초의 인공위성인 우리별 1호가 발사되었다. 당시 나는 심혈을 기울여 개발한 세 번째 상품이 판로를 개척하지 못해 어려움을 겪고 있을 때였다. 텔레비전 화면을 통해 로켓이 우렁찬 폭발음 내며 우주를 향해 솟구쳐오르는 광경을 보고, 나도 내 인생의 별을 향해 꿈을 쏘아 올릴 수 있었으면 하는 생각을 하게 되었다.

당시 요구르트 제조기가 히트 상품으로 떠오르고 있었다. 그중에서 가장 잘 팔린다는 유명 제약회사에서 생산된 제품을 구입하여, 보완할 점이 무엇인지 꼼꼼히 살펴봤다. 그 제품은 1,000미리 우유팩에 시약(종균)을 넣고 만들도록 되어 있었다.

우유팩은 우유가 스며들지 않게 하기 위한 목적으로 종이를 압축시킨 다음 코팅처리가 되어있다. 이처럼 코팅된 부분이 결정적인 문제점으로 보였다. 우유는 시원한 냉장고에 보관하기 때문에 별문제가 없지만, 요구르트를 만들기 위해서 오랜 시간 열을 가하게 되면 유해물질이 배출될 수 있기 때문이다. 또 시약을 구하기가 쉽지 않을 뿐만 아니라, 요구르트가 만들어지는 시간이 너무 오래 걸리는 것을 문제점으로 봤다.

나는 무슨 일이든 한번 마음먹으면 즉시 실행에 옮기는 성격이라 곧바로 제품개발에 들어갔다. 제조기 바닥에 알루미늄 열판을 깔아 열전도율을 높여주고, 전자 IC 회로를 이용하여 온도 편차를 극소화하는 한편 타이머와 멜로디음 기능을 내장했다. 그리고 냉장고에 있던 차가운 우유가 유산균이 증식하기 좋은 온도인 42도로 높여지는 시간을 단축시켰다.

그 방법은 가열과 보온, 두 개의 열선을 이용하여 짧은 시간에 적정 온도까지 높여준 다음, 가열 열선은 전원이 차단되고 남은 열선 하나로 똑같은 온도가 유지되도록 했다. 그렇게 하여 기존 제품은 요구르트를 만드는 시간이 10시간 소요되던 것을 7시간으로 단축시켰다. 그뿐만 아니라 요구르트를 덜어 먹지 않고, 한 번에 먹기 좋을 만큼 크기의 유리병에, 시약(종균) 대신 기존 떠먹는 요구르트를 사용하여 만들 수 있도록 하여 실용신안 등록까지 마쳤다.

장사는 이익을 많이 남기는 것을 사업의 목표로 삼지만, 제조업은 최고의 제품을 생산하는 것이 목표가 되어야 한다고 생각했다. 기존 제품의 단점을 보완하고 품질 경쟁에서 이기는 것이 곧 성공으로 가는 길이라 생각하고 최고의 제품을 만들기 위해 최선을 다했다.

기존 제품의 단점을 보완했으므로 상품을 출시만 하면 바로 대박이 날줄로 믿었다. 그런데 시장 반응은 아주 싸늘했다. 소비자는 품질보다는 브랜드를 더 우선시한다는 사실을 뼈저리게 느꼈다.

판로를 개척하지 못해 어려움을 겪고 있을 때, 친구 부인으로부터 전화가 왔다. 당시 경기 침체로 어려움을 겪고 있는 중소기업을 살리자는 목적으로 KBS에서 TV 슈퍼마켓이라는 프로가 방영되고 있다는 것을 알려 주었다. 실낱같은 희망을 붙잡는 심정으로 방송 출연 신청을 하여 1993년 1월 16일 텔레비전에서 방영되었다. 방송이 나가자, 불과 몇 분 동안 주문 전화가 빗발쳐 100여 개의 상품이 팔렸다.

텔레비전 방송 덕분에 광고의 위력이 얼마나 큰지를 실감했다. 방송이 나가고 3일이 지나자 주문 전화가 뚝, 끊어졌다. 매출 증대의 해법이 광고라는 생각이 들었지만, 나에게는 그림의 떡이었다.

당시 요구르트 제조기를 생산한 업체마다 모두 성공했는데 나는 사업수완이 부족하여 실패했다. 희망에 들떴다가 절망을 맛봤고, 비상을 꿈꿨다가 추락을 경험했다. 재물과 사람, 건강까지 잃었다. 나의 무능이 초래한 결과이니, 내가 감내해야 할 고통과 아픔은 얼마든지 참고 견딜 수 있었다. 하지만 가족들이 겪어야 하는 고통을 생각하면 가슴이 무너져 내렸다.

집을 팔아도 빚을 절반도 갚을 수 없을 정도로 부채의 규모가 컸고, 주변 사람들로 인한 마음의 상처도 컸다. 이때 고난과 역경으로부터 벗어날 수 있는 길은 오직 도전과 모험밖에 없다고 생각했다.

당시 가라오케 붐이 한창 일어나고 있을 때였으므로, 지난날 무선전축을 만들었던 경험을 살려서 무선전화기처럼 생긴 휴대용 가라오케를 생산하면 좋겠다는 생각이 번쩍 떠올랐다. 그러나 생산시설을 갖추는 일과 사업자금을 조달할 방법이 없어 뜻을 이루지 못하고 있었다.

그때 마침 종로 세운상가에서 자동차 전용 노래 반주기 생산업체 사장을 우연히 만났다. 그에게 평소에 내가 구상하고 있던 내용을 설명했더니, 그도 아주 좋은 아이디어라고 했다. 우리는 의기투합하여 곧바로 상품개발에 들어갔다.

일을 추진하기 위해 몇 번 만나보니 그는 아주 온순한 성격의 소유자였다. 그는 나와 대화를 할 때면 귀를 기울여야만 알아들을 수 있을 정도로 낮은 목소리로 말을 했다. 겸손하고 조용한 성격이어서 자신의 등도 밟고 가라고 할 만큼 순하고 착한 사람으로 보였다. 그래서 그를 믿고 내가 가지고 있는 돈을 몽땅 주고도 모자라서 자식들 돌 반지와 결혼 패물까지 팔아서 개발비용에 보탰다.

핸드가라오케가 출시되기만 하면 경제적인 어려움에서 벗어날 수 있을 것이라는 희망을 안고 완제품이 나오기만을 기다렸다. 그런데 어느 날 갑자기 그가 나와의 약속을 지킬 수가 없다고 했다. 어느 돈 많은 사람이 총판 계약을 제의하여 오자 마음이 돌변한 것이었다.

1994년 성수대교가 무너지던 그해 내 희망의 다리도 무너졌다. 절망의 강을 건널 수 있는 다리가 될 것이라고 굳게 믿었던 핸드가라오케 생산 계획이 사업 파트너의 배신으로 내 삶의 다리도 무너졌다. 콘크리트보다도 더 단단하게 보였던 믿음이 한순간에 와르르 무너져 버린 것이다.

그렇게 착하고 순진하게 보였던 사람이 등을 돌렸다는 사실이 믿어지지 않았다. 드라마나 영화 속에서 수많은 배신과 배반을 보아 왔지만, 내가 직접 이런 일을 당하게 되리라고는 상상도 못 했다. 무엇보다 그를 너무 믿고 사업 계약서를 작성하지 않았던 것이 가장 큰 실수였다. 오랜 세월 사업을 하면서 꼼꼼하기로 정평이 난 내가 이런 결과를 초래한 것에 대해 자괴감(自愧感)이 들었다.

사업은 실패했지만, 가정은 내가 지켜야 할 최후의 보루이기에 밑바닥에서 다시 일어날 방법을 찾기 위해 고심했다. 무슨 일이든 다시 시작하려면 우선 자본금이 있어야 하므로, 공장에 설치된 값비싼 계측기들을 고물값으로 처분했다. 그렇게 마련한 돈은 겨우 85만 원이었다. 한 달 생활비도 안 되는 금액이었다. 생계유지를 위해 이 돈을 밑천으로 뭔가 시작해야 하는데 마땅한 대안이 떠오르지 않았다.

최소한의 자본으로 취급할 수 있는 상품을 찾아다니던 어느 날, 길거리에서 청동(靑銅) 장식품 판매하는 노인을 만났다. 본래는 연필깎이 용도인데 요즘은 연필을 별로 사용하지 않으므로 장식용으로 판매하고 있었다. 제품의 크기는, 길이 10cm, 높이 5cm로, 60여 가지가 있었다. 중국에서 8백 원에 수입하여 2천 원에 판매한다고 했다. 생활필수품도 잘 팔리지 않는 불경기에 이런 자질구레한 물건이 팔릴까 싶었다. 그렇지만 손해 보는 장사라도 해야지 가만히 있으면 병이 날 것 같아 청동 장식품 장사를 시작하기로 했다.

바로 그다음 날부터 기대 반 걱정 반으로 남의 상가 앞에 좌판을 펼쳤다. 고급 아파트 한 채 값보다 더 많은 빚을 지고 있는 상황에서 보잘것없는 것들을 상품이라고 펼쳐 놓고 있으려니 처량한 생각까지 들었다. 하루가 한 달처럼 느껴졌다. 점심때가 지나도 배고픈 줄도 몰랐다. 아무리 노력해도 노점에서 물건을 사 가는 사람은 하루에 한두 명밖에 안 되었다. 그나마 한 사람이 한두 개씩 사 가기 때문에 자릿세도 못 했다. 하지만 원체 장사 밑천이 적어서 취급 품목을 바꿀 수도 없었다. 청동 장식품으로 절망의 강을 건널 방법을 모색하는 길밖에 선택의 여지가 없었다.

매출을 증대시킬 방안을 찾기 위해 고민에 빠졌다. 며칠 동안 궁리한 끝에 다섯 개를 하나의 세트로 만들어서 1만 원씩에 판매해 보기로 했다. 그런데 세트를 구성하는 일이 생각보다 쉽지 않았다.

어떻게 세트를 구성할까, 골똘히 생각한 끝에 극작가가 시나리오를 쓰듯이 장식품 하나하나에 의미를 부여하여 가치를 높여보기로 했다. 예를 들면 포장마차 뒤에는 대포를 놓고 그다음 호롱불을 놔두었다. 그렇게 하여 서부영화에서 포장마차 뒤에 대포를 달고 가는 것을 연상하게 하고, 밤이면 호롱불을 사용한다는 뜻으로 설명하면 될 것 같았다. 이런 방법으로 열 가지 세트를 구성했다. 아무리 하찮은 물건이라도 어떤 상징적인 의미를 부여하면 그 가치가 달라져 보이듯이, 이렇게 뜻을 담아 스토리를 곁들이면 매출이 증가할 것이라는 기대를 했다.

세트 구성이 완성된 다음, 진열을 어떻게 할 것인가를 고민했다. 지금까지의 경험으로 미루어 볼 때 똑같은 상품이라도 어떻게 진열하느냐에 따라 매출이 달라진다. 여러 날 궁리 끝에 상품이 돋보이도록 하기 위해 인테리어 가구공장에서 보석 장식장처럼 고급스럽게 진열장을 주문 제작했다.

이처럼 머리를 짜고 지혜를 모아 철저하게 준비했지만, 좌판 펼칠 장소를 구하는 일이 큰 벽으로 다가왔다. 장사가 좀 되는 장소는 경험이 많은 사람들이 이미 붙박이처럼 자리를 잡고 있었기 때문이다. 어떤 날은 좌판을 펼쳐 보지도 못하고 온종일 헛고생만 하고 돌아올 때도 있었다. 더욱이 무더운 여름철이 다가오면서부터 걱정이 더 커졌다. 날씨가 맑은 날은 무쇠도 녹일 것 같은 뙤약볕이고, 장마가 계속되어 비가 내리는 날은 그나마 장사를 할 수가 없기 때문이다.

1994년 여름은 최악의 폭염이 계속되었다. 6월 중순의 서울 날씨가 34.7도였고, 7월 12일 대구의 최고 기온이 39, 4도로 기상 관측 이래 가장 무더웠던 해로 기록되었다. 폭염으로 아스팔트가 녹아서 신발이 붙어버리고 일사병으로 300명 이상 사망했다는 뉴스가 보도되었다. 그리고 7월 8일에는 북한의 김일성 주석이 향년 82세로 갑자기 사망했는데, 항간에서는 혹시 일사병으로 죽은 것 아니냐 하는 추측까지 나돌았다.

이 같은 최악의 폭염 속에 어떻게 살아갈까? 고심했다. 그때 마침 여름방학을 이용하여 부산 무역센터에서 공룡 전시회가 열린다는 소식을 전해 들었다. 공룡 전시회에는 청동 장식품이 딱 어울리는 아이템이라는 생각이 들었다. 주저할 것도 없이 큰 기대를 품고 부산으로 내려갔다.

도착한 즉시 행사 관계자를 만났다. 그런데 기념품을 판매할 수 있는 모든 권리는 이미 다른 사람이 독점하고 있었다. 어쩔 수 없이 매장을 독점한 사람에게 찾아가 부탁했더니 한 달 자릿세를 300만 원이나 달라고 했다. 당시 직장인 평균 월급이 100만 원이던 때다. 책상 하나 놓을 정도의 작은 공간만 있으면 되는데 터무니없이 큰 목돈이었다.

그곳에서 꼭 장사를 하고 싶은데 나에게 그만한 목돈이 없었다. 어쩔 수 없이 사정사정하여 판매 이익금의 50%를 자릿세로 주기로 합의를 봤다. 나에게 주어진 장소는 전시장에서 가장 으슥하고 어두운 곳이었다. 그렇지만 불평할 처지가 아니었다. 서울로 되돌아가지 않게 된 것만으로도 감사하게 생각하고 옹색하게 자리를 잡았다.

이제부터는 어떻게 하면 관람객들을 후미진 구석까지 오도록 할 것인가가 가장 중요한 과제였다. 오랜 궁리 끝에 진열장 벽면에 거울을 붙이고, 양쪽에 100W 전구로 불을 켜 두었다. 밝은 불빛이 거울에 반사되어 상품이 최대한 돋보이도록 한 것이다. 그리고 〈세계 최초의 발명품 모조품 전시〉라고 쓴 현수막을 높이 걸어 놓았다. 이렇게 모든 준비를 끝낸 다음, 벼랑 끝에서 지푸라기를 부여잡듯 청동 장식품에 희망을 걸었다. 허튼 희망이라도 가지고 있어야만 견딜 수 있기에 그렇게 마음을 먹었다.

전시회는 오전 열 시부터 오후 다섯 시까지 열렸는데 첫날부터 관람객이 물밀듯 몰려왔다. 진열장에 환하게 켜놓은 불빛과 현수막을 보고 사람들이 내가 있는 구석으로 모여들었다. 앙증맞고 정교하게 만들어진 장식품이 연필깎이까지 달린 것을 보고 모두들 신기하게 생각했다. 많이 사 가는 사람은 다섯 세트에서 열 세트까지 사 가기도 했다. 이처럼 청동 장식품 하나하나가 희망이 되고 빛이 되어 날개 돋친 듯이 팔려나갔다. 뜻밖에도 다 사그라진 잿더미 속에서 작은 불씨 하나를 찾아낸 기쁨을 맛보았다.

공룡 전시회에서 힘을 얻어 아내도 따라나섰다. 절망의 강을 건너기 위해, 온 가족이 한마음이 되었다. 함께 노력한 덕분으로 2년 동안 노점상을 하여 근근이 모은 돈이 800만 원이 되었다. 그것을 종잣돈으로 1996년 또다시 상품개발에 도전했다.

고난과 역경으로부터 벗어날 수 있는 길은 오직 도전과 모험밖에 없다고 생각하고, 창의력을 무기로 냄비를 만들기로 했다. 개발비용을 줄이기 위해 제품의 크기는 지름이 22cm로 아주 조그맣게 만들었다. 그래도 돈이 모자라 양쪽 손잡이는 만들지 못했다. 뚜껑에는 둥근 철사를 귀걸이처럼 끼워서 손잡이를 대신했다. 원체 적은 돈으로 옹색하게 만든 제품이라 고급 주방용품들 틈에서 판매될 수 있을까 싶었다.

아침 식사도 하는 둥 마는 둥하고, 못난 자식 선보이러 가는 심정으로 부천시에 있는 쇼핑센터로 갔다. 기도하는 마음으로 판매를 시작했다. 야외용 가스버너 불에 냄비를 올려놓고 고구마를 직접 구워서 누구나 시식할 수 있도록 하는 방법으로 사람들을 불러 모았다. "물과 기름 없이도 생선을 구울 수 있고, 높이가 일반 냄비의 절반밖에 안 되므로, 뚜껑의 복사열로 음식이 빨리 익을 뿐만 아니라, 생선이 맛있게 구워진다.”라고 설명했다.

그렇게 판매를 시작하자마자 ‘요술 냄비가 나왔다.’며, 날개 돋친 듯이 팔려나갔다. 절실함이 기적을 부른다더니 꿈같은 현실이 펼쳐졌다. 금형 제작비도 모자라 어렵게 생산한 작은 냄비가 보름달처럼 떠올라 칠흑같이 어둡던 내 삶을 낮처럼 환하게 밝혀주었다. 그동안 나를 옭아매고 있던 고난의 밧줄들도 한순간에 툭! 끊어졌다.

바로 그다음 해 1997년 우리나라는 외환위기가 발생하여 수많은 기업이 문을 닫았고, 그로 인해 갑자기 직장을 잃은 사람들이 소문을 듣고 찾아왔다. 주문이 쇄도하여 주야로 생산해도 주문량을 다 맞추지 못했다. 온 나라가 경제 위기를 맞아 일자리를 잃고 실의에 빠진 사람들에게 노점상이라도 할 수 있는 길을 열어주었던 일이 내 인생에서 가장 큰 보람을 느꼈다.

새벽부터 시작하여 숨 가쁘게 하루 일을 마치고 나면 돈이 큰 종이 상자에 수북이 쌓였다. 물건이 팔려나가는 즐거움에 피곤한 줄 모르고 바쁘게 일을 하다가, 밤늦게 일과가 끝나면 식구들 모두 녹초가 되었다. 어떤 때는 돈을 세어볼 기운조차 없어, 큰 종이 상자에 차곡차곡 쌓인 돈을 방 한쪽 구석에 미루어 놓고 그대로 잠이 들 때도 있었다.

이처럼 냄비가 잘 팔린다는 소문이 퍼지자 여기저기서 똑같은 상품을 만들기 시작했다. 나는 곧바로 차별화된 상품을 만들어 이들 업체를 따돌렸다. 당시 판매하고 있던 냄비는 바닥이 얇아서 불이 직접 닿는 부분에 음식물이 쉽게 타거나 눌어붙었다. 이런 단점을 보완하여 바닥의 두께를 3배 두껍게 만들었다. 냄비 전체가 두꺼우면 중량이 무거워서 사용하기 불편할 뿐만 아니라 생산 원가도 높아지므로, 불이 직접 닿는 부분만 두껍게 하고 바닥의 중심에서 멀어질수록 점차 얇아지도록 했다. 그리고 바닥을 제외한 다른 부분은 일반 냄비와 똑같은 두께로 하여 '3단계 바닥 냄비'라는 이름으로 출시했다. 여기에 한발 더 나아가 뚜껑에는 온도계가 부착된 손잡이를 달아 주었다. 남들이 모방하지 못하도록 실용신안 특허 출원을 하고, 품질을 보증하는 큐(Q) 마크 인증까지 받았다.

그 결과 독과점 상품이 되어 2년 동안 45만 개가 팔렸다. 똑같이 내린 비에도 떨어지는 꽃이 있고 다시 피어나는 꽃이 있듯이, 외환위기로 온 나라가 불황 속에 어려움을 겪고 있을 때, 나는 최대의 호황을 누렸다. 덕분에 평생 갚지 못할 줄 알았던 그 많은 빚을 1년 만에 모두 다 갚고, 오랜 세월 그토록 소원이었던 상가건물도 장만했다. 그리고 1998년 9월에는 발명 진흥회의 추천으로 이태리 밀라노에서 열리는 '마제프 가정용품 국제 박람회'에 참가했다. 뜻밖에도 외국 바이어들로부터 호평을 받고 아주 좋은 실적을 올리고 귀국했다.

≪샘터≫ 2019년 7월호

제2부

삶의 문장부호

원고를 퇴고하는 과정에서 겹낫표를 써야 할 곳에 홑낫표로 잘못 표기한 것이 발견되었다. 이때 문득 문학작품에 문장부호가 있듯이, 우리 인생에도 삶의 문장부호가 있다는 생각이 들었다. 흔히들 인생은 한 권의 책과 같다 하고, 인생은 퇴고의 연속이라고 하기도 한다.

지난날 치열한 경쟁 속에서 살아남기 위해 삶의 문장부호를 수없이 던지며 하루하루 전쟁을 치르듯 살아왔다. 이제 인생의 쉼표가 필요한 나이, 삭막한 노년의 뜰에 문학의 향기를 피워 올려 보고자 문예 창작 강좌에 수강 신청을 했다. 글쓰기 공부를 하면서 정확하고 바른 문장을 구사하는 일 못지않게 문장부호를 정확히 사용하는 일이 생각보다 어렵다는 걸 실감했다.

문장부호 중에서도 쉼표(,)와 마침(.)표는 그 모양새가 채송화 꽃씨처럼 작아서 얼핏 보면 서로 비슷하다. 그렇지만 그 작은 차이를 가볍게 생각하면 좋은 작품으로 평가받기 어렵다. 마찬가지로 우리의 삶에서도 쉼표를 찍어야 할 때 마침표를 찍어 버리면 돌이킬 수 없는 후회를 낳게 된다. 일이 잘 안 풀릴 때 마침표를 찍고 심기일전하여 새롭게 시작해야 할 경우가 있고, 쉼표를 찍고 누적된 피로를 풀고 더욱 힘차게 전진해야 할 때가 있기 때문이다.

나는 인생을 제대로 살아 보지도 않고 이십 대에 마침표를 찍고 싶었다. 한창 꿈에 부풀어 있어야 할 나이에, 가난과 병마에 시달리며 미래가 보이지 않았기 때문이다. 이런 절망적인 상황에서 벗어나기 위해 궁여지책으로 군대에 자원입대했다. 당시 월남전쟁에 파병이 한창이었던 때라 친구들은 군대 입대를 기피 했다. 전쟁터에서 사망자가 속출하고 고엽제와 풍토병으로 죽거나 고통받은 사람이 많다는 소문이 파다했기 때문이다. 하지만 나는 오히려 유일한 삶의 탈출구로 생각하고 내 인생에 빗금을 그었다.

육군에 입대한 즉시 월남전 파병을 지원했으나 건강 때문에 뜻을 이루지 못하고 육군병원을 전전하며 삶의 쉼표를 찍었다. 비록 편안함이 없는 쉼표였지만, 병원이란 삶과 죽음의 경계를 넘나드는 곳이기에 온전히 나를 돌아보고 미래에 대해 깊이 생각하게 되었다.

제대 후 환경을 바꿀 수 없으니 내가 바뀌는 방법밖에 없다는 생각이 들어 고향을 떠났다. 낙후된 시골에서만 살다가 처음 본 도시의 풍경에 눈이 휘둥그레졌다. 말만 통할뿐 외국이나 다름없는 낯선 곳에서 의지할 곳이 없으니 스스로 살아갈 길을 찾아야 하는 야생이 되었다. 잡초가 생명력이 질기듯 끈기와 인내가 최대의 무기였다. 무엇 하나 내세울 것이 없으니 힘든 일 궂은일 가리지 않고 오랫동안 쉼표를 잊고 살았다.

온갖 고생 끝에 겨우 자리가 잡히자 새로운 세상으로 향하는 창을 열어보고자 아이디어 상품개발에 뛰어들었다. 사업에 성공하려면 땀과 지혜가 하나가 되어야 하기에 전문 서적을 읽고 참고가 될만한 내용은 따옴표로 가져오고, 인생 선배들의 성공사례를 마음 깊이 새겼다.

오랜 준비 끝에 감동의 느낌표(!)를 불러오기 위해 낚싯바늘을 닮은 물음표(?)를 세상의 바다에 던졌다. 하지만 바닷물에 낚시를 던졌다고 누구나 고기를 잡을 수 없듯, 세상일이 뜻대로 되지 않았다. 특별한 재능도 경험도 없이 아이디어만 가지고 제품을 개발하려니 모든 사람을 스승으로 여겼다. 개발하고자 하는 상품과 관련이 있는 전문가들을 찾아가 조언을 구했지만, 진정성 있는 도움을 받은 경우는 드물고 오히려 아이디어를 도용당하는 경우까지 있었다. 이처럼 내 꿈과 비전은 낚싯바늘 뒤에 숨어서 먹이만 빼앗아 가는 물고기와 같은 사람들을 만나면서 내가 세상을 보는 눈이 어둡다는 사실을 실감했다. 그로 인해 무선 전축과 핸드 가라오케, 요구르트 제조기(다용도 발효기)를 개발했지만 세 차례나 쓰라린 실패를 경험했다.

하지만 그 어떤 절망적인 상황에서도 지난날 삶의 마침표를 찍으려고 했던 때를 생각하며, 고기가 잡히지 않아도 낚시를 바닷물에 계속 던지는 낚시꾼처럼, 또다시 도전했다. 물러설 곳이 없으니 앞으로 나가는 방법밖에 없었다.

오랜 고민 끝에 창의력을 무기 삼아 금형 제작 비용도 안 되는 자금으로 경험과 신용을 밑천 삼아 삼 단계 바닥 냄비를 만들기로 했다. 이번에는 낚싯바늘처럼 끝이 뾰족하고 휘어진 물음표(?)가 아니라 눈물방울 모양의 느낌표(!)로 관련 업체를 찾아가 설득하고 도움을 청했다.

당시 우리나라가 IMF 경제 위기에 직면해 있던 때라 모두가 어려움을 겪고 있었다. 때문에 아무리 친분이 두터운 사이라도 도움을 청하기 어려운 분위기였다. 이러한 상황에서 염치 불고하고 금형 제작에서부터 포장용 박스 생산에 이르기까지 지난날 거래했던 업체들을 찾아가 오랜 세월 쌓아온 신용을 담보로 사정했다. 그런데 뜻밖에도 모두 들 내 부탁을 흔쾌히 들어주었다. 평소 내가 너무 원칙만 따진다고 '장도칼' 또는 '탱자나무 가시'라고 못마땅하게 여기던 사람들이 적극 도와주었다. 덕분에 생각보다 빠른 시일에 완제품을 출시할 수 있었다.

그 결과 2년 동안 45만 개의 제품이 팔렸다. 똑같이 내린 비에도 떨어지는 꽃이 있고 다시 피어나는 꽃이 있듯이, 외환위기로 온 나라가 불황 속에 어려움을 겪고 있을 때, 나는 최대의 호황을 누렸다. 덕분에 평생 갚지 못할 줄 알았던 그 많은 빚을 1년 만에 모두 다 갚고, 오랜 세월 그토록 소원이었던 상가건물도 장만했다.

여기에 만족하지 않고 계속해서 신제품개발에 주력하고 있던 어느 날, 손윗동서와 친척 형님이 갑자기 세상을 떠나셨다. 두 분 모두 한 창 나이였고 평소에 존경했던 분들이라 충격이 매우 컸다. 그리고 내 인생을 돌아보게 되었다. 지금까지 나는 한 치의 여유도 없이 앞만 보고 정신없이 달려왔다. 그런데 무엇을 위해 그토록 치열하게 살아왔던가 싶고, 인간의 삶이 참으로 덧없고 허망하다는 것을 새삼 느꼈다.

그 무렵 나 역시 의사로부터 심장에 이상이 있다는 진단을 받았던 터라, 건강보다 더 중요한 것은 없다는 생각이 내 마음을 강하게 흔들었다. 생각이 여기에 미치자 조금도 망설이지 않고 지금까지 야심차게 추진해 왔던 만보기 신발을 개발하려던 계획을 모두 접었다.

그렇게 분주하던 일상에 쉼표를 찍고, 처음 몇 개월은 여기저기 구경 다니며 평생 경험하지 못한 여유를 즐겼다. 그러나 그것도 잠깐뿐이었다. 할 일이 없어 노는 것과 힘들고 지칠 때 잠깐 쉬는 것은 다르다는 걸 깨닫는데 그렇게 오랜 기간이 걸리지 않았다.

쉼표 뒤에 계속 이어지는 문장이 없다면 마침표나 다름없다. 마찬가지로 삶의 목표가 없이 노는 것은 인생이 끝나는 것이나 다름없다. 그래서 새로운 목표를 정하되 이제부터는 경제적인 성공이 아니라 내가 하고 싶은 일을 해야겠다는 생각을 했다. 새로운 취미 활동을 통해 밝고 활기찬 생활 속에서 나 자신을 성장시켜 나가고 싶었다.

우선 무료한 생활에 활력을 줄 수 있는 새로운 취미를 찾기 위해 여러 날을 생각해 봤다. 이때 마침 구청에서 주민들 취미 활동을 위해 운영하는 문화센터가 있다는 것을 알게 되었다. 수많은 강좌 중에서 문예 창작반에 등록했다. 특별히 문학에 대한 관심이나 소질이 있는 것도 아니고, 그렇다고 작가가 되기 위해서도 아니었다. 다만 지금까지 살아오면서 누구에게도 말하지 못하고 가슴 속에 품고 살았던 이야기들을 풀어내고 싶어서였다.

이제 인생 황혼의 뜨락에 서서 글을 퇴고하듯 지나온 삶을 돌아보고자 한다. 하지만 인생은 퇴고할 수가 없고 후회가 있을 뿐이다. 인생을 다 살아놓고 뒤돌아보며 후회하지 말고 중간 점검을 자주 해야 하는데 나는 앞만 보고 내 달리기에 바빴다. 그 과정에서 실패를 인생의 끝이라 생각하고 실의 빠지기도 했다. 실패는 마침표가 아니라 쉼표라는 걸 몰랐고, 실패는 성공의 어머니라는 격언도 실패를 해보지 않은 사람들이 쉽게 하는 말이라고 생각했다.

지금까지 지팡이를 닮은 물음표(?)가 내 삶의 힘이 되어 주었다. 이제 나도 새싹을 닮은 쉼표가 필요한 나이가 되었다. 가을 나무처럼 모든 것을 내려놓고 겨울 이불을 꿰매던 어머니의 돗바늘 모양의 느낌표(!)가 되는 삶을 살았으면 하는 마음이다. 문학작품에서 결미가 중요하듯 인생도 말년이 중요하므로 꽃씨를 닮은 마침표를 찍었으면 한다.

≪월간문학≫ 2025년 겨울호

사람 인(人)자 앞에서

문우를 따라 서예 전시회 관람을 갔다. 수많은 작품 중에서 사람 인(人)자 앞에서 나도 모르게 걸음을 멈추었다. 늘 보아 왔던 글씨인데 오늘따라 특별한 의미로 다가왔기 때문이다.

사람 노릇 하고 사람 대접받으며 산다는 것이 얼마나 어렵고 힘든 일인가? 라는 생각 속으로 깊이 빠져들었다.

사람으로 태어났다고 해서 다 같은 사람이라 할 수 없다. 그래서 우리는 사람 노릇 하고 사람 대접받기 위해 열심히 배우고 힘들게 부를 축적한다. 하지만 아무리 학식이 높고 많은 재물을 가졌다 할지라도 주변에 마음을 나눌 사람이 없다면 잘 살았다고 할 수가 없을 것이다. 그러니 모든 노력이 사람을 남기고 사람을 얻기 위한 목적에 있다고 해도 과언이 아니다.

흔히들 사람 인(人)자에 대해 해석하기를 지게를 작대기로 받쳐 세워 놓은 형태라 하기도 하고, 두 사람이 서로 등을 기대고 서 있는 형상이라고도 한다. 이와 같은 말처럼 글자 모양이 사람은 혼자서 살아갈 수 없다는 것을 웅변하고 있는 듯 보인다.

사람 인(人)자 앞에서 나를 돌아본다. 나는 농촌에서 태어나 어려서부터 언제나 늘 혼자였다. 어린아이였을 때는 어른들이 일을 나가면 혼자 남아 집을 지켰고, 열세 살 때부터는 동무들과 어울려 놀지도 못하고 날마다 지게를 짊어지고 땔나무를 하러 다녔다.

삶의 밑바닥에서 처음 일어설 때 가장 힘들듯, 무거운 짐을 지고 바닥에서 일어설 때가 가장 힘들었다. 이때 작대기에 의지하고 힘을 주면 수월하게 일어날 수가 있었다. 언덕을 오를 때도 작대기를 짚고 올라가고, 내리막길에서는 앞으로 넘어지거나 미끄러지지 않도록 작대기에 의지하며 내려왔다.

그 시절에는 대부분 지게로 무거운 짐을 날랐지만, 작대기가 없으면 무용지물이었다. 작대기가 받쳐주지 않으면 지게를 세워 놓고 짐을 실을 수가 없기 때문이다. 이때 작대기는 지게의 키와 꼭 맞아야 하고 적당히 기울여 주어야만 넘어지지 않도록 받쳐 줄 수 있다. 몸집이 큰 지게에 작대기가 의지하는 것이 아니라 보잘것없는 작대기에 지게가 기대는 형국이다.

사람 인(人)자 또한 이처럼 서로 의존하고 공존하며 살아간다는 의미로 해석된다. 그런데 나는 이런 사실을 인식하지 못하고 혼자 힘으로 살아간다고 생각했다. 그뿐만 아니라 힘들 때는 그 어디에도 기댈 곳이 없다고 세상 탓만 했다. 불만이 가득 찬 눈으로 핏대를 잔뜩 세우고 세상을 바라보면 지팡이도 막대기로 보인다는 사실을 그때는 몰랐다.

지금까지 사람답게 산다는 것에 대해 깊이 생각하여 본 적이 없다. 오직 가난의 대물림을 끊어야겠다는 생각만 하고 정신없이 내달렸다. 가난 때문에 꿈을 포기해야 했고, 이유 없이 차별받고 무시당하며 살아왔기 때문에 사람 구실을 하려면 경제력이 뒷받침되어야 한다고 생각했다.

사람인(人)자 앞에서 나는 어떤 사람인가에 대한 생각에 빠졌다. 나는 지금 사람답게 살고 있는가? 얼마나 사람대접을 받고 있으며 또 사람 노릇은 제대로 하고 있는가에 대해 한번 생각해봤다. 사람 노릇을 하고 산다는 것은 잘산다는 것과 동의어(同義語)가 아닐까 싶다. 이 세상에 사람 구실 하며 사람답게 살았다고 자신 있게 말할 수 있는 사람이 얼마나 될까? 남이야 어찌 되었건 나 자신이 평균 점수는 되어야 할 텐데 하루하루 먹고살기에 급급하여 사람 노릇 하는데 소홀한 것만 같아 자꾸만 어깨가 움츠러든다. 내 나이 칠순의 문턱을 넘어서서 그런지 회한이 밀려오는 일이 잦다.

≪에세 21≫ 2021년 여름호,

명품 구두

외출하려는데 구두에 먼지가 자욱하게 앉아 있다. 구둣솔로 먼지를 털고 살펴보니 너무 낡았다. 주름이 많은 데다 뒷굽은 반달 모양으로 바깥쪽으로 심하게 닳아있다. 평소 자세를 똑바로 하고 걸어 다녔다고 생각했는데 그게 아니었던 모양이다.

이 구두는 결혼을 앞둔 딸아이가 선물로 사준 명품 구두다. 신발이 가벼워서 신은 듯 안 신은 듯 참으로 편안했다. 내가 구두를 신고 걷는 것이 아니라 신발이 나를 끌고 다니는 것처럼 걸음이 저절로 걸어졌다. 그런 명품 구두가 주인을 잘못 만나 볼품없이 되어 버렸다. 내 몸의 일부처럼 되어, 발을 보호해 줘도 그 고마움을 모르고 아무 길이나 함부로 다닌 탓이다.

이런저런 생각을 하며 다시 구두를 살펴본다. 삶의 오랜 세월이 빚어낸 향기와 편안함이 배어있는 구두를 그냥 버릴 수가 없다. 낡은 구두를 정성껏 닦아 신발장에 넣어두고, 새 구두를 신고 집을 나섰다. 크기는 꼭 맞는데 남의 신발을 빌려 신은 것처럼 몹시 불편하다. 수년 전에도 새 구두에 발뒤꿈치가 벗겨져 고생했던 적이 있었다. 뻣뻣한 구두가 부드러워지기까지 발뒤꿈치에 물집이 생기고 상처가 났다. 그래도 참고 지나다 보니 뻣뻣한 구두는 부드러워지고 발뒤꿈치도 단련이 되어 비로소 편해졌다. 이처럼 구두가 길들여지듯 인간관계도 삶의 방식이 다른 사람들끼리 불꽃 튀는 경쟁을 하지만 결국은 길들여진다.

구두는 불편하면 바꾸어 신으면 되지만 고달픈 삶은 그럴 수가 없다. 더욱이 나처럼 개성이 강한 사람은 더 혹독한 시련을 겪게 된다. 대장간의 무쇠도 고집이 셀수록 혹독한 매질을 당하고, 고열과 냉각의 극단을 수없이 오고 간 끝에 거듭나는 것과 같다.

지난날을 돌아보면 나 역시 오늘이 있기까지 구두처럼 세상에 길들어지느라 많은 고통을 겪었다. 시골에서 태어났으나 농촌 생활에 쉽게 길들여지지 않았고, 청년 시절, 도시 생활에 적응하는데도 많이 힘들었다. 그 과정에서 나 자신의 본래 모습도 조금씩 잃어갔다. 그래도 총각 시절에는 나 혼자만 견디면 되었지만, 결혼하고부터 가족들이 함께 고통을 겪는 일이 가장 힘들었다.

나는 스물아홉 살 되던 해에 내 집을 장만하고 그다음 해에 결혼을 했다. 아내는 부잣집 막내딸로 귀여움만 받고 곱게 자란 사람이, 생활도 마음도 가난한 나를 만나 고생이 많았다. 거기에 더하여 내가 성격이 급하고 자기주장이 강해서 신혼 초에는 자주 다투었다. 하지만 서로 존중하고 맞춰 가려는 노력 속에 시나브로 하나가 되어 갔다. 어느 때부터인가 서로 말하지 않아도 상대의 마음을 읽고, 서로의 뜻을 전달하는 경지까지 이르렀다.

신혼 초부터 방문판매 사업을 하면서 10여 명의 영업사원들에게 침식을 제공하고 있었기 때문에 항상 잔칫집 같았다. 그 많은 식구들 속에서 고생하면서도 아내는 불평하지 않고, 영업사원들을 친 동기간처럼 대해주었다. 그 덕분에 사업을 그만둔 뒤에도 그들과 오래도록 좋은 관계를 유지하고 있다. 또 내가 원칙만 주장하고 목소리를 높일 때는 더 큰 것을 얻기 위해 작은 것을 양보하도록 나를 설득했다. 이처럼 아내와 나는 이인삼각(二人三脚)이 되어 삶의 어려운 고비를 함께 넘어왔다.

사업에 한 번 실패하면 재기하지 못하는 이들이 많다. 그런데 내가 세 번씩이나 실패를 하고도 재기할 수 있었던 것은 아내의 도움이 컸다. 만약 아내가 곁에 없었다면 맨발로 가시밭길을 걸어가는 것처럼 힘들었을 것이다.

내가 삶의 나락에서 신음하고 있을 때, 아내는 옆에서 숨죽여가며 내일이 보이지 않는 시간 속에서 많이 힘들었을 것이다. 더욱이 성격이 억세기로 소문난 내 비위 맞추느라 그 정도가 더 심했을 게다. 그래도 불평하지 않고 내가 인생이라는 마라톤을 완주할 수 있도록 묵묵히 신발 역할을 해주었다. 그러니 아내는 나에게 아주 잘 맞는 명품 구두와 같은 사람이다.

구두는 단순히 신발이 아니라 나와 함께 삶의 여정을 함께 걸어온 동반자다. 구두가 발에 길들여지기까지 이처럼 힘든 과정을 거쳐야 하는데 사람의 관계는 어떠하겠는가? 더욱이 각자 다른 환경에서 자란 남자와 여자가 만나 부부라는 이름으로 가정을 이루고 살아간다는 것은 이와 비교할 수 없는 고통과 시련을 겪어야 한다. 순탄한 길인 줄 알고 가다 보면 가시밭길을 만나기도 하고, 가파른 길을 걷다가 너무 힘들어 중간에서 그만 포기하고 싶을 때도 있다. 하지만 언젠가는 정상에서 환호를 외칠 날이 있을 것이라는 희망 속에 참고 견디며 한 걸은 한 걸음을 내딛는 것이 부부의 길이다.

깊이 생각해 보면 발은 구두가 자기를 구속하고 있다고 생각할 수 있고, 구두는 발이 자기를 짓밟고 있다고 원망할 수 있는 관계다. 헌신(獻身)이란, 이러한 이해관계를 초월해서 제 몸이 닳고 부서지도록 정성을 다한 헌 신발과 같은 것을 뜻하는 말이 아니겠는가. 하는 생각이 든다.

세상을 살아가는 데는 자신의 능력과 노력도 중요하지만, 잘 맞는 신발과 같은 사람을 만나야 성공한 삶을 영위할 수 있다. 신발의 소재나 디자인과 색상이 아무리 좋아도 내 발에 맞지 않으면 무용지물이듯 성격과 가치관이 맞지 않으면 좋은 관계를 유지하기 어렵다.

사람의 관계는 변화무쌍하여 겉으로 보이는 것만으로 판단하기 어렵다. 현미경으로 들여다보는 것과 망원경으로 바라보는 것의 차이는 상상을 초월하기 때문이다. 특히 부부의 사이가 그렇다. 내 인생에서 명품 구두와 같은 아내를 만난 건 행운이고 크나큰 축복이라고 생각한다.

≪에세이21≫ 2018년 여름호

산책이 상책이다

걷기 운동으로 하루를 시작한다. 날마다 새벽 3시에 일어나 글을 쓰거나 독서를 하고 5시쯤 집을 나선다. 산책을 나서면 내가 심지도 가꾸지도 않은 풀과 나무들이 싱그러운 모습으로 나를 반긴다. 금빛 햇살 아래 자연의 숨소리가 들리고 온 우주가 내게로 온다. 그중에서도 자신에게 주어진 삶을 열심히 가꾸어 가는 사람들의 활기찬 모습에서 나도 따라 힘이 솟는다. 이처럼 온갖 만물이 힘찬 기운을 되찾는 시간이기에 새날의 벽이 열린다는 뜻으로 새벽이라고 하지 않았나 싶다.

가끔 운동하러 나가기 싫을 때가 있다. 그럴 때면 생활비를 벌기 위해서 밀려오는 졸음을 떨치고 일어나 일터로 나가는 사람들도 있는데, 내 건강을 위해서 잠깐 운동하는 것조차 싫어하면 되겠느냐 싶어 과감히 자리를 털고 나선다. 비가 내리는 날도 장대비가 아니면 우산을 쓰고 나간다. 이렇게 굳은 날씨에 운동하는 사람이 나밖에 없을 줄 알고 나가면 뜻밖에 사람들이 많은 것을 보고 놀란다.

아침 운동은 집을 나서기가 어렵지 일단 집 밖을 나서기만

하면 기분이 좋다. 마음이 몸을 이끌고 한 걸음 한 걸음 걷다 보면 두 뼘 남짓한 걸음이 하나하나 보태져서 어느새 목적지에 이르게 된다. 실생활에서도 별것 아닌 것 같은 한 걸음 한걸음에 따라 삶이 달라지는 것과 같다. 그래서 순간마다 최선을 다해야겠다는 생각을 하게 된다.

일상 속에서도 마음이 몸을 다스리지 못하여 일을 그르치는 경우가 많다. 그러므로 마음이 몸을 이겨야만 성공한 삶을 영위할 수 있다는 생각에 평소에도 내가 나를 다그치며 살아왔다. 특히 하기 싫은 일일수록 더 서둘러 끝내버린다. 해야 할 일을 하지 않고 있으면 마음이 편치 않기 때문이다.

머리가 복잡하고 일이 안 풀릴 때마다 산책을 한다. 지난날 새로운 상품 개발에 매진할 때도 새벽공기를 마시며 산책을 하면 맑은 공기에 정신이 맑아지고 참신한 아이디어가 떠올랐다. 글을 쓰다가 막힐 때도 걷다 보면 꼭꼭 숨어 있던 단어와 도망간 문장들이 여기저기서 서로 데려가라고 삐죽삐죽 고개를 내민다.

무엇보다 한번 마음먹은 일은 꼭 해내고야 마는 고집스러운 성격에 꼼꼼하기까지 하여 그것이 심리적 압박이 되어 소화 불량을 자주 일으켰다. 나이가 들어갈수록 증세가 악화되어 결국 위 수술을 받았다. 그 후 심장까지 좋지 않다는 진단을 받고 결국 평생 이루어 놓은 사업을 접어야만 했다. 그러니 의지가 강하고 부지런하다고 반드시 성공한 삶을 살 수 있는 것이 아니라, 삶의 가치와 태도의 문제라는 생각이 든다. 그런 연유에서 결과가 기대에 못 미칠지라도 최선을 다했으니 후회가 없었고 부끄럽게 생각하지 않았다.

　이제 노년의 문턱을 넘어서고 보니 온전한 곳이 없다. 오랜 세월 건강을 생각하지 않고 무리했던 탓으로 근육과 관절이 반란을 일으켰다. 그렇지만 병원 치료에만 의존할 수 없다는 생각이 들어 걷기 운동을 열심히 했더니 통증이 완화되었다. 그뿐만 아니라 소화가 잘 안 되거나 가슴이 답답할 때도, 스트레스를 받았을 때도 걷기 운동을 하면 정신이 맑아지고 몸도 마음도 가벼워졌다. 나는 발끝으로 지혜를 캐고 건강까지 챙긴다. 발걸음 소리에 잠자는 두뇌가 깨어나고 내가 보이고 세상이 보인다. 걸음이 거름이 되어 생각이 자라 삶을 꽃피우니 산책이 상책이다.

샘물 같은 유산

경북일보로부터 문자 메시지가 왔다. 문학대전 공모전에서 내 수필이 수상작으로 선정되었다는 내용이다. 뜻밖의 소식이라 믿어지지 않아 메시지를 수없이 반복하여 읽어봤다. 지금까지 여러 차례 문학상을 받았으나 이번은 특별한 의미가 있다. 내 나이 만 칠십이 되는 생일 다음 날 축하 선물처럼 찾아온 행운이기 때문이다.

지금까지 나는 조상님에 대한 감사한 마음을 가지지 않았다. 가난 속에서 건강까지 좋지 않으니 감사하는 마음이 들지 않았다. 그런데 어느 날 신체 장애를 가진 사람을 보고, 이렇게 사지 멀쩡하게 태어난 것만으로도 감사해야 할 일이라는 생각이 문득 들었다. 더욱이 전문 지식이나 기술도 경험도 없는 내가 아이디어 상품을 개발했던 것도, 글을 써서 상을 받게 된 것도 모두가 조상님으로부터 좋은 유전인자를 물려받은 덕분이라는 것을 뒤늦게 깨달았다.

부모가 자녀에게 물려줄 유산은 물질적 유산과 유전학적 유산 크게 두 가지가 있다. 유전(遺傳)이나 유산(遺産), 모두 한자로 끼칠 유(遺)자를 쓰며 혈통에게만 물려준다. 그런데 우리는 눈으로 볼 수 있는 물질적인 것만 유산이라고 생각한다. 물질적 유산은 아무리 많이 물려줘도 자손이 지킬 능력이 없으면 모두 사라진다. 하지만 유전인자 속에 잠재된 재능은 마르지 않는 샘물처럼 끝없이 퍼 올려 쓸 수 있으니 평생의 보물이다. 그러나 아무리 귀한 보석일지라도 깊은 땅속에서 파내어 갈고닦아야만 비로소 빛이 나듯, 천부적인 재능도 후천적인 노력과 하나가 되었을 때 비로소 좋은 결과를 얻게 된다.

아버지께서는 오 형제 중 셋째로 태어나셨다. 첫째 큰아버지는 청년 시절에 세상을 떠나셨고, 둘째 큰아버지께서는 재당숙에게 양자를 가셨다. 서열에 따라 아버지께서 가난한 집 장남 역할을 하시다가 내가 네 살 되던 해에 원인 모를 병을 얻어 갑자기 돌아가셨다. 그런 이유로 큰아버지께서는 당신이 부모님을 모시지 못한 것을 평생 한스러워하셨으며 나를 무척 사랑해 주셨다. 내가 귀여워서가 아니라 아버지 얼굴도 모르고 자란 조카가 가여워서 그러셨을 것으로 짐작된다.

할머니 말씀에 의하면 막내 삼촌이 아버지를 가장 많이 닮았다고 하셨다. 그래서 나는 아버지가 그리울 때면 막내 삼촌 댁으로 갔다. 막내 삼촌께서는 일제 강점기에 가난 때문에 정규교육을 받지 못한 분이다. 그런데 독학으로 한글을 깨치고 한자도 많이 알았으며 독서를 즐기셨다. 특히 손재주가 뛰어나 목수 일도 잘하시고, 어린 나무에 접목을 하여 가을이 되면 키 작은 나무마다 과일이 주렁주렁 열렸다. 그리고 문어발로 봉황을 잘 만드셨다. 동네 혼사가 있는 집에서는 결혼식 때, 쓰기 위해 삼촌에게 봉황을 만들어 달라고 부탁했다. 삼촌은 위장병을 앓고 계셨는데 소화제 대용으로 항상 베이킹소다를 복용하셨다. 나도 십 대 때 위장병을 얻어 고생하면서 삼촌을 따라 베이킹소다를 먹기 시작했다. 다른 형제들도 소화기 계통의 질병으로 고생하는 사람이 많은 것을 보면 이 또한 유전이 아닌가 싶다.

이처럼 아버지 형제분들은 모두 재능이 뛰어났다. 농사일은 물론 도면도 없이 집을 지을 수 있을 정도로 목수 일에도 능하셨다. 열아홉 명이나 되는 우리 종형제자매들도 모두 부모님을 닮아서 총명하고 재주가 뛰어나다는 평을 받았다. 그 중에는 천재에 가까운 사람도 여러 명 되었는데 유독 나만 평균 수준밖에 안 되었다. 때문에 나는 스스로 많이 부족한 사람이라고 생각되어, 세상을 살면서 뻔히 알고 있는 일도 남에게 다시 묻고 신중을 기했다. 그렇게 철저히 주의를 기울였는데도 불구하고 사업을 하는 동안 성공보다 실패가 더 많았다.

단 한 번의 실패로 좌절하는 경우가 많은데 나는 삶의 나락으로 떨어질 때마다 잠재된 창의력으로 위기를 극복했다. 이 모든 것이 나의 피나는 노력의 결과인 줄만 알았는데 창의력은 유전적인 부분이 70% 이상 영향을 미친다고 한다. 그러니 부모님으로부터 물려받은 유전학적 유산 덕분이었다. 위기를 오히려 기회로 만들 수 있었던 것은 끝없는 도전 정신과 타고난 창의력의 결과라고 할 수 있기 때문이다.

부전자전(父傳子傳) 모전여전(母傳女傳) 피는 못 속인다는 말이 있다. 얼굴 생김새에서부터 정신적 특질, 성향이나 행동 양식 역시 유전자의 영향을 피하기는 어렵다. 흔히들 노력하면 안 되는 일이 없다고 하지만, 내 경험으로 보면 타고난 소질이 없으면 아무리 노력해도 안 되는 일이 많았다. 유독 운동과 음악은 아무리 노력해도 안 되었다. 요즘 최고의 시청률을 기록한 트로트 오디션 프로에서 10대들이 유명한 현역 가수들을 물리치고 우승하는 것만 봐도 알 수 있다. 그들이 선천적으로 재능을 타고나지 않았다면 그 어린 나이에 우승할 수가 없는 일이다.

나는 국민학교 시절 학업 성적이 평균 점수밖에 안 되었지만, 글쓰기를 시작하면서 처음 몇 년은 해마다 상을 받다시피 했다. 그뿐만 아니라 사업을 할 때는 창의력을 인정받아 3개의 특허권을 획득했다. 그로 인하여 발명가 협회 회원이 되었고, 발명진흥회의 추천으로 삼성동 종합무역센터 발명교실에 강사로 초대받기도 했다. 가장 자랑스러운 일은 우리나라를 대표하여 이탈리아 밀라노에서 열리는 세계 무역박람회에 참석했던 일이다.

그런데 늙어갈수록 기억력과 어휘력이 떨어지는 것을 느낀다. 그뿐만 아니라 최근 여러 해 동안은 문학상에 응모했다가 계속 탈락했다. 이제 나이가 들어서 글쓰기도 잘 안되는구나 싶어 이번이 마지막이라 생각하고 응모했었다. 별로 기대하지 않고 있다가 뜻밖의 행운이라 기쁨이 더 컸다. 상금보다도 아내와 함께 1박 2일 동안 주체측에서 제공한 버스로 꿈에도 생각지 못했던 곳을 관광할 수 있어 더 뜻깊은 상이 되었다.

신문에 발표된 내용을 보니, 수필부문에 296명의 응모자 중에서 수상자로 선정되었다. 또 전 부문을 통틀어 1,125명 중 내가 최고령자이고, 최연소 당선자는 소설 부문 당선자, 여고 1학년생이라고 했다. 평생 문학과 동떨어진 삶을 살아온 내가 글을 써서 십여 차례나 상을 받을 수 있었던 것은 노력만으로 이룰 수 없는 일이다.

가난 때문에 학업을 계속하지 못하고 병약하기까지 하여 항상 주눅이 들어 살아왔었는데 발명가, 작가라는 칭호를 들었고 상까지 받는 꿈같은 일이 이루어졌다. 이 모두가 부모님으로부터 물려받은 유전인자 덕분이다.

≪수필과 비평≫ 2017년 2월호

각자무치(角者無齒)

뜻하지 않는 곳에서 문학회 동인을 만났다. 밝은 성격에 매사에 열정적이고 문장력이 뛰어나 회원들 사이에서 인기가 많은 분이다. 언젠가부터 모임에 나오지 않아 궁금했지만, 휴대폰 번호까지 바뀌어 오랫동안 안부를 물을 방법도 없었다.

때마침 점심 식사시간이어서 가까운 식당으로 자리를 옮겨 마주 앉았다. 반가운 마음에 근황을 물었더니 세상이 무너진 듯한 표정으로 자기 가정사를 털어놓았다. 어려서부터 영리하고 똑똑하여 기대를 모았던 아들이 사업을 하다가 크게 실패했다고 한다.

국비 장학금으로 외국 유학을 다녀온 아들이 창업 자금을 지원받아 벤처기업을 한다고 자랑하여 한때 주변 사람들의 부러움을 샀었다. 그런데 사업이 생각대로 되지 않자 실패를 만회하려고 더 크게 모험을 했었다 한다. 결국은 동기간들 돈까지 쏟아부었다. 그로 인해 형제지간에 불화로 이어질까 염려되어 살고 있던 집까지 팔아서 갚아주고 시골로 내려가서 살고 있다고 했다.

사업에 성공하려면 무엇보다 창의력과 사고력이 뛰어나야

하고, 남의 능력을 빌려 쓸 줄 알아야 한다. 그래서 부자가 되려면 길거리 지식을 배우라고 하거나, 또는 남의 닭을 빌려서 알을 낳고 돌을 황금으로 바꾸는 수완이 있어야 한다고 말하기도 한다. 그런데 자신의 능력만으로 할 수 있는 일이 별로 없다. 특히 사업은 안목과 수완이 좋아야 하고 사람을 잘 만나야 한다. 어떤 사람을 만나느냐에 따라 성패가 결정되기 때문이다.

지난날 발명가 협회 회원으로 활동할 때 만난 사람 중에서 크게 성공한 분들을 보면 대부분이 학력보다 창의력과 사고력이 뛰어난 사람들이었다. 그래서 인간의 지능을 아이큐 테스트만으로 미래를 판단할 수 없다고 한다.

한 사람이 모든 재주를 갖출 수는 없다는 의미로 고사성어에 각자무치(角者無齒)라고 했다. 이 말은 뿔이 있는 소는 날카로운 이빨이 없고, 이빨이 날카로운 호랑이는 뿔이 없다는 뜻이다. 이처럼 모든 만물은 장점과 단점, 강점과 약점을 동시에 가지고 있다는 뜻이다. 좀 더 살펴보면 날개 달린 새는 다리가 둘 뿐이며, 화려한 꽃은 열매가 볼품없다.

그런데 요즘 어린아이들은 너무 공부에만 얽매이고 있다. 공부를 못하면 잘할 수 있는 것이 아무것도 없다고 여기는 부모들이 많다. 하지만 엔지니어가 수도꼭지도 못 고치는 경우가 있고, 항공기 조종사가 자전거를 못 탈 수 있으며, 축구 선수가 배구도 잘할 수는 없다.

글을 몰라도 지혜로운 사람이 있고 지식이 많아도 지혜롭지 못한 사람이 있다. 특히 사업의 성공은 수완이 좋아야 한다.

세계적 기업인 현대그룹 창업자 정주영 회장이나, 미국의 자동차 왕 헨리 포드, 철강왕 카네기의 최종학력이 초등학교 졸업이다. 발명왕 에디슨도 초등학교 중퇴가 최종학력이며, 독일의 위대한 음악가 베토벤도 중학교 중퇴가 학력의 전부다.

문학회 동인과는 정반대로 지인의 막내아들은 공부에 취미가 없어 진학을 포기하고, 음식 조리사로 성공하여 주변 사람들에게까지 큰 도움을 주고 있다고 자랑했다. 그래서 이제는 손자들 교육도 소질과 적성에 맞는 공부를 시키는 데 역점을 두고 있다고 한다.

≪수필과 비평≫ 2021년 7월호

노년의 뜨락에서

며칠만 지나면 설날이다. 우리는 양력설보다 조상 대대로 내려온 민족 고유의 음력설을 더 큰 명절로 여겨왔다. 어렸을 땐 설 명절을 손꼽아 기다렸는데 노년의 문턱을 넘어서니 반갑지 않다. 나이를 한 살 더 먹은 만큼 늙고 쇠퇴해 간다는 사실이 두렵기 때문이다.

늙음과 낡음이 함께하는 삶을 살아간다는 사실 앞에 의연할 수 있는 사람은 없다. 대부분 늙음을 한탄하고 슬퍼하지만, 꽃이 지지 않고 열매를 맺을 수 없듯, 내가 늙지 않고 어찌 오늘과 같은 삶을 누릴 수 있겠는가 하고, 관점을 바꾸어 생각해본다.

그동안 쫓고 쫓기는 생활에서 벗어나 삶의 질을 결정하는 일상의 여유를 선물처럼 받았고, 진정한 나를 찾을 수 있어 이에 감사한다. 젊은 시절에는 시간에 쫓겨 식사도 거르고 꽃을 봐도 아름다운 줄 모르고 살았다. 지금은 하고 싶은 일, 가고 싶은 곳, 만나고 싶은 사람을 만나며 모든 시간을 나를 위해 쓰고 있다.

한창 꿈에 부풀어 있어야 할 10대 때 건강이 좋지 않아 삶을 포기하려고 했던 때를 생각하면 이 나이까지 산다는 건

상상할 수 없는 일이니 오복 중에서 첫 번째 복을 누리고 있는 셈이다. 두 번째 복인 부(富) 또한 살아가는 데 불편하지 않을 만큼 경제적 풍요를 누리고 있으니 감사한 일이다.

반백 년 전 스물다섯 살 되던 1970년 가난의 지옥에서 벗어나기 위해 고향을 떠나 서울로 왔다. 밥은 굶어도 잠잘 곳은 있어야 했기에 서울과 경기도의 접경지인 빈민가에 보증금도 없이 월 천 원하는 월세방을 얻어 살았다. 당시 시내버스 요금이 10원이었는데 그 돈을 아끼기 위해 웬만큼 먼 거리는 걸어서 다녔다.

백방으로 노력해도 일자리를 구할 수 없어 호구지책으로 행상을 하며 하루하루 근근이 버티었다. 물건을 팔기 위해 말을 할 때면 입이 얼어서 발음이 잘 안 되었다. 라디오도 없어 추위가 어느 정도인지 몰랐는데 전파사에서 흘러나오는 방송에서 그날 기온이 영하 20도였으며 53년 만의 가장 추운 날이라고 했다. 이처럼 평생 경험하지 못한 역대급 혹한기에 오직 삶의 터전을 마련하겠다는 일념으로 추위와 배고픔의 고통을 참고 견뎠다.

삶에 너무 지치고 힘들 때는 누구를 원망이라도 하고 나면 숨통이 좀 트일 것 같은데 그럴 대상조차 없었다. 남들에게는 당연한 것들이 나에게 특별한 것이 되었고, 무엇하나 내세울 것 없는 무능한 나 자신을 미워하는 마음에 몸을 더욱 혹사시켰다. 빈곤의 밑바닥에서 신음하던 그때를 생각하면, 지금은 상상도 못 할 부를 누리고 있는 셈이다. 가끔 옥상에 올라가 찬란하게 떠오르는 태양을 바라보고 서 있노라면 내가 이처럼 큰 상가건물의 주인이라는 사실이 꿈만 같다.

지난날 아무리 힘들어도 자식들만은 나와 같은 고통과 서러움을 겪지 않게 해 주겠다는 마음으로 하루하루 전쟁을 치르듯 치열하게 살았다. 그 결과 평소 내가 소원했던 대로 모두 성공한 삶을 살고 있어 인생의 가장 큰 숙제를 해놓은 기분이 든다. 요즘은 길을 가다가도 젊은이들을 보면 가끔 자랑스러운 자식들과 손주들 얼굴이 떠올라 어깨가 으쓱해진다.

힘들게 살아온 지난날을 뒤돌아보면 모든 게 기적에 가깝다. 나는 가난한 가정에서 태어나 생활도 마음도 궁핍했다. 어리광은 고사하고 불평도 투정도 받아 줄 사람이 없었으며 눈물을 흘리는 것은 사치였다. 그처럼 그 어디에도 의지할 곳이 없었기에 척박한 땅에서 굳건하게 자라는 잡초처럼 억세고 질긴 정신력으로 버텨야만 했다.

한창 꿈에 부풀어 있을 청년 시절엔 위장병을 앓고 있어 건강의 소중함을 깨달아 술 담배를 배우지 않고 건강관리에 유의해온 덕분에 팔순의 나이까지 살 수 있었다. 그뿐만 아니라 가난 때문에 배움의 기회를 잃고 틈만 나면 독서를 통해서 새로운 지식을 쌓고 사고력을 길러 왔다. 남보다 두뇌가 명석하지 못하다는 것을 스스로 알고, 보다 더 깊이 생각하고 끝없이 탐구하여 아이디어 상품을 개발했다.

이처럼 나는 스스로 결점이 많은 사람이라고 생각했기에 웬만큼 힘든 일은 불평하지 않고 참고 견디며 더욱더 노력했다. 그 결과 결점이 장점으로 승화되고, 열등감에서 벗어나는 밑거름이 되었다.

그렇다고 더 이상 바랄 것 없다는 뜻은 아니다. 불가능은 없다는 말이 있지만, 이는 용기를 주기 위한 말일뿐이고, 여한(餘恨)이 없다는 말 또한 과장된 표현이라고 나는 생각한다. 이 세상에 완벽한 사람도 없고 완벽한 삶도 있을 수 없기 때문이다. 초자연적인 위력을 가지고 있는 신(神)이 아니고서는 있을 수 없는 일이다.

지난날을 돌아보면 전문 지식도 경험도 없는 분야에 도전하여 성공과 실패를 반복하였으므로 후회되는 일이 많다. 하지만 세상에 다시 태어난다고 해도 더 이상 열심히 살 수는 없다고 생각한다. 내가 나를 혹독하게 채찍질하며 혼신의 힘을 다했지만, 내 능력의 한계가 여기까지이므로 결과에 승복할 수밖에 없다.

내가 살아온 삶의 결과인 노년의 뜨락이 비록 초라하지만 부끄러워하지 않으련다. 타고난 토양이 다르니 결실이 다르고, 저마다 주어진 삶의 그릇이 다르니 수확 또한 다를 수밖에 없다. 눈에 보이는 외적인 것들보다 그 속에 숨겨진 보석 같은 시간 들을 나는 더 소중하게 생각하련다. 삶이란 사는 것이 아니라 살아 내는 것이라고 하지 않는가? 그래서 나는 결과에 상관없이 후회를 남기지 않도록 최선을 다해 살아왔다는 사실에 자부심을 갖고자 한다.

최선을 다하는 삶이 바로 최고의 삶이고 후회 없는 인생에 버금가는 것이니 주어진 현실에 감사하는 마음으로 새해를 맞이해야겠다. 오늘을 살아보지 못한 사람들을 생각하면 얼마나 소중한 날들인가, 하루하루가 선물이라 여기며 살아가고자 한다.

평생 불러보지 못한 이름

세상에 태어나서 가장 먼저 배운 말이 엄마 아빠다. 무엇보다 귀하고 소중한 말이기에 맘마나 까까보다 먼저 배운다. 그런데 나는 아빠라는 말을 배우지 못했다. 아버지께서 내가 말을 배우기도 전에 세상을 떠나셨기 때문이다. 흑백 사진 한 장도 없어 아버지의 모습을 알 수가 없는데 나이가 들어 갈수록 그리움은 더욱 깊어져 간다.

예부터 아버지가 돌아가시면 하늘 천天자와 무너질 붕崩자를 써서 천붕이라 했다. 이 말은 하늘이 무너진다는 뜻이다. 그러니 가족들의 미래도 온전할 리가 없다. 그런데 나는 나이가 너무 어려서 사람 사는 것이 모두가 똑같은 줄만 알았다. 그러다가 동무들과 소꿉놀이할 만큼 자라서부터 아빠 없는 서러움을 조금씩 알아갔다. 똑같은 잘못을 해도 부모님이 모두 살아 계신 아이에게는 아직 나이가 어려서 그럴 수 있다고 용서했다. 하지만 내가 잘못을 하면 '아비 없는 후레자식'이라고 꾸짖었다. 아버지 없이 자란 것도 서러운데 배운데 없이 막되게 자라서 버릇이 없다고 심한 말로 상처를 주었다. 그런 때문에 자라면서 아버지라는 글자만 봐도 눈물이

날 때가 있었다. 목마를 태워 주거나 새 옷을 사다 주지 않더라도 아버지가 살아 계시기만 해도 행복할 것 같았다. 부모님이 모두 살아계신 가정에서 자란 사람은 편모슬하에서 자라온 사람의 서러움을 모른다. 사람이 머리로 아는 것과 가슴으로 느끼는 것은 차원이 다르기 때문이다.

아버지는 가정의 정신적 지주(支柱)이며 기둥이고 울타리다. 나에게 그런 아버지가 계시지 않았고 집안은 유난히 가난했기 때문에 늘 기가 죽어 살았다. 가난은 배움의 기회를 앗아갔고 건강까지 좋지 않아 그야말로 열등감의 종합세트가 되었다. 이처럼 척박한 환경에서 살아남기 위해 내가 더 강해질 수밖에 없었다. 삶의 모서리에 부딪히고 깨질수록 대장간의 쇠처럼 더 단단해지고 성격은 날카로워져 갔다. 덕분에 남들보다 어린 나이에 사업을 시작하여 작은 성공을 이루고 결혼까지 했다.

결혼하여 두 딸을 기르면서 나름대로 아버지 노릇을 한다고 했지만, 다정한 아빠가 되지 못했다. 어려서부터 가난 때문에 받은 서러움이 너무 커서 내 자식들만은 나와 같은 고통을 겪지 않게 해 주어야겠다는 생각만 했다. 그래서 항상 긴장하고 바쁘게 사느라 아이들을 예뻐할 시간도, 함께 놀아줄 마음의 여유도 없었다. 지금 생각하면 자식들에게 즐겁고 아름다운 추억을 더 많이 만들어 주지 못한 것이 미안하고 후회스럽다.

전쟁과 보릿고개를 겪으며 석유 등잔불 켜고 자란 세대는 대부분 나와 비슷한 생각을 가지고 살아왔다. 그래서 요즘 젊은이들은 마음의 여유가 없는 아버지 세대를 이해할 수 없다고 말한다. 우리와 같은 격동의 시대를 살아보지 않은 세대들이 그렇게 생각하는 것은 당연한 일인지도 모른다.

가정은 가장 훌륭한 학교이고, 인생의 첫 번째 스승은 아버지다. '아버지 한 사람이 백 명의 스승보다 낫다.'는 말도 있다. 나에게 그런 스승이 없으니 세상 살아가는 법도, 학문도, 아버지 노릇도 독학으로 배우고 익혔다.

그리움은 늙지도 않는지 아직도 아버지란 나의 가슴속 깊이 새겨진 그리움의 대명사다. 칠십 년이 넘도록 가슴속 깊이 묻어두었던 서럽고도 그리운 그 이름을 마음속으로 조용히 불러본다. 아빠나 아버지라는 말보다 더 정겨운 그 이름 아부지! 아부지!

《수필과 비평》 2019년 10월호

주례(主禮)

고향 후배가 10여 년 만에 뜬금없이 찾아왔다. 부부 동반하여 비싼 과일까지 사 가지고 왔다. 가까운 친척 집도 방문하려면 큰마음 먹어야 하는데 잊지 않고 찾아와 주니 반갑고 고마웠다.

그는 자기 아들 결혼식 날짜를 잡아 놓고 예식장까지 계약하고 오는 길이라고 했다. 축하한다고 했더니 나더러 주례를 맡아 달라고 했다. 나 같은 사람이 무슨 주례냐며 가당찮은 일이라고 극구 사양했다.

결혼식 주례는 대부분 사회적으로 지위가 높거나 명망이 있는 사람들이 맡는다. 그래서 나는 평생 주례서는 일이 없을 것이라 생각했다. 그런데 두 번째 주례 부탁을 받은 것이다. 몇 년 전에도 친척이 주례를 부탁하여 어렵게 거절한 적이 있었다. 그런 사실을 이야기해 주며 사양했으나 후배 부인이 더 간곡히 부탁했다. 더 이상 거절할 수가 없어 승낙하고 말았다.

후배가 돌아간 뒤 주례를 맡기로 약속한 일이 몹시 후회되었다. 빚보증을 선 것보다 더 걱정되었다. 주례는 결혼식에서 예식을 관장하여 진행하는 사람인데 혹시 실수하여 결혼식을 망치면 어쩌나 하는 두려움이 컸다. 나도 딸들을 결혼시키면서 혼주의 입장도 되어 보았고, 수많은 결혼식에 하객으로 참석하기도 했다. 하지만 그저 건성건성 봤기 때문에 어떻게 해야 할지 막막했다. 하객 입장에서 볼 때는 별것 아닌 것 같았는데 막상 내가 직접 주례를 서려니 몹시 걱정되었다.

우선 다른 사람이 주례 서는 것을 보고 참고하기 위해 결혼식이 열리고 있는 가까운 곳에 있는 예식장으로 갔다. 하객들은 많은데 대부분 식사를 하러 온 사람들처럼 식권을 받아 곧바로 식당으로 가버렸다. 그나마 예식에 참여한 사람들도 의자에 앉지 않고 뒤에 서서 자기들끼리 떠들었다. 여기저기 의자가 비어있는 상태에서 진행되는 예식은 하나의 형식에 불과하고 주례의 말을 귀담아듣는 사람은 드물었다. 엄숙함이나 경건함이 느껴지지 않은 분위기 속에서 신랑이 팔굽혀 펴기를 하거나 만세 삼창까지 했다. 이러한 풍경들이 경망스럽다는 생각이 들고, 기본적인 예절마저 사라져버린 느낌이 들었다. 결혼식을 견학한 목적은 주례가 할 일이 무엇인지 꼼꼼히 살펴보고 주례사를 작성하려고 했으나 별 도움이 되지 못했다.

주례사는 새로운 인생을 출발하는 신랑과 신부를 축복하고 두 사람이 인생을 살아가는데 보탬이 되고 교훈이 되는 내용을 담아야 한다고 생각했다. 그런데 요즈음 신랑 신부는 유치원에서부터 대학 졸업까지 20년 가까이 수많은 선생님으로부터 교육을 받은 사람들이다. 이런 훌륭한 인재들에게 주례가 해줄 수 있는 말을 찾기란 쉽지가 않았다. 무엇보다 틀에 박힌 말을 피하고 싶었다. 그런데 아무리 생각해봐도 누구나 흔히 하는"서로 아끼고 사랑하며 행복하게 잘 살아가라."라는 말밖에는 떠오르지 않았다. 오랜 시간 동안 끙끙대기만 하고 주례사는 한 줄도 쓰지 못했다. 혹시 새벽에 맑은 정신에는 마땅한 문구가 떠오를지 모른다는 막연한 생각을 하고 잠자리에 들었다. 다음날 새벽 잠자리에서 일어나자마자 주례사를 쓸 작정을 하고 책상 앞에 앉았다. 그래도 역시 적당한 말이 떠오르지 않았다.

여러 날을 곰곰이 생각한 끝에 이상적인 말보다는 현실적인 말을 준비하기로 했다. 가장 평범한 말속에 인생이 녹아 있고 가슴에 와 닿을 수 있다는 생각이 들었기 때문이다. 그렇지만 흔히들 하는 주례사보다는 좀 새롭게 하려고 나름대로 애를 썼다. 그런데 글로 쓰는 것과 말로 하는 것은 달랐다. 노랫말처럼 발음이 잘 안 되는 문장이 있어 고치고 또 고쳤다. 암기하면서 내용도 셀 수 없이 바꾸었다. 문학상에 응모할 작품을 쓸 때보다도 더 심혈을 기울였다.

결혼식 당일에는 혼주보다도 더 일찍 예식장에 도착했다. 예식이 시작되려면 한 시간도 더 남았는데 미리부터 긴장되고 떨렸다. 지난날 사업을 할 때 KBS TV 슈퍼마켓방송에 출연할 때도 무역센터 발명 교실에서 강의할 때도 이처럼 긴장되고 떨리지는 않았다. 하지만 결혼식 주례는 고향 사람들 앞이고, 엄숙한 자리라 실수하면 안 된다는 생각에 더 긴장되고 압박감이 몰려왔다.

결혼식이 시작되어 주례 대기석에 앉아 있는데 사회자의 말을 알아들을 수가 없었다. 내 귀가 어두워서 그런가 싶기도 했지만, 아무래도 마이크 소리에 문제가 있는 것 같았다. 앰프를 담당하는 직원에게 에코를 좀 줄여 달라고 했지만 내 말을 듣지 않았다. 혹시나 사회자의 말소리를 못 알아들을까 봐 마이크 소리에 정신을 집중하여 귀를 기울였다. 드디어 주례에 대한 약력을 소개하는 소리가 들려, 나는 서둘러 앞으로 나가 하객들에게 인사한 후 연단으로 다가갔다. 연단에는 스탠드 마이크 두 개가 엑스자로 설치되어 있었다. 왜 마이크를 똑바로 세워 놓지 않고 이렇게 불편하게 해놓았을까 싶었다. 더 큰 문제는 말을 해도 소리가 크게 나지 않았다. 그렇지 않아도 긴장하고 있었던 터라 더 당황했다. 이때 예식장관리를 맡고 있던 직원이 달려와서 스탠드 마이크 바닥에 부착된 스위치를 켜 주었다.

긴장된 마음을 애써 가다듬고 예식을 진행했다. 말할 내용을 모두 암기하긴 했지만, 혹시 몰라 주례사 내용을 프린트해 가지고 갔는데 돋보기를 쓰고 봐도 조명이 어두워서 글씨가 잘 보이지 않았다. 긴장되고 떨리는 마음을 억누르고 실수하지 않으려고 온 신경을 집중하여 진행했다. 내 목소리가 자연스럽지 못하다는 느낌이 들었다. 하지만 다행히 큰 실수 없이 마쳤다. 끝나고 보니, 좀 더 잘 할 수 있었는데 하는 아쉬움이 남았다. 그래도 나는 진심으로 신랑 신부가 행복하게 잘 살아가기를 기원하는 마음으로 주례의 역할에 최선을 다했다.

　주례사를 준비하면서 결혼에 대해 보다 깊이 생각하게 되었고, 사람은 결혼을 통해서 인생이 완성된다는 사실을 새삼 깨달았다. 그뿐만 아니라 나 자신이 주례를 설만큼 모범적인 삶을 살아오지는 못했지만, 우리 부부가 서로 부족한 부분을 채워가며 온전한 하나가 되기 위해 노력해온 과정을 떠올려 보는 계기가 되었다.

『도봉수필』 2015년 동인지

선입견과 편견

아침 일찍 까마귀가 창문 앞에 와서 울었다. 새까만 새가 하도 요란스럽게 울어대니 왠지 예사롭지 않은 느낌이 들었다. 예로부터 아침에 까치가 와서 울면 기쁜 일이 생기고 까마귀가 울면 재수가 없다고 믿어 왔다. 평소 이런 편견을 가지고 있었기 때문에 꺼림칙한 생각이 들어서 까마귀에 대해 알아봤다. 그 결과를 간추려 보면 까마귀는 원래부터 불길한 새가 아니었는데, 겉모습이 검고 울음소리조차 좋지 않아서 그렇게 불리게 되었다고 한다.

우리와 반대로 서양과 일본에서는 까마귀를 길조로 보고, 까치를 흉조로 여긴다고 한다. 까마귀는 기억력이 월등히 높고 앞일을 예언하는 능력까지 있으며, 행복을 안겨다 주는 새로 믿는다. 그래서 아랍에선 까마귀를 '예언의 아버지'라 칭송하고, 북태평양에서는 신화적인 존재로 생각한다. 학자들의 연구 결과에 따르면 까마귀가 새들 중에서 머리가 가장 좋고 응용력이 뛰어나고 한다.

옛 문헌에 의하면 까마귀의 수컷은 암컷이 알을 품고 있는 동안에 먹이를 날라다 주고, 새끼가 부화한 다음 어미 새는 실명을 하게 된다고 한다. 이렇게 어미 새가 눈이 멀어지면 태어난 지, 두 달쯤 된 새끼 새가 어미를 먹여 살린다는 것이다. 그래서 까마귀를 효조(孝鳥)라고 하며, 반포지효(反哺之孝)라는 사자성어까지 있다.

그런데 우리나라에서는 까마귀를 흉조로 잘못 알려지고 까치를 길조로 높이 평가되어왔다. 전설 속에서도 까치가 은혜를 갚거나 기쁜 소식을 알려주는 새로 미화시켜져 왔다. 그렇게 전해져 온 이야기 덕분에 우리나라의 새 뽑기에서도 압도적으로 많은 표를 얻어서 '나라 새'로 뽑혔으며 은행의 상징 마크가 되기도 했다.

지난날 그렇게 대접받던 까치가 지금은 배척을 당하고 있다. 까치는 잡식성 조류로, 수확 철의 곡식을 먹거나 과수원에서 사과, 배, 포도, 등 과일을 닥치는 대로 쪼아 먹는다. 환경부 발표에 따르면 까치의 피해가 매년 200억 원에 가깝다고 한다. 그뿐만 아니라 까치가 전신주에 둥지를 틀어서 정전(停電) 사고가 자주 일어나서 한전에서도 애를 먹고 있으며, 다른 새의 알까지도 훔쳐 먹는 포악한 새라고 한다.

이처럼 사실과는 달리 까마귀와 까치는 좋은 새가 나쁜 새로 엉뚱하게 바뀌어 알려져 왔다. 우리가 세상을 살아가는데도 까마귀와 까치의 경우처럼 편견과 선입견, 고정관념에 사로잡혀 본질을 제대로 인식하지 못하는 사례가 많다. 때로는 사람의 일생을 좌우하기도 하고, 최악의 경우에는 죽음에 이르게 하기도 한다.

아침 일찍부터 뜬금없이 까마귀가 유난히 요란스럽게 울어대서 꺼림칙한 느낌이 들었었다. 그런데 오전 10시쯤 휴대폰으로 문자 메시지가 왔다. 확인하여보니 '시니어 문학상 논픽션 부문 수상자로 당선되셨습니다.'라는 내용이었다. 매일신문사에서 주최하는 문학상 공모 요강에 작품의 길이가 200자 원고 100매라고 되어있었다. 단편 소설처럼 그렇게 긴 글을 써보지 않았기 때문에 별로 기대하지 않고 경험 삼아 응모했는데 뜻밖의 좋을 결과를 얻었다. 이제 생각해보니 까마귀가 기쁜 소식을 알리기 위해 아침 일찍부터 그처럼 시끄럽게 울어댔던 모양이다. 그러고 보니 까마귀가 앞일을 예언하는 신령스러운 새라는 말이 맞는 것 같다.

끈과 매듭

인지도가 높은 잡지사로부터 원고 청탁을 받았다. 평소 할 일을 미루지 않는 성격이라 곧바로 책상 앞에 앉았다, 글을 쓰려고 아무리 애를 써도 단 한 줄도 쓰지 못하고 있던 차에 택배가 왔다. 과수원을 운영하는 사돈께서 사과 한 상자와 여러 가지 농산물을 보내준 것이다. 사돈의 땀과 정성이 깃들어 있는 선물 상자에, 꽁꽁 묶여 있는 끈을 보자 글의 주제가 번쩍 떠올랐다. 인생이란 수많은 인연의 끈 속에 존재한다는 생각이 문득 들었기 때문이다.

불교에서는 옷깃을 한 번 스치는 것도 전생에서 5백 겁(劫)의 인연이 있어야 한다고 한다. 여기서 말하는 겁(劫), 또는 억겁(億劫)은 천지가 개벽한 때부터 다음 개벽할 때까지를 뜻한다. 우리가 상상할 수 없이 길고도 긴 시간을 이르는 말이다. 사람이 살아가면서 만나는 수많은 인연 중에서 부부의 인연은 칠천 겁(劫)의 인연이 쌓여야만 이루어진다고 한다. 그런 의미로 보면 사돈은 혼인으로 맺은 인척 관계이니 더할 나위 없이 귀하고 소중한 인연이다.

세상은 보이지 않은 인연의 끈들로 연결되어 있다. 그 많은 끈 중에서 눈에 보이는 끈보다 는 보이지 않은 끈이 더 소중하다. 눈에 보이는 끈은 세월이 가면 낡아지고 결국은 못쓰게 되지만, 눈에 보이지 않은 인연의 끈은 세월의 깊이만큼 단단해진다. 우리는 그 수많은 끈 속에서 사랑과 정을 나누며 기쁨과 행복을 느낀다. 더러는 아파하고 상처받기도 하지만 한번 맺어지면 쉽게 끊어 버릴 수 없는 것이 바로 인연의 끈이다.

나는 한창 꿈에 부풀어 있어야 할 청년 시절, 붙잡고 매달릴 끈이 없었다. 오랜 세월 피폐한 삶의 동굴에 갇혀 그 어디에도 앉지 못하고 허공을 빙빙 도는 잠자리처럼 마음 둘 곳을 찾지 못했다. 그러던 어느 날 갓 돌 지난 아기가 혼자 서서 걸음마를 시작하는 것을 보고 놀랍고 신기했다. 하루하루 달라지는 아기의 성장하는 모습을 보고 뜻밖의 깨달음을 얻었다. 태아(胎兒)가 엄마 뱃속에서 넓은 세상으로 나오기 위해 탯줄을 끊었듯이 나도 그와 같은 용단을 내려야겠다는 생각이 문득 들었다. 온전한 내가 되어 새로운 삶의 의미를 찾기 위해 나를 옭아 매고 있는 현실의 끈을 모두 끊고 홀로서기를 해야겠다는 생각이 가슴 깊은 곳에서 뜨겁게 타올랐다.

평소 읍내에도 자주 가보지 못했던 사람이 낯선 도시로 간다는 것은 외국으로 떠나는 것만큼이나 대모험이었다. 젊은 혈기로 둥지를 뛰쳐나오긴 했지만, 현실은 생각처럼 녹록지 않았다. 거리마다 사람들은 바쁘게 오고 가는데 내가 가야 할 길은 보이지 않았다. 삶의 끈은 주어지는 것이 아니라 스스로 찾고 만들어 가야 한다는 것을 절실히 느꼈다.

누가 가르쳐 주지 않아도 어린아이가 스스로 걸음마를 배우듯 내 힘으로 삶의 끈을 만들어 가야만 했다. 아기가 걸음마를 배우면서 수도 없이 엉덩방아를 찧듯이 나 또한 홀로서기를 하면서 셀 수 없이 넘어졌다가 일어나기를 반복했다. 하지만 아무리 힘들어도 포기할 수 없는 삶이기에, 남들이 버린 지푸라기를 모아서 새끼를 꼬듯 근근이 삶의 끈을 만들어 갔다. 그렇게 혼신의 힘을 다한 결과 실낱같았던 끈이 땀과 열정을 먹고 시나브로 몸집이 커져갔다.

지금까지 살아오는 동안 내가 힘들어할 때 손을 잡아 일으켜 주는 사람보다는 딴지를 거는 사람이 더 많았다. 그중에서 가장 힘들고 두려웠던 상대는 겉과 속이 다른 끈을 휘두르는 사람이었다. 이처럼 인연의 끈은 곧 만남이고 어떤 끈에 닿았느냐에 따라 희로애락이 펼쳐지는데 나는 사람을 보는 안목도 세상을 내다보는 지혜도 부족했다.

생각해 보면 인연의 끈은 하늘이 만들어 주지만, 귀하고 소중한 관계로 발전시키는 것은 자기 몫이라고 할 수 있다. 하지만 세상일이 혼자만 잘한다고 되는 것이 아니니 그것이 가장 어려운 일이 아닐까 싶다,

아기는 엄마의 뱃속에서 탯줄이라는 끈을 통해서 영양분을 공급받는다. 엄마와 아기를 연결하는 생명줄이었던 탯줄은 사랑의 끈으로 묶이고 출산과 동시에 잘린다. 이렇게 하여 우리 몸의 뿌리이며 탄생의 상징인 배꼽이 생기고, 새로운 인연의 끈으로 이어지는 첫 번째 매듭이 된다. 그러므로 인생은 끈과 매듭으로 이루어진다고 해도 과언이 아니다. 끈에

따라 맺어지고 그 끈이 다하면 매듭을 통해 새로운 미래가 펼쳐지기 때문이다.

생명의 근원이며 첫 번째 매듭이 되는 배꼽이 끝이 아니라 새로운 시작이 되듯이, 줄이나 끈이 서로의 끝이 묶여서 마디를 맺고 다시 이어지기 때문에 매듭은 마무리임과 동시에 새로운 시작이 된다. 그렇지만 인연의 끈이 모두 발전의 관계로 이어지는 것은 아니다. 인연의 끈이 삶의 길이 되고 좋은 인맥으로 발전하려면 상호 신뢰를 바탕으로 쌍방이 함께 노력해야만 가능하다. 그래서 쉽게 만들어진 동아줄은 없다는 생각을 하게 된다. 매듭 또한 모든 것이 새로운 시작으로 이어지는 것만은 아니다. 뜻을 이루지 못한 아픔의 매듭이 있는가 하면, 사랑과 정(情)이 머무는 아름다운 매듭도 있기 때문이다.

몇 년 전 매듭 공예와 손뜨개 작품 전시관을 관람했던 적이 있다. 손뜨개질 작품에는 단순한 색상의 작품보다 여러 종류의 색실로 짠 것들이 훨씬 돋보였다. 각각 색깔이 다른 실들이 함께 어우러져 다양한 모양과 무늬를 만들어내고 있어 눈길을 끌었다. 여기서는 어둠의 상징인 검은색의 실도 밝은 색상의 실이나 똑같이 아름다웠다.

다양한 매듭 공예 작품을 감상하면서 우리의 삶을 되돌아보게 되었다. 대나무가 억센 바람에도 꺾이지 않는 것은 수많은 매듭 덕분이듯이, 우리의 삶에서도 매듭이 없다면 새로운 끈도 없고 보람찬 일생도 없다는 생각을 하게 되었다.

평소에는 끈과 줄을 같은 것으로 생각했는데 이 글을 쓰면서 아주 다르다는 사실을 알게 되었다. 끈은 대부분 물건을 묶거나 꿰는 데 사용되는 가늘고 짧은 것들이며, 줄은 전깃줄이나 빨랫줄처럼 긴 것을 말한다. 이처럼 용도가 달라도 서로의 관계를 형성하며 그것을 발전시키고 삶을 풍요롭게 한다. 무슨 끈을 잡고 어떤 줄에 서 있느냐에 따라 삶이 달라지는 이유이다.

사돈께서 보내준 선물을 받고 끈은 길이요 연결망이라는 말이 떠올랐다. 좋은 끈이 좋은 인맥에서 아름다운 관계로 발전된다는 생각을 하며 글 한 편을 완성했다.

《리더스 에세이》 2017년 여름호

동전 한 닢

“잔액이 부족합니다.”

버스에 오르면서 단말기에 교통카드를 대는 순간 들리는 소리다. 당황하여 주머니를 뒤져보니 천 원짜리 지폐 한 장과 100원짜리 동전 세 개뿐이다. 200원이 모자라다. 어떻게 해야 할지 난감하여 손바닥을 들여다보고 있는데, 뒤따라 승차하는 사람이 내 팔을 툭 치고 지나간다. 그 바람에 들고 있던 동전마저 떨어뜨렸다. 어디로 굴러갔는지 아무리 살펴봐도 동전 하나는 찾을 수가 없었다. 옆에서 이를 지켜보고 있던 친구가 5백 원짜리 동전 한 닢을 선뜻 보태주었다. 요금을 치르고 나니 몇 년 전 문학회 정기총회에 다녀오던 때의 일이 문득 떠올랐다.

그날 행사가 끝나고 밤 11시가 가까워 집으로 돌아오게 되었다. 혹시라도 전철이 끊길까 봐 서둘러 개찰구 쪽으로 달려갔다. 연말이 가까워 사람들로 몹시 붐볐다. 단말기에 교통카드를 대는 순간! 그때도 오늘처럼 “잔액이 부족합니다.”하는 음성이 유난히 크게 들렸다. 그리고 이어서 덜커덕하고 개찰구 양쪽에서 거인의 손 같은 막대가 툭! 튀어나와 출구를 가로막았다. 몹시 당황스러웠으나 급한 마음에 앞뒤 생각하지 않고 막대 위로 훌쩍 뛰어넘었다. 등 뒤에서 누군가가 나를 부를 것만 같았다. 불안한 마음을 안고 승강장을 향해 도망치듯 뛰어 내려갔다. 다행히 아직 전철이 끊기지 않아 승차할 수 있었다.

목적지인 군자역에 도착하여 개찰구를 나오려는데 덜커덕하고 또 막대가 불쑥 튀어나와 앞을 가로막았다. 주저할 것도 없이 훌쩍 뛰어넘으려는 순간, "어머 김 선생님!" 하고, 중년 부인이 인사를 해왔다. 몹시 당황하여 상대방 얼굴을 쳐다봤다. 바로 코앞에 서 있는 목소리의 주인공은 같은 동네에 거주하는 여류시인이었다. 그 여인 역시 시간에 쫓겨 전철을 타기 위해 서둘러 오던 중에 나와 정면으로 마주친 것이었다. 나는 개찰구를 뛰어넘지도 못하고 엉거주춤한 상태에서, 참으로 민망한 모습으로 "교통카드에 아직 잔액이 많이 남아 있는 줄 알았는데 말썽을 부리네요."하고, 멋쩍은 변명으로 순간을 모면했다. 밤늦은 시간이라 서로 바쁜 마음에 가볍게 인사만 주고받고 헤어졌다.

망신은 그걸로 끝나지 않았다. 돌아서 나오려는데 역무원이"어르신 무임승차하시면 과징금으로 요금의 30배가 부과됩니다."하며 다가왔다. 나는 어찌할 바를 모르고 서 있다가 자초지종 사정 이야기를 했다. 역무원은 무언가 잠시 생각하는 듯하더니 그냥 돌아가라고 했다. 자식 또래 젊은이에게 변명하고 돌아오면서 적은 돈의 위력이 얼마나 큰지를 실감했다.

그날 나는 문학회 업무 인수인계로 받은 돈이 고액권과 수

표가 백만 원이 넘게 있었다. 하지만 교통카드에 충전된 금액이 몇백 원 모자라 불편을 겪었다. 이때 문득 옛날 어떤 부자가 많은 금덩이를 가지고 피난을 가면서 쌀 한 줌 살 돈이 없어서 굶어 죽을 뻔했다는 이야기가 떠올랐다.

1997년 IMF 구제금융 요청 당시 나라의 부채를 갚기 위해 금 모으기 운동할 때의 일이다. 우리나라 5천만 국민이 하루 100원씩 모으면 50억이 되고, 한 달이면 150억이 된다는 계산이 나왔다. 그 결과에 나는 깜짝 놀랐다.

진정한 농부는 볍씨 한 톨 앞에 무릎을 꿇고, 노련한 사업가는 동전 한 닢 앞에 무릎 꿇는다. 한 숟가락의 물이 모여 도랑물이 되고 도랑물이 모여 강물이 되는 이치를 알고 있기 때문이다. 아무리 적은 돈이라도 하찮게 여길 일이 아니라는 걸 동전 한 닢이 깨닫게 해 주었다.

≪에세이 21≫ 2020년 여름호

제3부

나는 서투른 삶의 조각가

어린이대공원 조각상 앞에서 청춘 남녀가 사진을 찍고 있다. 늘 보아오던 풍경인데 새로운 의미로 다가온다. 저 조각상도 본래는 볼품없는 돌덩이에 불과했을 것이다. 그런 평범한 돌이 조각가의 정과 망치를 통해서 훌륭한 작품으로 탄생 되었듯 우리의 삶 또한 이와 같다는 생각이 불현듯 든다.

'인생을 조각하는 정과 망치'라는 글을 어디선가 읽었던 적이 있다. 그 표현대로 라면 우리는 모두 자신의 삶을 조각하는 조각가인 셈이다. 조각가가 하나의 예술 작품을 만들기 위해 정과 망치로 돌을 다듬듯, 우리도 보다 더 나은 미래를 꿈꾸며 하루하루 혼신의 힘을 기울여 일상을 조탁(彫琢)한다는 생각을 하게 된다.

그렇다면 인생이란 조각가 앞에 놓여 있는 하나의 돌덩이와 다름없다고 할 수 있다. 그런 의미에서 생각해 보면, 내 인생은 낙후된 시골 산등성이에 흩어져 있는 볼품없는 돌덩이였다고 하겠다. 나는 이 돌덩이를 내가 원하는 삶을 조각하기 위해 한 손에는 정을, 다른 한 손에는 망치를 들고, 마음속으로 그리고 있는 미래를 열심히 조각해 온 셈이다.

훌륭한 조각상을 만들기 위해서는 좋은 돌을 구하는 것도 중요하지만, 그보다 더 중요한 것은 정과 망치가 아닐까 생각된다. 아무리 유능한 조각가라 할지라도 정과 망치가 없으면 조각이 불가능하기 때문이다.

여기서 정(釘)은 실천력과 지속력에 해당하고, 망치는 결단력과 추진력과 같다고 할 수 있을 것이다. 우리들의 삶 또한, 정의 뾰족한 끝으로 조각을 하듯이 섬세하게 통찰하고, 망치로 내려치듯 과감한 결단과 실천이 뒤따라야 하기 때문이다.

그러나 정과 망치는 돌의 성격과 조각하고자 하는 내용에 따라 연장의 크기도 내려치는 강도도 달라야 할 것이다. 그렇지만 이건 이론에 불과하고, 내 경험으로 볼 때 현장에서는 자기만의 연장과 작업방법이 있을 뿐이다.

그보다 더 중요한 것은 생각이라 하겠다. 어떤 생각을 가지고 조각하느냐에 따라 그 결과가 달라지기 때문이다. 한자로 생각 사(思)자를 살펴보면 밭 전(田)자 밑에 마음 심(心)자로 구성되어 있다. 이는 생각이 바로 모든 것이 생성(生成)하는 밭과 같다는 뜻으로 해석된다. 마음의 밭에 어떤 씨앗을 심었느냐에 따라 삶이 달라지기 때문이다.

인생에 연습이 없듯이, 세상에서 단 하나뿐인 삶이라는 돌을 조각하는 일 또한 연습이 있을 수 없다. 연장을 고르거나 작업의 목표와 순서를 결정하는데 심층적인 고민을 해야 한다. 그뿐만 아니라 조각이 완성된 모습을 미루어 짐작할 수 있는 능력과 안목도 있어야 한다. 무엇보다 안목이 작품을 결정한다고 해도 과언이 아니다.

안목이란 세심한 관찰과 학습을 통해서 생긴다고 할 수 있는데 나는 시골에서 자란 촌 무지렁이라 연장을 고르는 안목도 작업하는 방법도 몰랐다. 아직 준비되지 않은 조각가가 정도 망치도 없이 큰 돌덩이를 끌어안고 있는 형국이었다. 이처럼 불확실한 미래에 대한 두려움을 용기로 바꾸기까지 오랜 세월이 걸렸다. 벼르고 벼르다가 스물다섯 살 되던 해에, 보다 더 넓은 세상으로 나아가 꿈을 펼쳐 보고자 고향을 떠났다. 고치 속에 갇혀있던 누에가 나비가 되어 훨훨 날아오르듯 나도 그렇게 날개를 활짝 펴고 힘차게 날갯짓을 해 보고 싶었다.

하지만 아무런 경험도 재능도 없으니 받아주는 곳이 없었다. 어쩔 수 없이 스스로 일자리를 만드는 방법밖에 없었다. 취직(就職)이 아니라 스스로 일자리를 만들어야 하는 창직(創職)을 해야 할 처지가 된 셈이다. 생각다 못해 호구지책으로 행상을 시작으로 나만의 터전을 만들어 갔다. 혹독한 환경에서 살아남기 위해 머리가 아닌 발로 뛰고 온몸으로 부딪치며, 곡예사가 외줄 타기를 하듯 삶의 칼날 위에서 하루하루 아슬아슬하게 버티었다.

나는 남들보다 두뇌가 명석하지 못하다는 것을 스스로 알고 있었기에 무슨 일을 결정할 때마다 심사숙고했다. 내가 알고 있는 정보나 지식만 믿지 않고, 뻔한 일도 주변 사람들에게 다시 물어서 조언을 구했다. 하지만 조각가가 돌을 쪼는 과정에서 정이 빗나가고 망치 자루가 부러지는 경우처럼 예상하지 못한 상황이 발생하여 여러 차례 삶의 나락으로 떨어졌다.

정과 망치가 하나가 되어 작품을 만들어 가듯이 사업은 혼자의 힘만으로 되는 일이 아니었다. 아무리 치밀하게 계획을 세우고 전문가의 도움을 받아가며 최선을 다했지만, 내 생각과 노력이 세상의 공식이나 틀에 맞지 않아 성공보다 실패가 더 많았다. 하지만 여기서 포기하면 내 인생을 포기하는 것이 된다는 생각으로 혼신의 힘을 다했다. 조각이 잘못되면 그 부분을 파내고 새로운 돌을 끼워 넣거나 모양을 바꿔 조각하듯, 실패는 또 다른 시작이 되었다.

노력은 성공의 어머니라고 하지만, 인생이란 만남을 통해서 미래가 결정된다고 생각한다. 돌이 어떤 사람을 만나느냐에 따라 석축용이 되기도 하고 훌륭한 조각 작품이 되기도 하는 것처럼 우리의 삶도 누구를 만나느냐에 따라 바뀌기 때문이다.

이제 황혼의 언덕에 서서 지난날을 돌아보니 나는 서투른 조각가였다. 인생도 조각상도 완성도 높은 작품을 만들기 위해서는 필요 없는 부분을 떼어내는 작업이 선행되어야 하는데 이 부분이 가장 어렵고 힘들었다. 조각 작업을 하는 과정에서 한번 잘못 떼어내면 다시 붙일 수 없는 치명적인 상황이 되듯, 우리 삶도 한번 지나간 일은 되돌릴 수 없다. 그러니 우리 인생도 조각 작업도 실행에 옮기기 전에 결과를 정확하게 예측할 수 있는 뛰어난 통찰력과 안목이 필요하다. 그런데 나에게는 그런 능력이 부족한 탓으로 삶이 항상 고달팠다.

하지만 조각가가 손에 굳은살이 박일 때쯤 되면 눈을 감고도 정과 망치를 사용할 수 있게 되듯, 인생도 마음에 굳은살이 박일 때쯤 되면 나름대로 지혜와 안목이 생긴다. 그러나 조각가마다 걸작을 만들 수 없듯이 인생 또한 누구나 훌륭한 삶을 살 수 없으니, 나는 주어진 현실에 최선을 다해 살아온 것을 스스로 위안 삼고자 한다.

　노년의 문턱을 넘어섰지만, 삶의 조각 작업은 아직 진행 중이니 어떤 작품이 탄생할지 나 자신도 모른다. 고사성어에 용을 그릴 때 마지막으로 가장 중요한 부분인 눈동자를 그려 넣는 일로 마무리한다는 뜻으로 화룡점정(畵龍點睛)이라고 했다. 어떤 일이든 마무리를 어떻게 하느냐에 따라 성공 여부가 결정된다는 의미가 담겨있다. 마찬가지로 인생도 조각상도 마지막 마무리가 가장 중요하므로 끝까지 최선을 다할 뿐이다. 아직도 필요 없는 부분들을 떼어내고 수정해야 할 점이 많지만, 이제부터는 다듬고 윤을 내는 일에 더 정성을 기울일 생각이다.

≪수필세계≫ 2022년 여름호

잘 박힌 못

　재건축 현장에 노후 된 건물을 철거 중이다. 기울어진 건물을 받치고 있던 버팀목을 떼어내니 백 년 된 건물이 한순간에 와르르 무너진다. 가까이 다가가 보니 버팀목에 대못이 박혀 있다. 지금까지 건물이 넘어지지 않도록 지탱해 준 것은 기동이나 버팀목이 아니라 작은 못이었던 것이다.

　건물의 지붕을 떠받치는 것은 기둥이다. 이 기둥이 썩거나 부러져서 제구실을 못 하게 되면 버팀목이 그 역할을 대신한다. 하지만 그 버팀목이 제 역할을 할 수 있도록 뒷받침해 주는 것은 눈에 보이지 않는 작은 못이다. 이처럼 우리가 세상을 살아가는데도 버팀목이 되어 주는 사람이 있는가 하면 그것이 제 역할을 할 수 있도록 뒤에 숨어서 도와주는 못과 같은 사람이 있다.

　아버지께서 사십 대 초반에 갑자기 세상을 떠나시자 어머니는 슬픔을 가슴에 묻고 어린 자식들을 지키기 위해 여장부가 되었다. 당시 형님은 열여덟 살에 큰 키에 영리했다. 하지만 부모님이 다 큰 아들을 어린아이 취급하고 과잉보호한 탓으로 세상일에는 능하지 못했다. 어머니는 기둥을 잃고 기울어진 집안을 일으켜 세우기 위해 형님을 앞장세웠다. 조선 시대 때 왕위를 물려받은 어린 아들을 앞세워 수렴청정했듯이 숨은 못 역할을 하셨다. 어머니가 혼자 결정할 일도, 형님과 의논하는 형식을 취했고, 가정사는 물론 대소가 애경사에도 형님이 참여하도록 했다.

나 역시 어린 시절 형님처럼 키가 크고 힘도 셌다. 그렇지만 늘 기가 죽어 있었다. 헐벗고 굶주림 속에 아버지도 계시지 않으니 마음을 기댈 데가 없기 때문이었다. 게다가 어머니는 몹시 엄격하셨다. 예절교육을 귀에 못이 박이도록 가르쳤으며 작은 잘못도 용서하지 않았다. 혹시라도 '아비 없는 후레자식'이라는 말을 듣게 될까 봐 사랑의 못질을 심하게 하셨다. 그럴 때면 나는 어머니가 혹시 친어머니가 아닐지도 모른다는 생각까지 했다. 그것이 세상을 살아가는 데 필요한 예방주사라는 것을 그때는 몰랐다.

청년이 되어 아무도 손잡아 주는 사람 없는 객지에서 삶의 무게를 견디기 힘들 때면 어머니 모습을 떠올리며 마음을 다잡았다. 어머니는 홀로 우리 삼 남매를 키우셨는데 명색이 남자인 내가 내 목구멍 하나 구원하지 못한다면 참으로 부끄러운 일이라는 생각이 들어 혹독하게 나를 채찍질했다.

못은 물건이나 건물을 지탱하는 데 중요한 역할을 한다. 만일 못이 없다면 건축도 가구도 만들 수 없다. 하지만 그 못들은 겉으로 모습을 드러내지 않고 저마다의 역할을 다한다. 우리의 인생살이도 이와 같다. 그런데 못을 박는다는 말은 뭔가 확실하게 해둔다는 뜻보다는 부정적으로 쓰이는 경우가 더 많다. 그중에 대표적인 말이 남의 가슴에 못을 박는다는 말일 게다. 내 경험으로 미루어 볼 때 가슴에 상처를 내는 못만 있는 것이 아니다. 우리를 바로 세우는 사랑의 못, 믿음의 못도 있다. 그런데 대부분 이처럼 가장 소중한 사실을 인식하지 못한 채 살아간다.

지난날 젊은 혈기를 앞세워 좌충우돌하던 시절에는, 나 혼자 힘으로 살아온 줄로만 알았다. 이제 나이 들어 뒤돌아보니 건물에 박힌 못처럼 보이지 않는 곳에서 도움을 주는 사람이 있었다. 가족은 물론 세상을 살아오면서 만났던 사람들이 그 중심에 있었다.

≪계간 한글문학≫ 2020년 봄호

꽃보다 열매

봄이라고 하지만 아직 쌀쌀한 날씨에 매화가 화사한 자태를 뽐내고 있다. 어린 시절 고향 집 대나무밭에는 동백나무와 살구나무를 비롯하여 감과 밤, 대추나무 등 온갖 나무들이 어우러져 숲을 이루고 있었다. 봄이 되면 동백꽃을 시작으로 살구꽃과 감꽃이 차례로 피었다. 그중에서 대추나무만 봄이 다 가도록 겨울잠에서 깨어나지 않았다. 그런 까닭에 나무가 죽은 줄 알고 베어버리는 경우까지 있었다. 대추나무는 이처럼 가장 늦게 꽃이 피지만, 열매는 가장 많이 열리고 제일 빨리 익는다.

나무들이 해마다 꽃을 피우고 열매 맺기를 반복하는데, 유독 대나무만 60년 또는 100년에 한 번 꽃을 피우고 열매를 맺는다. 그래서 대나무밭에서 살고 있는 사람도 평생 한 번 꽃 구경하기 어렵다. 특히 대나무에 꽃이 피면 봉황이 나타난다는 전설과 연관하여, 복되고 길한 일이 있을 조짐으로 여겼다. 봉황은 아무리 굶주려도 대나무의 열매인 죽실(竹實)이 아니면 먹지 않고 오동나무가 아니면 앉지 않는다고 전해져 오고 있기 때문이다.

그뿐만 아니라 대나무는 세상에서 가장 빨리 자라는 나무로 비가 흠뻑 내린 뒤에는 하루에 60cm ~ 1m까지 자란다. 그래서 우후죽순(雨後竹筍)이라는 사자성어가 생겼으며 1년이 지나면 더 이상 자라지도 몸통이 굵어지지도 않고 단단해지기만 한다. 그뿐만 아니라 곧고 굳고 사시사철 푸르기 때문에 선비를 상징하며 사군자 중에서도 으뜸으로 꼽는다.

사람들도 같은 세월 같은 시간 속에 살면서, 매화나 살구꽃처럼 일찍 꽃을 피우는 사람이 있는가 하면, 대나무처럼 평생에 한 번 꽃피우는 대가들도 있다. 저마다 그 시기가 다를 뿐만 아니라 형태와 색깔, 향기가 다른 삶을 살아간다.

이제 나이 들어서 굴곡진 삶을 살아온 지난날을 돌이켜보니, 서둘러 간다고 빨리 가는 것이 아니라는 생각이 든다. 그뿐만 아니라 서두르는 것은 빠른 것과 다르고, 빨리 가는 것이 앞서 가는 것도 아닐뿐더러 성공하는 것도 아니었다.

나는 행상을 하여 근근이 모은 돈으로 스물일곱 살에 사업을 시작했다. 아이디어가 돋보인 상품을 취급한 덕분에 2년 만에 대지 42평짜리 주택을 장만했다. 단칸 셋방에서 살다가 방이 다섯 개나 되는 집을 장만하고 세상을 다 얻은 것 같았다. 당시 도회지로 나와서 밥벌이만 해도 절반은 성공한 것이라고 여겼던 시절에, 스물아홉 살 청년이 성공했다고 주변 사람들로부터 박수를 받았다.

사업에 대한 자신감이 생기자 삶의 가치를 좀 더 높이고 싶은 욕심이 고개를 들었다. 남이 만들어 놓은 상품만 판매하는 것보다는 내가 직접 우수한 제품을 개발하여 보람과 가치를 함께 느끼고 싶었다.

그 무렵 천일사 별표전축과 성우전자 독수리표(쉐이코)전축이 최고의 인기를 누리고 있었다. 나는 기존 제품과 차별화하기 위해 무선전축을 개발했다. 스피커에 전선을 연결하지 않아도 되기 때문에 스피커를 자기가 원하는 장소에 놓고 음악을 들을 수 있었다.

그 시절에는 라디오도 없는 가정이 많았다. 전축도 대부분 턴테이블에 LP 음반으로만 음악을 들어오다가, 8트랙 테이프를 사용하기 시작하던 때였다. 아직 스테레오가 무엇인지 모르는 사람도 많았다. 전선을 연결하지 않고도 스피커에서 음악이 흘러나오는 것을 신기하다고 구경하는 사람이 많았다.

기존 제품에 새로운 기능을 추가했으므로 상품을 출시만 하면 바로 대박이 날줄로 믿었다. 그런데 시장 반응은 아주 싸늘했다. 소비자는 품질보다는 브랜드를 더 우선시한다는 사실을 뼈저리게 느꼈다. 설상가상으로 1977년 부가가치세법이 시행되면서 시장 경기마저 얼어붙었다. 막대한 자금을 투자하여 수많은 어려움 속에 개발한 제품이 실패로 끝났다.

제조업실패로 인한 경제적 손실을 만회하기 위해 십여 년 동안 힘든 세월 보냈지만, 신상품개발에 대한 미련은 버리지 못했다. 1980년대 후반 요구르트 제조기가 붐을 일으키고 있어, 여기에 편승하면 성공 가도를 걸을 수 있겠다는 생각이 들었다. 기존 제품의 문제점을 보완하고 한 걸음 더 나아가 청국장과 과일주까지 만들 수 있는 다목적 발효기를 개발했다. 품질 경쟁에서 이기는 것이 곧 성공으로 가는 길이라고 굳게 믿었는데 브랜드의 인지도가 낮고 사업수완이 부족하여 결국 폐업을 하고 말았다.

거듭된 실패로 내 능력의 한계를 느끼고 실의에 빠져 있던, 1990년 초 노래반주기가 붐을 일으키고 있었다. 바로 이때가 실패를 만회할 수 있는 절호의 기회라는 생각이 들었다. 한 치의 망설임 없이 지난날 무선전축을 만들었던 경험을 살려서 무선 전화기처럼 생긴 핸드가라오케를 개발했으나 사업 파트너의 배신으로 또 사업을 접었다.

그러니 앞서간다고 모두 좋은 것은 아니라는 생각이 든다. 빨리 핀 꽃의 열매가 크고 탐스러운 것도 아니고 꽃마다 모두 열매를 맺는 것도 아닌 것처럼 우리의 삶도 이와 별반 다르지 않다. 다른 사람들보다 너무 멀리 앞서가는 것보다는 한 걸음이나 반걸음 정도 앞서는 것이 성공할 확률이 더 높다는 것을 나는 비싼 대가를 치른 후에야 비로소 깨달았다.

화무십일홍이라고 하더니 화려한 자태를 한껏 뽐내던 매화도 불과 며칠 만에 모두 저버렸다. 이처럼 먼저 핀 꽃이 먼저 지는 것이 세상의 이치다. 꽃은 열매를 맺기 위한 과정일 뿐인데, 어느 나무나 똑같이 일 년에 한 번밖에 열매 맺지 못할 걸, 잎도 피우기 전에 꽃부터 피우는 것에 박수를 보낼 수 없는 일이다.

우리의 인생도 매화처럼 일찍 꽃 피우는 인생이 있고, 늦가을에 고매한 자태와 짙은 향내를 풍기는 국화와 같은 인생도 있다. 그런데 그 열매를 보면 꽃을 빨리 피운 의미를 찾아보기가 힘들다. 서둘러 핀 매화와 산수유, 개나리의 열매가 나름대로 모양을 갖추었다고 하지만, 가을에 나뭇가지가 휘어지도록 열리는 열매들과는 비교가 안 된다. 특히 봄을 대표하는 벚꽃도 경탄을 자아낼 만큼 아름답던 장미도 눈부시게 화려했던 꽃에 비하면 열매라고 하기에는 민망할 정도로 작고 초라하다.

≪에세이21≫ 2024년 여름호

치아의 반란

　나이가 들어가면서부터 치아가 말썽을 부리는 일이 잦다. 치통이 시작되면 음식을 먹을 수 없는 것은 물론, 밤에 잠을 이루기도 어렵다. 통증이 심할 때는 진통제를 먹어도 소용이 없고, 얼굴 한쪽을 칼로 도려내는 듯한 고통을 느낀다. 그러다가 병원에서 치료를 받고 통증이 멈출 때는, 몸이 날아갈 것 같은 행복감에 젖게 된다. 그래서 예전부터 치통은 고통 중에서도 가장 큰 통증으로 여겼다. 오죽하면 "앓던 이가 빠진 것 같다"라는 속담까지 생겼겠는가.

　우리 몸에서 소중하지 않은 곳이 없지만, 그중에서 나는 치아를 최고로 예우해왔다. 세수하는 일보다도 몸을 씻는 횟수보다도 더 자주 닦아주고 아껴 주었다. 그런데 이렇게 고통을 주는 것은 받아들일 수 없는 반란이다. 몇 번 달래고 타협을 해도 안 되면 까짓것 아예 뽑아버려야겠다. 지금이 어떤 세상인가, 천 길 깊은 바닷속에 말뚝을 박고 다리를 놓는 세상이다. 견디어보다가 안 되면 임플란트인가 하는 것을 해버리면 된다.

　사람의 치아는 대부분 32개라고 한다. 그중에서 나는 9개나 임플란트를 했다. 임플란트 시술(施術)을 하려면 제일 먼저 마취를 한다. 그러면 술에 잔뜩 취한 사람처럼 어지러운 상태가 된다. 마취된 다음 입만 남겨놓고 두꺼운 보자기로 얼굴을 가린다. 이때 마지막 관 뚜껑을 덮는 것과 같은 기분이 든다. 시술 방법은 턱뼈에 못을 박듯이 금속을 박아서 기둥을 만든다. 그 과정이 전동드라이버로 나사못을 박을 때가 연상된다. 못 박을 때 각도가 조금만 삐뚤어져도 엉뚱한 방향으로 못 끝이 튀어나오듯이 그렇게 잘못될 수도 있겠다는 생각이 든다. 아픈 것보다도 불안하고 두려운 생각들을 억누르기가 더 힘들다.

나이가 들면 질병이 삶의 질을 결정한다. 그중에서 치아의 건강이 장수와 삶의 질을 좌우한다고 해도 과언이 아니다. 다른 곳이 불편하면 좀 더 조심하고 활동을 줄이면 된다. 하지만 먹는 일은 피할 수가 없으니 치아의 건강은 생존의 문제다. 치아는 소화기 건강과 직결되어있고, 정신건강, 특히 치매와도 관련이 깊다고 알려져 있다. 그뿐만 아니라 치아 건강상태에 따라 평균수명이 최고 20년까지 차이가 난다고 한다. 그래서 건강한 치아가 오복 중의 하나라고 한다.

어디 치아뿐인가. 환갑의 나이를 넘기면서 이곳저곳에서 받아들일 수 없는 반란이 계속된다. 검은 머리는 흰머리로 바뀌고, 허리와 무릎뼈가 쑤시고 아프다. 거기에 더하여 돋보기, 보청기까지 있어야 한다. 병원을 단골 식당 드나들듯 하면서 허무함이 밀려든다.

그렇다고 삶의 끈을 놓아 버릴 수는 없는 일, 나를 바로 세우는데 최선의 방법이 무엇인가를 고민해야겠다. 무엇보다 노후 건강을 위해 더 노력해야겠다. 그리고 참삶이 되도록 임플란트를 하듯이 낡은 생각과 생활 방법을 바꿔야겠다. 충치 먹은 치아처럼 내 마음을 시리고 아리게 했던 과거의 아픈 기억부터 뽑아버려야겠다. 한평생 나만 옳다고 믿어온 고집도 버리고 내일을 새롭게 열어 가도록 노력하련다.

『대표에세이』 2016년

횡단보도

　중요한 약속시간을 잘못 알고 집에서 늦게 출발했다. 서둘러 가면 늦지 않을 것 같아 걸음을 재촉했다. 약 50m 전방에 있는 횡단보도를 건너가야 하는데 마침 신호등이 파란불로 바뀌었다. 작은 행운을 만난 듯한 기분으로 걸음을 재촉했다. 그런데 나를 놀리기라도 하듯 횡단보도 앞에 도착하자마자 빨간 불로 바뀌어 버렸다. 어쩔 수 없이 멈춰 섰다. 그로부터 불과 몇 초 후였다. 급브레이크 밟는 소리가 크게 들렸다. 사고였다. 나보다 몇 걸음쯤 앞서 건너가던 사람이 횡단보도 중간에서 오토바이와 충돌한 거였다. 다행히 큰 사고는 아니었지만 가슴이 철렁했다.

　그 광경을 보자 문득 1997년 발생한 항공기 추락사고가 떠올랐다. 당시는 우리나라가 외환위기를 겪던 때였다. 어느 중소기업 사장이 미국에 있는 바이어와 신제품 수출 상담을 하기 위해 비행기 표를 예매했다. 그는 탑승시간을 잘못 알고 공항에 늦게 도착하는 바람에 비행기를 타지 못했다. 회사가 경영에 어려움을 겪고 있던 때에 중요한 약속을 지키지 못해 상심이 매우 컸다. 그날 저녁 무심코 텔레비전을 켰는데 항공기 추락사고에 대한 뉴스가 나왔다. 바로 그가 타고 가려고 했다가 놓친 그

비행의 사고 소식이었다. 김포공항을 출발한 비행기가 미국 괌 공항에서 추락하여 228명의 사망자가 발생했다는 보도였다. 뜻밖의 소식에 그는 놀란 가슴을 쓸어내렸다.

　횡단보도의 신호등은 보행자가 통행하는 시간을 기본 7초에 1m당 1초씩 추가되도록 설정되었다. 그렇게 계산하면 신호가 바뀌는데 평균 3분에서 5분 정도 걸린다. 또 신호등은 순서에 따라 빨강, 노랑, 파랑 등으로 정확하게 바뀐다. 이처럼 신호가 정확히 바뀔 것을 믿기 때문에 사람들은 신호등 앞에서 기다린다. 하지만 삶의 횡단보도는 원칙이 따로 없다.
　흔히 인생을 길에 비유한다. 우리 삶의 길도 가다 보면 수많은 횡단보도를 만나게 된다. 그런데 내 삶의 횡단보도에는 오랫동안 빨간 불만 켜져 있었다. 그때마다 조바심이 나서 파란불로 바뀌기를 무작정 기다릴 수만도 없었다. 그 길은 내 길이 아니라고 생각되어 남들이 쉽게 건너는 횡단보도를 놔두고 먼 길을 돌아서 힘들게 갔다. 내가 가는 인생길에는 아무도 걷지 않은 좁고 위험한 길이었다. 신호등도 안내 표지판도 없었다. 앞으로 가야 할 길에 대한 기본 지식도 지혜도 없이 내 방식대로 표지판을 그려보고 삶의 신호등을 파악해야만 했다.
　그뿐만 아니라 관련 업종이 호황을 누릴 때 사업전망이 파란불이라고 판단되어 투자했다가 세 차례나 실패했다. 누구나 알 수 있는 빤한 상황에서 가야 할 길을 결정했지만, 보이지 않는 먼 훗날 일어날 일까지 대응하지는 못했다. 더욱이 인생의 횡단보도는 비보호였다. 파란불인 줄 알고 직진했다가 갑자기 장애물이 나타나 어려움을 겪기도 했고, 급커브에서 중심을 잃거나 추락하기도 했다. 세상을 살아가면서 장애물(障碍物)보다 장해물(障害物)이 가장 두려웠다. 장애물은 방해가 될 뿐 움직이지 않으니 피해 가면 된다. 하지만 장해물은 기어코 내가 하는 일을 방해하고 해칠 목적을 가지고 움직이기 때문에 고군분투해야 했다.

세 번째 제조업에 실패하고 이벤트 행사장을 전전하던 때의 일이다. 1994년 내가 직접 생산한 요구르트 제조기를 가지고, 서초동에 있는 삼풍백화점에서 실시하는 중소기업 발명품 전시회에 참가했다. 기대와 달리 장사가 안되어 인건비도 챙기지 못했다. 그런데 판매 실적이 좋은 업체들은 백화점에 정식 입점하여 영업을 계속할 수 있게 되었다. 그들이 몹시 부러웠었다. 당시 나는 빚더미 속에서 하루하루 겨우 버티고 있던 때여서 도약의 기회를 놓쳐버린 것처럼 안타까웠다.

그로부터 일 년 후 1995년 6월, 광주광역시 이벤트 행사장에서 장사 하고 있을 때 삼풍백화점이 무너졌다는 소식을 들었다. 사고의 원인은 부실공사였다. 건물이 붕괴되어 1천여 명 이상이 사망하거나 부상을 당한 대형 사고였다. 내가 만약 일 년 전 백화점 행사에서 판매 실적이 좋아서 정식 입점하여 계속 영업을 하고 있었다면 지금 이 글을 쓸 수 없을 것이다.

나는 사업을 하면서 돌다리도 두드려보는 심정으로 전문가에게 자문을 구하고 이론과 실무를 중심으로 꼼꼼히 계획을 세웠다. 그러나 이론과 실제는 달라서 똑같은 조건에서도 실패와 성공으로 갈렸다.

우리 인생길에도 정확한 신호등이 있다면 실패하거나 힘든 삶을 살아가는 사람이 줄어들 것이다. 그런데 인생길의 신호등은 공식도 원칙도 없다. 계속 빨간불만 켜진 사람도, 계속 파란불만 켜져 있는 인생길도 없다. 때로는 잘못 들어선 길이 지름길이 되기도 한다. 삶이란, 모퉁이만 돌아서도 무엇이 나를 기다리고 있는지 알 수가 없기 때문에 미래의 성적표는 아무도 모른다. 그러니 인생의 횡단보도에서는 빨간불이라고 하여 무작정 기다리고 있을 수만은 없는 일이다.

≪문학세계≫ 2019년 3월

늙음과 낡음

칠순의 고개를 넘고부터 몸 이곳저곳이 삐거덕거린다. 늙었다는 걸 인정하라고 닦달하듯 한다. 처음에 어깨 통증이 시작되었으나 며칠 동안 운동을 하여 괜찮아졌다. 그것도 잠시뿐, 어느 날 침대에서 일어나다가 허리를 삐끗했다. 하지만 하루 이틀 지나면 좋아지겠지 하고 참았다. 그러나 기대와는 달리 시간이 갈수록 통증이 더 심해지더니 비명을 지를 상황까지 되었다. 어쩔 수 없이 병원으로 가서 진찰받은 결과 허리 디스크라고 한다.

허리는 우리 몸의 중심축이다. 잠자는 시간을 제외하고 몸 전체의 체중을 허리가 지탱해준다. 또 서 있을 때는 상체의 무게가 두 다리로 간다. 이처럼 허리와 무릎은 항상 압박을 받고 있기 때문에 다른 관절에 비해 손상이 빨리 온다. 그래서 허리와 무릎은 힘을 상징한다. 허리를 굽히는 것은 복종을 의미하고, 무릎을 꿇는 것은 항복을 의미한다.

그래서 허리와 무릎을 굽히지 않으려고 최선을 다한다. 피를 흘릴지라도 무릎은 꿇지 말아야 한다고 어금니를 꽉꽉 깨물며 살아간다. 근심 걱정이 많을수록 더 크게 웃으며 허리와 무릎을 곧게 편다. 삶의 나락으로 떨어져도 나약한 모습을 들키지 않으려고 더 씩씩하게 걸어간다. 그렇게 앞만 보고 달려온 결과가 서서히 나타나기 시작하고 있다.

더구나 가난한 사람의 직업은 대부분 거칠고 힘든 일이다. 온몸으로 세상과 부딪치며 살아가야 하므로 그만큼 허리와 무릎에 무리가 간다. 때문에 젊어서 고생은 늙어서 골병(骨病)이 되어, 허리는 굽어지고 무릎은 시리고 아프다.

평소 나는 오직 가난의 꼬리를 잘라버리겠다는 일념으로 똘똘 뭉쳐, 몸이 지치고 피곤해도 쉬지 않았다. 생활에 지치고 힘들수록 허리를 더욱더 꼿꼿이 세우고 더 열심히 뛰었다. 여기서 한발 더 나아가 몸이 아플 때 병원에 가기보다 진통제로 참고 견디기도 했다. 이처럼 세상과 맞짱을 뜨듯 치열하게 살았지만, 무릎을 탁! 칠만 한 일도, 자랑스럽게 허리를 꼿꼿이 세울 일도 없었다.

나는 위장과 심장이 좋지 않다. 그래서 오장육부가 가장 중요하다고 생각했고, 상체가 있기에 허리와 무릎이 필요한 줄만 알았다. 그런데 허리와 무릎이 부실하면 할 수 있는 일이 별로 없다.

허리는 기둥이고 대들보다. 다른 곳이 아무리 튼튼해도 허리와 무릎이 무너지면 생활이 무너진다. 세상에서 잘났다고 뽐내던 사람도 허리와 다리가 꺾이면 인생도 꺾인다. 몸도 마음도 목소리까지 꺾인다. 이제 다 늦은 나이 비로소 세상이 제대로 보이지만, 세월의 막강한 힘은 막을 수가 없다. 누구나 뻔히 아는 사실이지만 마음으로 받아들이기가 쉽지 않다.

이제 나도 몸이 마음의 명령을 잘 듣지 않을 나이가 되었다. 무슨 일을 시작하기 전에 내 몸에게 먼저 물어보고 결정해야 할 때가 된 것이다. 그뿐만 아니라 병마와 타협하고 달래는 방법도 터득해야 한다. 무엇보다 노년에 나를 바로 세우는 일은, 허리와 무릎은 꼿꼿이 세우고 마음은 굽히는 일이 아닐까 싶다. 낡고 고장이 날지라도 녹슬지 않도록 노력해야겠다. 젊은이도 늙은이도 시간의 가치는 스스로 만들어가는 일이니 하루하루를 일생처럼 생각하고 더욱 열심히 살아가고자 한다.

『은빛 날개를 펴라』 2015년, ≪한국수필≫ 2018년 2월호

식물이 밤에 자라듯

밤사이 상추가 훌쩍 자랐다. 시들시들하던 배추도 생기를 되찾았다. 지금까지 나는 모든 식물이 햇빛을 받고 낮에만 자라는 줄 알았다. 텃밭에 채소를 심고 가꾸면서, 낮보다 밤에 더 많이 자란다는 사실을 알았다.

식물만 그런 것이 아니다. 지난날을 돌아보니 내 삶도 대부분 밤에 성장했다. 한창 바쁘고 힘들던 시절, 밤은 미래의 발전을 위해 준비하는 시간이었다. 낮에는 당장 먹고살기 바빠서 다른 생각할 틈이 없었다. 하루의 일과가 끝나는 밤만이 완전한 내 시간이었다. 밤이라야 편안한 마음으로 내일을 준비할 수가 있었다.

밤의 조용한 시간에 집중력이 높아지고 생각의 깊이와 범위가 더 넓어졌다. 별이 어둠 속에서 빛을 발하듯 생활의 지혜도 올빼미처럼 깊은 밤에 눈을 떴다. 그뿐만 아니라 밤은 거울을 보듯 하루를 돌아보는 시간이었다. 낮에 심사숙고하여 결정했던 일들이 밤에 다시 생각해 보면 좀 더 나은 방법이 떠올랐다. 대인 관계에서도 내 생각이 옳다고 주장했던 일이 밤에 혼자 곰곰이 생각해 보면 그렇지 않음을 깨달을 때가 많았다. 이처럼 혼자 있을 때 진정한 나와 마주하게 되고, 내일의 발전을 위해 고민하고 공부하는 시간이 되었다.

밤은 하루의 끝이 아니라 새로운 시작이고, 보다 더 나은 내일을 살아가는 데 큰 영향을 미쳤다. 낮에는 많은 신체활동으로 에너지를 발산하는 시간이지만 밤은 에너지를 축적하는 시간이 되었다. 시들시들하던 식물이 밤기운에 생기를 되찾듯이 잠은 피로 회복에 효과가 뛰어난 영양제가 되었다.

어두운 밤의 시간을 잘 운용하여 성공한 사례가 많다. 남들이 깊이 잠든 밤에 졸음을 쫓아가며 열심히 미래를 준비하는 사람에게 더 많은 기회가 찾아오기 때문이다. 그래서 밤 시간의 경영을 잘한 사람이 인생 경영도 잘하게 된다는 게 나의 믿음이다.

평소에 특별한 일이 없는 한, 나는 해가 저물 무렵이면 저녁 식사를 한다. 그리고 대부분 9시쯤 잠자리에 든다. 일찍 잠자리에 든 만큼 일찍 일어난다. 철이 들고부터 늦잠을 자서 누가 깨웠던 기억이 별로 없다. '아침을 지배하는 사람은 하루를 지배하고, 하루를 지배하는 사람은 인생을 지배한다.'는 그 말을 실천하려고 그런 건 아니었다. 청소년 시절 독학할 때의 생활습관이 지금까지 이어지고 있을 뿐이다.

밤늦도록 공부하려면 최대의 적은 졸음이었다. 종일 힘든 노동으로 피로와 졸음이 밀려와 공부에 집중할 수가 없었다. 차선책으로 일찍 자고, 새벽에 맑은 정신일 때 하는 편이 훨씬 효과적이었다. 독학할 때는 참고서나 사전이라도 있었다. 하지만 세상을 살아가는 데는 그 어디에서도 답을 찾을 수 없고 앞이 캄캄하기만 했다. 별빛도 없는 칠흑 같은 밤에 눈을 감고 외나무다리를 건너가듯 앞으로 나가는 방법밖에 선택의 여지가 없었다. "피할 수 없으면 즐겨라"라는 말처럼, 즐길 수는 없어도 이겨내기 위해 필사적으로 맞섰다.

타고난 재능이 없는 시골 무지렁이가 선택할 수 있는 것은 오직 부지런함뿐이었다. 잠자는 시간을 줄이고 밤 시간을 최대한 활용하는 방법밖에 없었다. 새로운 사업을 구상하거나, 아이디어 상품을 개발할 때도 조용한 밤이나 새벽 시간을 활용했다. 깊은 밤이나 새벽에는 정신이 맑아 어둠 속의 별처럼 반짝 빛나는 아이디어가 떠올랐다.

사업에 실패했을 때도 그 어둠 속에서 새로운 자양분을 얻었지 싶다. 1973년 유류파동으로 많은 기업과 점포들이 어려움을 겪고 있을 때 나는 최고의 호황을 누렸다. 덕분에 내 생에 첫 번째 집을 장만했다. 위기가 곧 기회라는 말처럼 1997년 외환위기로 수많은 기업이 연쇄 부도를 맞을 때도 나는 새로 개발한 제품이 날개 돋친 듯 팔려 동일업체의 부러움을 샀다. 그렇다고 내가 앞날을 내다보는 특별한 안목이 있었던 것은 아니다. 그저 출발 신호를 기다리는 육상선수처럼 항상 준비하고 있었기에 우연히 찾아온 행운이었다고 생각한다.

어둠이 빛의 가치를 세워주듯, 우리들 삶에서도 고난과 역경이 그 가치를 높여 준다. 하지만 이 세상에 가난과 고통, 실패를 바라는 사람은 없다. 마찬가지로 칠흑같이 어두운 밤을 좋아하는 사람 또한 없다. 그렇지만 밤은 인간의 힘으로 거스를 수 없는 자연의 섭리다. 마찬가지로 삶의 어두움도 거스를 수가 없다. 그러니 차라리 인정하고 내 삶으로 끌어안아야 한다. 그것이 가장 현명한 삶의 지혜이고 생존의 전략이 아닐까 싶다.

　지금까지 나에게 밤은 고달픈 삶에서 휴식을 허락해주고, 밝은 낮에 상처받은 마음을 치유하는 시간이었다. 지금도 늙고 메말라가는 내 마음을 촉촉이 적셔주는 시간이다. 식물이 밤에 생기를 되찾듯, 나는 밤에 새로운 삶의 에너지를 얻는다.

　≪에세이 21≫ 2016년 봄호, 『도봉수필』 2018년

주파수

　중구 황학동 풍물시장 구경을 갔다. 벼룩이 나올 것 같은 중고품을 판다고 하여 벼룩시장이라고도 하는 곳이다. 시장 입구에서부터 점포마다 온갖 진귀한 물건들이 켜켜이 쌓여있다. 낡은 타자기와 전축, LP판, 재봉틀 등 우리 주변에서는 이미 사라진 물건들이다. 세월의 흔적이 느껴지는 손때 묻은 생활용품들 앞에서 나도 모르게 걸음을 멈추었다. 그 많은 골동품 중에서 금성 진공관 라디오가 유난히 눈에 띈다.

　진공관 라디오는 1959년 금성사에서 국내 최초로 만들어, 소비자 가격이 2만 환이었다. 당시 대학을 졸업한 금성사 직원의 월급이 6천 환이었다고 하니, 월급을 한 푼도 쓰지 않고 3개월 동안 모아도 살 수 없는 가격이었다. 그래서 서민들은 라디오를 구경하기도 어려웠다.

　1970년 객지 생활을 시작하면서 내가 첫 번째 장만한 살림살이가 바로 금성 라디오였다. 하루의 일을 마치고 집으로 돌아오면 습관처럼 라디오부터 켰다. 그러면 맑고 선명한 소리에 고단함과 쓸쓸한 적막감이 한순간에 물러났다. 텔레비전과 달리 라디오는 소리를 들으면서 일을 할 수가 있어 좋았다. 드라마도 상상력이 더해져 눈으로 보는 것보다 훨씬 더 실감 났다.

라디오에는 다양한 채널이 있다. 다이얼을 어디에 맞추느냐에 따라 전혀 다른 세계와 연결된다. 마찬가지로 우리의 인생도 어디에 채널을 맞추느냐에 따라 완전히 다른 미래가 펼쳐진다. 그런데 내 삶은 오랜 세월 동안 주파수가 맞지 않아 잡음만 일으키며 많은 세월을 허송했다. 세상을 바라보는 안목이 없고 나만의 고유 주파수가 무엇인지조차 파악하지 못하고 있었기 때문이다. 여러 해 동안 내 인생의 주인이 되지 못하고 오직 하루 세끼 밥을 굶지 않기 위해 다양한 직업을 전전했었다.

인간에게는 태어날 때부터 주어진 고유의 주파수가 있다고 한다. 여기서 말하는 주파수라고 하는 것은 사람의 몸에서 밖으로 뿜어져 나가는 에너지의 파동을 의미한다. 머리가 아닌 온몸의 세포를 통해 느낌으로 전달받는다. 그러니 우리 인간은 가장 정교하고 성능이 좋은 라디오와 같다고 할 수 있다.

흔히들 주파수를 알면 새로운 세상이 보인다고 말한다. 하지만 나에게 그런 재능이 없어 삶이 늘 고달팠다. 결국 사업에 실패하고 이벤트 행사장을 전전하고 있을 때 뜻밖에도 나와 주파수가 잘 맞는 사람을 만났다.

그는 한국발명진흥회 직원이었는데, 내가 아이디어상품을 개발해 놓고 판로를 개척하지 못하고 있는 것을 안타깝게 여기고 백화점에 입점할 수 있도록 알선해 주었다. 그리고 나에게 발명가협회 회원으로 가입할 것을 종용하고 전국 발명장려관에 제품을 전시할 수 있도록 주선해 주었다. 그 덕분에 나의 창의력을 인정받아 발명 교실에 강사로 초대받았으며, 우리나라를 대표하여 이태리 밀라노에서 열리는 국제 무역박람회에까지 참가할 수 있었다.

그는 나와 처음 만난 사이이고 서로 주고받은 것도 없는데 함께 있으면 마음이 편안하고 대화가 잘 통했다. 이처럼 내가 부탁하지 않아도 도움을 주고 말하지 않아도 마음의 주파수가 잘 통하는 사람을 만난다는 것은 행운이고 축복이었다.

『도봉수필』 2018년, ≪수필과 비평≫ 2020년 10월호

숟가락과 젓가락

식탁 위에 정갈하게 잘 차려진 음식이 눈길을 사로잡는다. 숟가락과 젓가락이 가지런히 놓인 밥상 앞에 쌍둥이 손자와 손녀가 나란히 앉아 있다. 어른들이 자리에 앉기를 기다리는 그 모습이 가지런히 놓인 숟가락과 젓가락의 이미지와 겹친다.

음식을 먹고 싶어도 참고 기다리던 손주들이 어른이 숟가락을 들자 비로소 저희들도 식사를 시작한다. 평소에 저희 엄마 아빠가 식사 예절을 그렇게 가르친 모양이다.

쌍둥이 손자는 한 쌍의 젓가락처럼 사이가 좋다. 그뿐만 아니라 어른처럼 제 동생 비위를 잘 맞춰주고 세심하게 보살펴준다. 오늘도 손자는 젓가락질이 서투른 누이동생에게 반찬을 집어주고 있다. 정겨운 그 모습이 한 폭의 그림처럼 아름다워 혼자 보기 아깝다. 이렇게 귀여운 손자 손녀 세 명이 나란히 앉아 밥 먹는 모습을 보고 있으려니, 나는 음식을 먹지 않아도 배가 부르고 마음이 흐뭇하다.

우리 어린 시절에는 두레상에서 밥을 먹었다. 밥상이 둥근 이유는 여럿이 둘러앉아 함께 먹기 위해서였다. 복된 삶의 모습은 사랑하는 사람과 함께 식사하는 모습이고, 온 가족이 밥상 앞에 마주 앉아 있는 모습일 게다. 그래서 숟가락과 젓가락이 가지런히 놓여 있는 밥상은 상상만 해도 행복하다.

사람에게 밥은 곧 하늘이고 생명이다. 그래서 흔히들 밥은 먹었느냐? 밥은 먹고 사느냐? 밥벌이는 하느냐? 라고 안부를 묻는다, 이와 같은 말속에는 어떻게 한 끼를 무사히 해결했는지에 대한 걱정과 배려하는 마음이 담겨있다. 그뿐만 아니라 같은 직장에서 근무하는 동료를 한 식구, 또는 한솥밥 먹는 사람이라고들 한다. 이 말은 피를 나눈 사이는 아니지만, 희로애락을 공유하는 가족과 같은 관계를 뜻한다. 이처럼 밥이라는 단어에는 많은 감정이 이입된다.

식량이 부족하여 배고팠던 그 시절은 이제 전설이 되었지만, 지금도 다정한 사람끼리 만나면 첫인사가"밥 먹었느냐?"이고, 헤어질 때는"우리 언제 밥 한번 같이 먹자"라고 인사한다. 그렇게 하여 마련된 식사 자리를 통해서 정을 나누고 숟가락과 젓가락처럼 다정한 관계로 발전한다. 그런 의미에서 옛말에도 밥상머리에서 정든다고 했다.

식구(食口)란 말도 식사를 함께하는 생활 공동체라는 뜻이 담겨있다. 음식은 혼자 먹는 것보다 여럿이 둘러앉아 서로 숟가락을 섞어가며 함께 먹어야 제맛이 난다. 그런데 요즘 가족은 있으나 식구는 없다고들 한다. 젊은이들 사이에서는 혼자 밥 먹고 술까지도 혼자 마신다는 뜻으로 '혼밥, 혼술'이라는 신조어가 유행하고 있다. 보릿고개를 겪던 시절에도 힘들고 배고픈 서러움을 따뜻한 정으로 달래고 버텨왔는데, 우리 사회가 병들어가고 있다는 생각이 들어 안타깝다.

지난날 사업에 실패하고 호구지책으로 행상을 하던 때의 일이다. 어느 날 물건은 하나도 팔지 못했는데 배가 몹시 고팠다. 점심시간이 한참 지난 시간에 식당으로 들어갔다. 음식이 나오기를 기다리면서 수저통에서 반짝반짝 윤이 나는 숟가락을 하나 뽑아 들고 보니 많은 생각이 들었다.

이 숟가락을 잡기 위해 오늘 하루 얼마나 힘이 들었던가? 하는 생각을 하니 갑자기 가슴이 먹먹해졌다. 제때제때 숟가락을 잡기 위해 삶의 밑바닥에서 허우적거리고 있는 나를 발견했기 때문이다. 더욱이 맞은편 식탁에서는 여러 사람이 함께 어울려 웃고 즐기며 식사를 하고 있었다. 그런데 나는 큰 식탁에 덩그러니 혼자 앉아 밥을 먹으려니 갑자기 외로움과 서러움이 확 밀려왔다.

숟가락은 단순히 음식을 먹는 도구가 아니다. 숟가락과 젓가락은 곧 밥이요 우리의 삶을 상징한다. 죽음을 표현할 때 "밥숟가락 놓았다."는 말도 이와 같은 맥락에서 하는 말이다. 그뿐만 아니라 숟가락은 평등과 관용, 포용성, 또는 생명을 상징하는 단어가 되기도 한다. 숟가락과 젓가락처럼 믿음과 사랑 속에 서로를 인정하고 협력하며 항상 함께하는 세상이 바로 우리가 추구하는 세상이다. 혈연관계도 이보다 더 좋을 수는 없다. 만약 숟가락과 젓가락의 관계처럼 좋은 파트너를 만났다면 이루지 못할 일이 없고, 행복하지 않은 부부가 없을 것이다. 그런 의미에서 숟가락과 젓가락은 찰떡궁합의 부부로 상징되고 첫돌을 맞은 아이에게 건강하게 잘 자라는 의미로 수저 한 벌을 마련하여 주기도 한다.

숟가락을 자세히 들여다보면 집안 살림을 꾸려가는 온화한 여인의 모습이 느껴진다. 국과 밥을 나르는 역할 또한 나를 비우고 오직 식구들의 생명줄을 이어가기 위해 정성을 다하는 안주인의 모습과 닮았기 때문이다.

그 옆에 놓인 젓가락 또한 멀리 있는 반찬을 부지런히 나르는 모양이 남자의 생활 모습과 흡사하다. 가정경제를 책임지기 위해 두 다리로 부지런히 뛰어다니는 사나이처럼 맵고, 짜고, 시고, 달고, 쓴맛을 혼자서 감당하며 나르기 때문이다, 이와 같이 서로 개성이 다른 것끼리 짝이 되어 공통의 목표를 향해 서로 협력하고 조화롭게 맞춰나가기 때문에 한 쌍의 부부가 살아가는 모습을 연상하게 된다.

특히 우리 부부는 숟가락과 젓가락처럼 생김새는 물론 성격까지 달라서 서로 어울리기 어렵게 보인다. 살아온 환경도 아내는 부잣집 막내딸로 귀여움을 받고 곱게 자랐고, 나는 편모슬하에서 갖은 고생을 하며 거칠게 자랐다. 이처럼 서로 잘 맞지 않을 것 같이 보이지만 숟가락과 젓가락이 한 손안에서 길들여지듯, 가정이라는 울타리 속에서 하나가 되어 수저 세트처럼 한결같은 모습으로 살아가고 있다.

숟가락과 젓가락은 바늘과 실의 관계와 같다. 식당에서 식사를 주문하면 가장 먼저 숟가락과 젓가락부터 놓는다. 음식은 달라도 숟가락과 젓가락은 똑같이 놓인다. 이처럼 숟가락은 식탁에서 가장 중심적인 도구다. 그러나 그 역할은 확연히 다르다. 밥상에서 가장 중요한 음식인 밥과 국물, 찌게 등은 숟가락으로 먹는다. 반면에 젓가락은 주로 반찬을 집을 때 사용되며 숟가락

을 보조하는데 한정된다. 하지만 숟가락이 젓가락을 배척하는
일은 없다. 그 생김새와 역할이 달라도 서로의 가치를 존중하며
함께 협조하며 하나가 된다. 그 결과 서로의 존재 가치가 몇 배
로 높아진다.

　숟가락과 젓가락은 음식물을 나르며 생명을 이어주는 매개체
가 되고 힘들 때는 힘을 합해서 살아가는 사람들의 모습이다.
이와 같은 숟가락과 젓가락으로 흥겹게 장단을 맞추며 더불어
살아가는 행복한 삶은 밥상머리에서 시작된다.

≪문학 세계≫ 2021년 5월호

나는 울보다

　사돈께서 별세하셨다는 연락을 받고 조문을 갔다. 묵례를 한 다음 헌화를 하기 위해 제단 앞으로 나아가 영정 사진을 보니 나도 모르게 눈물이 주르륵 흘러내렸다. 살아 계실 때 한 번이라도 더 만나 뵀어야 했는데 그러지 못한 것이 몹시 후회되었다. 사돈(査頓)이란 자녀들의 혼인으로 맺어진 참으로 귀한 인연이다. 이처럼 소중한 관계이기 때문에 혹시라도 실수할까 봐 옛날부터 가장 어려운 사이로 여겨왔기 때문에 조심스러운 생각이 들어서 자주 뵙지 못했었다.

　나는 나이가 들어갈수록 눈물이 많아졌다. 텔레비전을 시청하거나 책을 읽다가도 딱한 처지에 놓여있는 사람들 이야기가 나오면 감정을 주체하지 못하고 눈물을 흘린다. 길을 가다가 노인이 노점상을 하거나 폐지를 줍는 모습만 봐도 마음이 아프고 눈시울이 뜨거워진다. 지난날 사업에 실패했을 때 아차 잘못했으면 나도 지금 저와 같은 모습을 하고 있을 것이라는 생각이 들어서 그렇다.

　정작 내 삶이 바닥으로 추락했을 때는 모질고 독하다고 할 정도로 잘 참고 견디었다. 그런데 길도 걸어가 본 사람이 그 고통을 알듯이, 나이가 들어갈수록 세상 경험이 늘어나고 생각이 깊어지기 때문이 아닌가 싶다.

그래서 세월이 갈수록 후회되는 일이 많아지는 것 같다. 그중에 대표적인 일이 어머니 살아생전에 좀 더 잘해 드리지 못했던 일이다. 나도 자식을 낳아 기르면서 다 늦은 나이에 부모의 마음을 깨닫게 되었기 때문이다. 이렇듯 우리는 다양한 경험들을 통해서 세상의 많은 것에 공감하게 되고 그에 따라 눈물도 많아지게 되는 것이라는 생각이 든다.

사람은 눈물을 흘린 만큼 인생의 깊이를 알고, 아픈 만큼 성숙해진다는 말이 맞는 것 같다. 눈물은 인정의 발로이며 인간미의 상징이라 할 수 있다. 그래서 이 세상에서 나를 위해 울어줄 사람이 몇 명이나 있는가에 따라, 그 사람의 삶이 평가된다고 말하기도 한다.

그렇지만 남자가 눈물을 자주 흘리면 마음이 약하고 허약하게 보일 수 있으므로 함부로 눈물을 흘릴 수가 없다. 그래서 남자는 슬픈 감정을 극도로 억제한다. 가족 앞에서도 눈물을 흘리기보다는 식구들을 보호해야 한다는 책임감에 오히려 더 냉정해지려고 애를 쓴다. 남자는 강해야 한다는 강박관념 때문에 더욱 그렇다. 그래서 남들 앞에서 자신의 나약한 모습을 보이는 것을 극도로 경계하고, 겉으로 눈물을 흘리기보다는 가슴으로 운다.

격동의 시대를 겪어 오면서 눈물은 우리를 강철로 달구었다. 한(恨)은 오기가 되고 힘이 되어서 땀과 끈기로 희망의 싹을 키워가게 했다. 때문에 나이가 들어가면서 눈물이 메말라 버린 사람도 있다고 한다. 산전수전 다 겪어서 웬만한 일에는 점점 무덤덤해지고 눈물이 없어진다는 것이다. 그런데 나는 한 살 한 살 나이가 들어갈수록 왜 눈물이 더 많아지는지 모르겠다. 감수성이 지나치게 예민해서 어린아이로 돌아가고 있는 것만 같다. 이처럼 때와 장소를 가리지 않고 주책없이 눈물을 흘리니 몹시 불편하고 조심스럽다.

눈물은 슬플 때만 흘리는 것이 아니라 기쁠 때도 나온다. 그런데 우리는 어렸을 때부터 남자는 강해야 하므로 함부로 울면 안 되고 배웠다. 울어야 할 때는 세상에 태어날 때와 부모님이 돌아가셨을 때, 나라가 망했을 때, 평생 세 번만 울어야 한다고 가르쳤다. 눈물은 인간의 가장 본질적인 모습이며 말보다 더 많은 것을 전하지만 나약해 보일 수 있으니 조심스럽다.

고목과 거목

도서관 가는 길옆 고목 아래는 백발의 노인이 지팡이를 짚고 서 있다. 쌀쌀한 날씨에 인적이 드문 곳에 홀로 서 있는 그 노인이 유난히 쓸쓸해 보인다.

사람이 저렇게 늙기까지 얼마나 많은 세파에 시달리고 가슴앓이를 하며 살아왔겠는가? 고목 역시 순탄치 않은 세월을 이겨내고 우뚝 서서 뭇 생명들의 안식처가 되어 주고 있다. 옛날부터 고목은 영혼이나 신(神)이 담겨있다고 믿었으며 숭배하기까지 했다. 그런 연유에서 시골 마을을 지나다 보면 동네 입구에 오래된 느티나무가 마을을 지키는 수호신으로 서 있는 것을 흔히 볼 수가 있다.

하지만 외롭게 서 있는 고목이 사람들의 사랑을 많이 받을지라도, 나무는 나무끼리 숲을 이루고 있어야만 운치가 있고 더 아름답다. 노인도 마찬가지다. 홀로 앉아 있으면 쓸쓸해 보이지만 삼삼오오 모여서 정담을 나누거나 바둑이나 장기를 두고 있는 풍경은 신선놀음처럼 보인다. 그러니 나무도 사람도 서로 어우러져 숲을 이루고 살아가야 한다.

사람과 나무의 삶을 깊이 들여다보면, 두 일생이 많이 닮았다는 생각이 든다. 봄이 되면 나무가 싹을 틔우듯, 인생의 봄을 맞은 청소년들 역시 한껏 기지개를 켜고 꿈을 키워 나간다. 또 여름이 되면 무성한 녹음이 우거지듯 청년들은 인생에서 가장 왕성한 사회 활동을 통해서 삶을 살찌운다.

가을이 되면 나무들이 성장을 멈추고 그동안 애써 키운 열매도 잎마저 모두 떠나보내듯, 인생의 가을이라 할 수 있는 중년 역시 이와 마찬가지다. 평생 뒷바라지해왔던 자녀들을 모두 출가시키고 나면, 삶의 현장에서까지 물러나게 된다.

이제 겨우 풍요를 누릴 수 있는 가을인가 싶은데 어느새 황량한 겨울철을 맞게 된다. 고통과 외로움 속에서 병마와 싸우면서도 혹여나 주변 사람들에게 폐를 끼치게 될까 봐, 겉으로는 애써 아무렇지 않은 척하며 살아간다. 그래서 마지막 계절인 겨울철이 되면 나무와 인간의 삶이 더 많이 닮았다는 생각이 든다.

나는 오늘 도서관 강당에서 평균 연령 70세 이상으로 구성된 실버합창단 공연을 관람했다. 나이를 잊은 열정에 감동을 안고 돌아오는 길에 고목 아래를 보니, 백발의 노인은 보이지 않고 다른 노인이 뻥튀기 장사를 하고 있다. 신기할 것도 없지만, 오랜만에 보는 광경이라 나도 모르게 그 앞에서 발길을 멈추었다. 내가 가까이 다가가도 상관없이 할아버지와 핸드카를 들고 있는 할머니가 이야기를 나누고 있다. 나는 본의 아니게 두 노인의 대화를 엿듣게 되었다. 주고받는 대화 내용으로 보아 두 분은 오래전부터 잘 알고 지내는 사이인 것 같았다.

할머니는 손자들이 온다고 하는데 마땅히 줄 것이 없어서 오늘 폐지를 주워서 받은 돈으로 쌀을 튀기려 왔다고 했다. 아무래도 쌀 뛰긴 것보다는 떡국 떡 튀겨 놓은 것이 더 맛있게 보여서 두 봉지를 샀다고 나에게 맛보라며 하나를 꺼내 주셨다. 할머니의 말끝에 뻥튀기 할아버지께서 누가 묻지도 않은 당신 자식 자랑을 한껏 늘어놓았다.

"우리 아들딸들은 서로 함께 살자고 합니다. 우리 두 늙은이만 살고 있으니 걱정이 되어 밤에 잠을 자다가도 벌떡 일어날 때가 많다고 합니다. 그러면 옆에서 가만히 듣고 있던 손자들도 나서서 저희들이 학교에서 돌아오면 텅 빈 집보다는 할머니 할아버지가 계시면 더 좋다고 함께 살자고 졸라댑니다.

그럴라치면 이에 질세라 딸자식이 나섭니다. 즈그집은 남아도는 방도 있고 동네에 노인회관까지 있어, 엄니 아부지가 살기 딱 좋은 곳잉께 함께 살자고 보챕니다. 그라먼 아들놈도 지지 않고 즈그집 옆에는 공원도 있고 낮은 산까지 있응께 산보하기도 좋다고 목청을 높인단 말이요. 그라고 딸보다는 아들하고 사는 것이 더 자연스럽다고 꺽꺽 우깁니다."

평소에는 표준말을 쓰던 분이 자식 자랑에 열을 올릴수록 고향 사투리가 저절로 튀어나왔다. 그런데 내가 듣기엔 할아버지의 그 말씀이, 평소에 마음속으로 간절히 소원했던 당신 생각을 사실처럼 꾸며낸 이야기처럼 들렸다.

뻥튀기 할아버지가 자식 자랑할 때는 얼굴에 화색이 돌았다. 자신의 부끄러운 삶의 모습은 보여줘도 자식의 허물은 숨기고 싶은 것이 부모의 마음이다. 그래서 평소 마음속으로 꿈꾸어왔던 내용을 사실처럼 말했을지도 모른다. 그런 줄 뻔히 알면서도 모른 척, 끝까지 들어주고 있는 할머니도 이와 같은 마음이셨으리라.

  그런데 나의 짐작이 틀렸다는 것을 뒤늦게 알게 되었다. 폐지 줍는 할머니의 말씀에 의하면 할아버지는 딸 다섯에 아들 삼 형제, 모두 팔 남매를 낳아 키웠는데 적은 농토에 끼니를 거르는 날이 많았다고 한다. 많은 식구가 굶지 않고 살아갈 궁리를 한 끝에 읍내로 나가 뻥튀기를 시작했다고 한다. 자식들을 굶기지 않기 위하여 호구지책으로 시작했던 일이 평생 직업이 된 것이다.

  지난날 가난하고 힘들었던 일이 한이 되어서 노후대책을 잘 세워둔 덕분에 지금은 먹고살기에 걱정이 없다고 했다. 자식들도 모두 독립하여 잘살고 있으니, 부모 역할도 끝났다 싶어 장사를 그만두고 한동안 잘 쉬었다고 한다. 그런데 노는 재미도 잠깐뿐, 할 일 없이 집에만 있으니 무기력해지고 우울해질 뿐만 아니라 자존감까지 떨어져서 다시 일을 시작하게 되었다고 한다.

  요즘 번 돈은 젊은 시절 극심한 생활고에 시달렸던 때를 생각하여 어려운 사람들을 위해서 모두 쓴다고 하셨다. 몇 개월 전에도 돈이 없어 병원에 가지 못하고 있는 동네 할머니에게 치료비를 드렸다고 한다. 말씀 끝에 자기 자랑하는 것이 멋쩍은 듯, 별로 많은 돈도 아니라고 하시며 엷은 미소를 지으셨다. 나는 그런 사실도 모르고 뻥튀기 할아버지께서도 폐지를 수거하는 노인들처럼 생활비를 벌기 위해 일을 하고 계신 줄 알았다가 저절로 고개가 숙여졌다.

  오래된 나무에 고목과 거목이 있듯이 사람도 마음가짐과 행동에 따라 노인과 거목이 된다는 깨달음을 얻었다. 고목과 같은 사람은 자신의 존재를 근근이 지탱해 가는 사람이고, 거목과 같은 사람은 할아버지처럼 세상에 선한 영향을 끼치며 살아가는 사람이 아닐까 하는 생각이 들었다.

마음의 집

　새해 아침이 밝아 온다. 내 뜻과는 전혀 상관없이 나이를 한 살 더 먹게 되는 날이다. 나이가 많아진 만큼 마음이 성숙하지도 생활이 발전하지도 못하고 있으니 부끄러운 일이다. 세상은 놀라운 속도로 발전하는데, 이와 반대로 나의 기억력과 사고력을 비롯하여 모든 기능은 나날이 떨어져 퇴보하고 있다. 평소 늘 해오던 일도 실수를 하고 나이가 더해질수록 점점 바보가 되어가고 있다는 생각이 들어 우울하고 슬퍼지기까지 한다.

　그렇지만 새해를 맞이할 마음의 준비는 해야겠다. 지금까지는 오로지 육체만을 위해서 혼신의 힘을 다했다. 이제부터 나이만큼 성숙하지 못한 마음을 위해서 리모델링해야겠다. 행복도 불행도 마음에서 나오고, 마음이 성숙하면 삶도 성숙해질 테니까.

　리모델링은 낡고 오래된 건물을 골조는 그대로 두고 외관이나 내부를 수선하여 건물의 가치를 높이는 작업이다. 집을 지은 지 십여 년이 지나면 모든 시설이 낡아서 여기저기 문제가 발생한다. 그런 까닭에 오래된 건축물은 리모델링하거나 재건축을 한다. 우리 인생도 이처럼 재생시키는 작업이 필요하다. 집이 삶을 담는 곳이라면 우리 몸은 마음을 담는 집이라 할 수 있기 때문이다. 이처럼 중요한 마음의 집을 팔십 년이 다 되도록 수리 한 번 제대로 하지 않고 땜질만 해왔으니 그 속이 오죽하겠는가.

이왕 수리를 하는 김에 마음의 방을 넓히고 수효도 늘려야겠다. 내 마음이 너무 좁아 누군가는 들어오지 못한 경우도 있고, 들어왔다가 불편을 느끼기도 했을 것이다. 또 사람의 마음은 저마다 다르니 방의 수효를 최대한 늘리고 빗장도 없애야겠다. 지금까지 나는 내가 가고자 하는 길로 향하는 문 하나만 열어두고 다른 모든 문은 빗장을 걸어 둔 채 살아왔다. 이제 인생의 황혼녘에 이르렀으니, 내 안에 쌓여있는 미움과 불평, 분노와 이기심과 질투의 쓰레기들을 모두 버리고 깨끗이 청소부터 해야겠다. 무엇보다 낮은 자세로 마음을 닦아야겠다.

늙기는 쉬워도 품위 있고 아름다운 노인이 되기는 참으로 어렵다, 품격이 느껴지고 존경받는 노인이 되기 위해서는 겉모습보다 마음의 밭을 가꾸는 일을 소홀해서는 안 된다. 그런 줄 알면서도 날마다 거울 앞에서 겉모습은 가꾸면서 마음의 밭은 방치해 왔다. 부모님으로부터 물려받은 바탕이 아무리 고왔다 할지라도 오랜 세월 묻혀온 세상의 찌든 때가 얼마나 끼어 있을지 나 자신도 모른다.

나이 든 사람들 모임에 나가면 이런저런 이야기 끝에 마지막 화제는 대부분 건강이다. 스마트폰 문자도 건강에 좋다는 정보가 가장 많고 무엇이 몸에 좋다고 하면 너도나도 따라 한다. 그러한 노력 덕분에 노인들의 평균 수명도 길어지고 있다. 그렇게 하여 몸은 건강해지지만, 정신은 그렇지가 않으니 노인에 대한 부정적인 인식이 높아지고 있다.

지금까지 살아오면서 생활환경에 따라 습관이 바뀌면서 성격도 많이 바뀌었다. 그럼에도 불구하고 내면을 깊이 들여다보는 성찰의 시간을 자주 갖지 못했다. 그동안 나도 모르게 사려(思慮) 깊지 못한 생각과 행동으로 인하여 주변 사람들에게 실망을 주는 경우가 많았을 것이다. 몸은 자주 씻고 화장을 하지만 정작 마음은 제대로 가꾸지 않은 탓이다.

팔순 고개에 올라 조용히 나를 깊이 들여다보니 보면 볼수록 흠 투성이라서 혼자 있어도 부끄러운 생각이 든다. 이제부터 습관은 인격이 되고 인격은 그 사람의 인생이 된다는 말을 마음 깊이 새기고 품격을 갖추어 가도록 힘써야겠다. 얼굴의 주름은 내 힘으로 어쩔 수 없지만, 마음의 주름살을 펴는 일이 곧 삶을 곱게 다듬는 일이 될 것이다.

이제부터 습관은 인격이 되고 인격은 그 사람의 인생이 된다는 말을 마음 깊이 새기고 실천하도록 힘써야겠다. 마음속으로는 이처럼 굳게 다짐해 보지만, 나이가 들어갈수록 몸에 밴 나쁜 습관이나 성격을 고치기는 매우 어려우니 작심삼일이 되지 않도록 마음을 더욱 굳건히 다잡아야겠다.

행동이 바뀌면 생각이 바뀌고. 생각이 바뀌면 인생이 바뀐다고 하지 않던가. 나에게 허용된 세월의 잔고가 얼마나 될지 모르지만, 품위를 잃지 않은 삶이 되도록 노력해야겠다. 더욱이 글을 쓴다는 건 나를 돌아보는 일이 아니던가. 한편의 글을 써놓고 끊임없이 퇴고하듯 내면을 다듬고 인격을 쌓는데 게을리하지 않으련다. 이 다짐을 새해 아침 첫 목표로 세운다.

제4부

그림자의 추억

　화창한 날씨를 즐기려 산책을 나섰다. 무심코 뒤돌아보니 유난히 까만 내 그림자가 따라오고 있다. 햇빛이 눈 부시게 밝아서 더 뚜렷하게 보인다. 언제나 함께 다닌 그림자인데 오늘따라 특별한 의미로 다가온다. 그림자가 빛의 방향과 밝기에 따라 달라지듯, 우리 삶의 그림자 또한 세상의 빛에 따라 달라진다. 그뿐만 아니라 그림자는 언제나 나와 함께하니 또 다른 나라고 할 수 있다.

　석양빛에 선명한 그림자를 보고 있으려니 불현듯 반백 년의 세월을 훌쩍 뛰어넘어 어린 시절의 기억이 떠오른다. 국민학교 2학년 때 학교에서 처음으로 활동사진을 봤는데, 흑백 사진들의 움직임이 내 눈에는 마치 그림자놀이 같았다. 활동사진이라는 명칭은 말 그대로 움직이는 사진이라는 뜻이다. 자라면서 활동사진을 영화라고 한다는 것을 알았다. 영화를 한자로 표시할 때 비칠 영(映)자와 그림 화(畵)자를 쓰니 이 또한 그림자놀이라고 해도 무리가 없으리라 생각된다. 실제로 흑백영화는 빛의 놀이가 아니라 그림자놀이에 가깝다. 빛은 비추기만 할 뿐, 그림자로 이야기의 줄거리를 만들기 때문이다. 실질적으로 그림자는 소리 없는 영상 언어이고 수묵화처럼 많은 의미를 내포하고 있다.

1950년대 후반 학교 부근 공터에 광목천으로 포장을 둘러치고 만든 가설극장이 가끔 들어섰다. 밤이 되면 이곳에서 농촌 사람들을 상대로 흑백으로 제작된 무성 영화가 상영되었는데 나는 돈이 없어서 제때 입장하지 못하고 극장 밖에서 영화 상영이 끝나기를 기다렸다. 상영이 끝날 무렵이 되면 관리자들이 철수 준비를 하기 위해 미리 포장을 걷었는데, 그때 잠깐 끝부분을 구경할 수가 있었기 때문이다. 무성 영화는 변사의 애절한 해설과 함께 감상했다. 주인공의 연기가 서툴러도 훌륭한 변사는 절절한 목소리로 관객을 감동시켰다.

생각해 보면 우리는 저마다 인생이라는 영화를 만들어가고 있다고 할 수 있다. 나 또한 나만의 영화를 만들기 위해 동분서주하며 살아왔다. 세상이라는 거대한 무대에서 시나리오도 없이 감동을 주는 작품을 만들기 위해 최선을 다했다. 하지만 항상 남들의 화려한 빛에 가려서 흑백으로 만들었고, 내 목소리조차도 제대로 담지 못하는 무성 영화를 만들어 왔다. 그렇지만 오래된 사진첩을 꺼내 보면, 컬러 사진보다는 빛바랜 흑백 사진에서 더 진한 감정이 느껴진다. 그중에서 한복을 곱게 차려입은 어머니의 모습에서는 따뜻한 그림자가 떠오른다.

봄날의 개나리 진달래처럼 한창 꽃피울 나이에 나는 희망이 없는 피폐한 농촌 생활에서 탈출하기 위해 열아홉 살 때 세 번째 가출을 했었다. 이왕이면 서울로 가고 싶었으나 마련한 돈이 너무 적어 거리가 가까운 광주시로 갔다. 밥 먹여주고 잠만 재워주면 무슨 일이든지 할 작정이었다. 그런데 아무런 경험도 재주도 없는 시골 무지렁이를 받아 주는 곳은 그 어디에도 없었다.

그 시절에는 너도나도 먹고 살기가 힘들어 밥만 먹여주면 머슴이나 식모살이까지 하던 때였다. 그래서 지금보다 일자리 구하기가 더 어려웠다. 어디로 가서 누구에게 일자리를 부탁해야 할지 막막했다. 며칠 동안 일자리를 찾아다녔지만, 아무리 애써도 뛰어넘을 수 없는 현실의 벽 앞에 풀이 다 죽어서 집으로 돌아올 수밖에 없었다.

고작 일주일도 견디지 못하고 패잔병처럼 돌아오려니 밝은 낮에는 이웃 사람들이나 식구들 볼 면목이 없어, 해가 저물기를 기다렸다. 저녁밥 먹을 시간이 지나고 날이 어두워질 무렵 울타리 사이로 집안을 살펴봤다. 이때 안방 창문에 비친 어머니의 그림자를 보니 갑자기 서러움이 확 밀려왔다. 애써 마음을 진정하고 토방위를 살펴보니 어머니 고무신 한 켤레만 가지런히 놓여 있었다. 다행히 식구들이 모두 마실 나가고 혼자 계신 것으로 짐작되었다. 이때다 싶어 마당으로 들어서니 어머니께서 어떻게 내 발소리를 알고“상환이냐”하고 내 이름을 부르며 방문을 활짝 열고 나오셨다.

이때 나는 크게 꾸중 들을 각오를 하고 있었다. 그런데 뜻밖에도 무슨 큰 벼슬이라도 하고 돌아온 자식을 반기듯 하셨다. 평소에 매우 엄하셨던 분이라 나는 잠시 어리둥절했다. 그뿐만 아니라 서둘러 아랫목 이불 속에서 따뜻한 밥그릇을 꺼내어 상을 차려주면서 배고플 텐데 어서 먹으라고 재촉하며 눈시울을

붉히셨다. 미리 말씀드리지 않고 가출하여 언제 올지도 모르는 못난 자식을 위해서, 날마다 그렇게 밥을 담아놓고 기다리고 계셨던 것이다.

그 시절 놋쇠로 만든 밥그릇 뚜껑에는 복 복(福)자가 새겨져 있었다. 고봉으로 담긴 밥그릇 뚜껑을 열자 구수한 밥 냄새에 어머니의 사랑 온도가 보태어져 뭉클 피어올랐다. 나는 점심부터 굶어서 배가 몹시 고팠지만, 곧바로 숟가락을 들지 못했다. 가슴속 깊은 곳에서 울컥 올라오는 뜨거운 기운을 억제할 시간이 필요했기 때문이다.

그날 안방 창문에 비쳤던 어머니의 따뜻한 그림자를 지금도 잊지 못한다. 세상의 그 어떤 빛으로도 내 마음을 그렇게 데울 수 없다. 이제 와 생각해 보니 지금까지 살아오는 동안 그림자처럼 묵묵히 나를 지켜 주고 힘이 되어 주는 사람들이 있었다. 어머니를 비롯하여 세상 속에서 만난 수많은 빛과 그림자 같은 사람들이 있었다. 하지만 우리에게 가장 소중한 것들은 공기처럼 눈에 보이지 않으며 의식하지 못하고 살아간다.

≪수필과 비평≫ 2021년 3월호, 『대표에세이』 2024년

진정한 노후 준비

　딸과 손주들이 웃음을 몰고 왔다. 평소에는 주말이면 잠깐씩 다녀갔는데 이번에는 방학 기간이라 여러 날 머물렀다.

　딸과 손주들이 있는 동안 온 집안이 들썩들썩 생기가 넘쳤다. 손주 녀석들 재롱에 하루하루 시간 가는 줄 몰랐다. 방학이 끝나자 계약 기간이 만료된 연인들처럼 딸네 식구들이 썰물처럼 빠져나갔다. 자꾸 뒤돌아보는 손주들을 향해 손을 흔들어 주고 현관문을 열고 들어서니 갑자기 커다란 적막이 확! 밀려왔다.

　이런 날은 부부가 함께 있어도 썰렁한 기분이 드는데 오늘따라 아내마저 외출했다. 넓은 집에 혼자 있으려니 세상이 텅 빈 것 같고 마음이 울적하다. 책을 읽으려 해도 글씨가 눈에 들어오지 않는다. 할 일 없이 옥상에 올라갔다. 골목길을 내려다보니 사람들이 바쁘게 지나가고 있지만, 나에겐 아무 의미 없는 하나의 풍경일 뿐이다.

　차가운 겨울바람보다도 외로움에 가슴이 더 시리다. 이유 없이 쓸쓸함이 밀려온다. 쓸쓸함은 눈을 통해서 오고 외로움은 가슴 깊은 곳에서 해일처럼 밀려온다. 세상에 혼자 남는다는 것은 외롭고 두렵고 슬픈 일이라는 것을 새삼 느낀다.

이런저런 생각을 떨쳐버리기 위해 평소에 아껴 두었던 양주를 꺼내 마셨다. 내가 혼자 술을 마시는 일은 극히 드문 일이다. 술이 유난히 쓰고, 조금 마신 술에 온몸으로 취기가 퍼진다. 적막함을 깨기 위해 텔레비전을 켰는데 별로 볼만한 내용이 없다. 이럴 때 누구에게 전화라도 했으면 좋겠는데 마땅한 사람이 없다.

우두커니 혼자 앉아 있으려니 지난날 실버 교실에서 강사가 했던 말이 떠오른다. "사람이 나이가 들면 혼자 남겨질 준비를 해야 합니다. 배우자를 잃는다는 것은 반쪽을 잃는 것이 아니라 전부를 잃는 것입니다." 라고 아주 진중한 표정으로 말했다. 그때는 그 말을 건성으로 듣고 흘러버렸었는데 이제 생각해보니 누구에게나 해당되는 말이었다.

아무리 금실 좋은 부부라 할지라도 언젠가는 홀로 남게 된다. 사람이 늙은 것보다 더 두려운 것이 질병이고 혼자 남겨지는 일이다. 혼자 산다는 것은 외로움과 싸움이다. 외로움이 깊어지면 두려움으로 변한다. 그런데 나는 지금까지 혼자 남겨진다는 것을 생각해보지 않았다.

우리 세대는 사회적 격변기에 힘들게 살아오느라 노후 대책을 세우지 못해 불안한 노년을 맞는 사람들이 많다. 그리고 대부분이 돈만 있으면 노후 준비가 된다고 생각한다. 그런데 요즘 주변을 살펴보면 금전에 의존하는 것은 한계가 있으며, 돈보다 사람이 있어야 한다는 생각이 든다.

지금은 핵가족 시대다. 그런데 우리 세대는 자식이 부모를 모시는 것을 당연하게 생각하고 살아왔다. 그런 때문에 시대가 변

했다는 것을 머리로는 알지만, 마음속으로 준비가 되어 있지 않
다. 다른 사람의 자식들은 모두 그럴지라도 내 자식만은 절대로
그렇지 않다는 썩은 동아줄과 같은 믿음으로 살아간다.

오늘 아내가 잠깐 집을 비운 짧은 시간에도 이렇듯 허전하고
쓸쓸한데, 만약 영원히 홀로 남겨진다면 어떻게 살아갈 것인가,
생각만 해도 가슴이 시리다. 진정한 노후 준비는 물질이 아니라
사람이며, 노년의 행복은 부부가 함께 있을 때 가능하다는 생각
이 든다.

칼도마 소리

탁 딱딱, 탁 딱딱

새벽을 여는 아내의 칼도마 연주 소리다. 경쾌한 이 소리는 맛있는 음식이 나오기 위한 전주곡이다. 강직하고 예리한 성격의 칼과 무디고 무던한 성격의 도마가 어우러져 빚어내는 소리에 동쪽 하늘이 깨어나고 세상이 기지개를 켠다. 누군가가 나를 위해 음식을 장만하고 있다는 것은 참으로 고맙고 행복한 일이다. 날카로운 칼과 무딘 나무가 짝이 되어 자아내는 소리에 조용히 귀를 기울이고 있으면, 그 어떤 훌륭한 타악기 소리보다도 아름답게 느껴진다. 나는 포근하고 달콤한 그 소리에 좀 더 취해 있고 싶어 침대에 다시 눕는다.

칼도마 소리와 보글보글 찌개 끓는 소리가 들리는 부엌 풍경은 생각만 해도 행복하다. 행복은 아침 식탁에서부터 시작되고 아침이 즐거우면 하루가 즐겁다. 그러므로 칼도마 소리는 행복의 문을 여는 노크 소리라 하겠다.

부엌에서 들려오는 칼도마 소리와 음식이 익어가는 구수한 냄새가 기억의 저편에 잠들어 있던 유년의 추억을 흔들어 깨운다. 어린 시절 꿈결처럼 아련하게 들려오는 어머니의 칼도마 소리에 깊은 잠에서 깨어나곤 했었다. 오늘 아침에는 무슨 반찬을 만들고 계실까? 하고 조용히 귀를 기울이며 행복에 젖었었다. 그때 어머니께서 만들어 주신 음식들이 평생 먹고 싶은 추억의 음식이 되었다.

성인이 되어 객지 생활을 하면서도 외롭고 힘들 때면 어머니가 차려준 밥상이 몹시 그리웠다. 그럴 때면 어머니가 만들어 주셨던 음식이 먹고 싶어 여러 식당을 찾아가 먹어 봤지만, 기대에 미치지 못했다. 어머니는 음식을 만들 때 계산되지 않은 사랑과 정성을 담았으니 같을 수가 없다. 더욱이 추억의 음식 맛은 혀끝이 아니라 가슴에 있기 때문이다.

어머니는 도마와 같은 삶을 사셨다. 어린 자식들을 굶기지 않으려고 온몸으로 세상의 칼날을 받아냈다. 남자도 하기 힘든 농사일을 하시느라 얼굴은 퉁퉁 부어오르고 부드러운 피부는 뙤약볕에 화상을 입어 벌겋게 되었다. 상처가 나도 약이 없어 치료를 받지 못하고 허물이 벗겨졌다가 다시 아물기를 반복하여 피부가 소나무 껍질처럼 되었다.

농한기 때는 낯선 동네를 돌아다니며 떡장수 생선 장수까지 했다. 종일토록 무거운 물건을 머리에 이고 다니며 장사를 하고 오신 날은 발바닥에 물집이 생겼고 다리는 퉁퉁 부어있었다. 종일토록 힘든 일을 하고 밤에도 피곤한 몸을 쉬지 않고 희미한 등잔불 앞에서 바느질을 하거나 길쌈까지 하셨다. 그렇게 밤이 깊으면 잠깐 주무시고 꼭두새벽에 일어나 아침 식사를 준비하셨다.

어머니의 칼도마 소리는 가족을 위해 어떠한 어려운 일도 이겨내겠다는 굳건한 마음이 만들어내는 소리였다. 우리 삼 남매는 그와 같은 사랑의 도마 소리를 들으며 아버지가 계시지 않다는 사실도 잊고 자랐다. 철없는 우리는 밤낮없이 일하시는 모습을 당연하게 생각했다.

군대 입대를 며칠 앞두고 있던 때였다. 아버지 제사를 지낸 다음 날, 햇볕에 내놓은 나무 도마를 봤다. 매끄럽고 평평했던 도마의 표면이 수많은 칼자국과 함께 한가운데가 움푹 파여 있었다. 그 모양이 마치 수많은 삶의 칼날과 시간의 칼날에 피부는 주름지고 허리가 휘어진 어머니 모습과 같아 갑자기 서러움이 확! 밀려왔다. 집을 떠날 때가 돼서야 비로소 자식들을 위해 고생하시는 어머니 생각을 하게 되었고 가슴이 아려왔다. 어머니의 칼도마 소리는 사랑을 요리하는 소리였으며, 우리에게 세상을 요리할 수 있는 힘을 길러 주는 행진곡이었다.

이제 어머니 대신 아내의 칼도마 소리로 아침을 연다. 돌이켜 생각해 보니 어렸을 때는 어머니가 내 삶을 위해 도마 역할을 해주었고, 결혼한 이후부터는 아내가 그 역할을 대신해 주었다. 도마가 있기에 칼이 제 기능을 다 할 수 있는 것처럼 아내의 헌신적인 내조 덕택으로 나는 온갖 어려운 고비를 넘길 수 있었다.

나와 아내는 외모도 성격도 칼과 도마처럼 아주 다르다. 자라온 환경도 나는 가난한 집안에서 힘들게 자랐고, 아내는 부잣집 딸로 곱게 자랐다. 주변에서 나를 가리켜 칼 같은 사람이라고 한다. 성격이 급하고 한번 마음먹으면 주저하지 않으며, 꼼꼼한 성격에 한 치의 오차도 용납하지 않기 때문이다. 반대로 아내는 온순하고 느긋하며 내성적이다. 이처럼 겉으로는 서로 맞지 않을 것 같지만 서로의 장점을 살려 삶의 어려운 고비를 넘어왔다. 물과 불이 화합하여 음식을 익히고 극과 극이 만나 나침반이 되듯 우리 부부는 명콤비가 되었다.

사업에 한 번 실패하면 평생 재기하지 못하는 이들이 많다. 그런데 내가 세 번씩이나 실패하고도 재기할 수 있었던 것은 아내의 도움이 컸다. 만약 칼 같은 성격인 나에게 도마와 같은 아내가 없었다면 삶의 나락에서 헤어나지 못했을 것이다.

≪월간문학≫ 2023년 5월호

분수와 폭포

광화문광장 빌딩 숲속에서 화려한 분수 쇼가 펼쳐지고 있다. 하늘 끝까지 오르겠다는 듯 용수철 튀듯 솟구쳐 올랐다가 다시 떨어지기를 반복한다. 나도 한때 가슴속 깊은 곳에서 차오르는 욕망을 억누르지 못해, 저 분수처럼 성급하게 뛰어오르려다가 곤두박질쳤던 시절이 있었다.

분수와 폭포는 서로 다른 목적과 행위를 통해 아름다움을 만들어낸다. 분수는 화려하게 떨어지기 위해 솟구쳐 오르고 폭포는 새롭게 살기 위해 깨지고 부서진다. 장쾌한 거역과 아름다운 추락의 모습이다.

분수는 물의 천성을 무시하고 역류한다. 현대 과학의 발달과 각종 기술의 출현으로 어두운 밤에도 색색의 조명을 받으며 음악과 함께 기계적인 즐거움을 만들어낸다. 분수는 이처럼 자연의 질서를 깨뜨리고 도시의 한복판에서 현란하게 춤을 춘다.

하지만 폭포는 자연을 거스르지 않는다. 스스로를 낮추고 높은 곳에서 낮은 곳으로 흐르며 주어진 환경에 순응한다. 사람들은 이처럼 시원하게 떨어지는 그 소리를 들으며 자신의 생각과 감정을 정화한다. 또 명상으로 심신의 피로를 풀고 삶의 활력을 찾기도 한다.

　나는 분수와 폭포 같은 두 개의 모임에 참여하고 있다. 그중의 하나는 저수지나 계곡에서 폭포수 소리를 들으며 어울려 놀았던 고향 친구들의 모임이다. 또 다른 하나는 도심 속의 분수처럼 수직 상승을 꿈꾸는 사업가들 모임이다.

　고향 친구들 모임이 있는 날은 각자 도시락을 준비하여 대부분 자연 풍경을 즐길 수 있는 곳에서 만난다. 서로 경쟁을 하듯이 맛있는 음식을 정성껏 준비해 와서 어떤 고급 뷔페보다도 풍성한 식사로 점심과 저녁까지 해결한다. 또 평소에 누가 어려움에 처하면 부탁하지 않아도 서로 도움을 주며 우정을 나눈다.

　그런데 도시에서 만난 사업가들 모임에서는 기계적인 만남인 경우가 많다. 대화 내용도 명품 자랑에서부터 아파트 평수에 대한 이야기가 대부분이고, 가끔 회비가 문제 될 때도 있다. 이 모임에서는 품위와 격식이 중요하고, 악수를 해도 생활 수준과 사회적 위치에 따라 손을 마주 잡는 힘과 온도 차이가 느껴진다.

　분수와 폭포는 서로 대립 된 성격을 가지고 있으나 모두 다 땅 위로 떨어질 수밖에 없다는 공통점이 있다. 이 둘은 결국은 하나로 화합하고 함께 흐른다. 마찬가지로 사람들의 만남도 서로 방법이 다를 뿐, 정으로 모이고 의리로 다져진다.

『대표에세이』 2015년

복권과 인생

　복권판매점 앞에 사람들이 줄지어 서 있다. 이 가게에서 당첨자가 많이 나왔다는 소문을 듣고 멀리서 찾아오는 사람도 있다고 한다. 살기가 팍팍하고 희망이 없을 때 복권에 당첨될지도 모른다는 기대감으로 일주일을 보낸다고 한다.

　나는 복권을 사지 않는다. 지금까지 살아오는 동안 아무리 최선을 다해도 안 되는 일이 더 많아, 나에게는 행운이 따르지 않는다고 생각하기 때문이다. 어린시절 소풍의 꽃이었던 보물찾기에서 상품 이름이 적힌 쪽지를 찾지 못했고, 성인이 된 후에도 각종 경품추첨 행사에서 당첨된 일이 한 번도 없다. 이런 경험 때문에 복권을 사지는 않는다. 내가 노력한 만큼 결과가 나타나기만 해도 감사하게 생각하며 살았다.

　국내 로또복권 사상 최고 당첨금이 407억 원이었는데 복권에 당첨된 사람들의 삶이 오히려 더 불행해졌다 한다. 그중의 한 사례로 2005년 로또복권 1등에 당첨된 경남 진주의 20대 젊은 이는 2년 만에 전액을 탕진하고 절도 행각을 벌이다 붙잡혀 투옥되기도 했다.

　그 밖의 당첨된 사람들 대부분이 돈을 어디에 쓸까 고민하거나, 당첨금을 노리는 사람들 때문에 스트레스를 견디기 힘들다고 한다. 복권에 당첨된 사실을 어떻게 알고 여러 단체와 개인으로부터 도와 달라는 전화가 빗발친다는 것이다. 심지어는 폭력배들로부터 협박을 받기까지 하여, 작은 소리에도 깜짝깜짝 놀라고 대인 기피증까지 생긴다고 한다.

요행을 바라지 않는 사람은 없다. 그건 누구나 가진 본능이다. 정도의 차이가 있을 뿐 사람마다 요행을 바란다. 다만 삶의 가치관에 따라 살아가는 방법이 다를 뿐이다. 요행을 바라지 않더라도 세상을 살아가려면 어쩔 수 없이 모험을 해야 할 때가 있다. 그중의 하나가 사업이고, 이것이 바로 인생역전을 위한 복권이라고 할 수 있다. 통계청 발표에 따르면 창업 실패율이 70%이며 그중에서 외식업은 실패율이 80%라고 하니 모험이 아닐 수 없다.

흔히들 사업은 운칠기삼(運七技三)이라고들 말하는데 한자의 뜻을 풀어보면 운(運)이 7할이고, 재주나 능력이 3할이라는 뜻이다. 즉 사업에 성공하려면 재주나 노력보다 운에 달려 있음을 이르는 말이다. 그러니 사업에 성공하는 일은 복권에 당첨되는 것과 다름없다고 할 수 있다.

지난날 나 또한 신제품개발에 도전했다가 실패를 거듭한 끝에 겨우 한 번 성공했으니 로또복권 같은 인생이었다. 하지만 사업은 복권과는 아주 다르다. 사업을 하려면 자신의 모든 것을 걸어야 한다. 피나는 노력과 끊임없는 시도와 밤낮을 가리지 않는 열정이 따라야 한다. 실패할 경우 돈만 잃은 것이 아니다. 신용과 건강, 사람까지 잃게 되어 극단적인 선택을 하는 경우까지 있다.

이처럼 남보다 더 열심히 살아도 성공보다 실패하는 경우가 더 많으므로, 땀 흘려 노력한 만큼 성과가 나타나기만 해도 다행이라 생각하며 살아왔다. 세상은 공짜가 없다고 하지 않던가. 그 값을 먼저 치르느냐 늦게 치르느냐만 다를 뿐, 언젠가는 내가 그 대가를 지불하게 되기 때문이다. 혹여 내가 수고하지 않고 얻은 것이 있다면, 반드시 누군가가 나를 대신하여 대가를 치른 것이다. 그러니 다른 사람이 손해 본 것을 즐거워할 수 없는 일이다.

흔히들 행운과 요행을 같은 뜻으로 알지만, 사실은 아주 다르다. 행운은 좋은 운수라는 뜻으로 다행 행(幸)자와 운수 운(運)자를 쓴다. 즉 행운은 노력과 좋은 운수가 만나서 이루어진 결과이기 때문이다. 그래서 큰 사업가는 행운이 따라주어야 한다고 말한다.

이와 달리 요행은 노력하지 않고 아무런 준비 없이 찾아오는 좋은 운수라는 뜻으로 거짓 요(僥)자와 요행 행(倖)자를 쓴다. 그래서 요행을 바라는 사람을 가리켜 뜬구름 잡으려 한다고 말하기도 한다.

오죽 삶이 답답하면 복권을 사랴 싶어 이해는 되지만, 지나치게 요행을 바라는 것은 자신을 초라하게 만든다. 한 번밖에 살 수 없는 인생이니 결과에 상관없이 최선을 다하는 것이 가치가 있지 않을까 싶다.

내게는 빈곤으로부터 탈출이 곧 로또복권 당첨과 다름없었다.

사업의 성공을 위해 평생 바쁘게만 살다 보니 어느새 노년이 되었다. 이제 신체 능력과 사회적 관계를 하나둘씩 잃어가면서 무력감과 우울증을 겪고 있다. 그럴 때마다 나는 인생복권에 당첨된 사람이라고 스스로 위로한다.

마음을 다독이기 위해 지나온 세월을 돌아보면 나는 참으로 운이 좋은 사람이다. 청소년 시절 몸이 병약했는데 팔순이 되도록 장수하고 있으니 꿈같은 일이다. 그뿐만 아니라 사업을 하면서 수차례 실패를 거듭했으나 재기에 성공했으니 인생복권에 당첨된 것이나 다름이 없다고 스스로 위안 삼는다.

『도봉수필』 2015년

화투(花鬪)

　오늘은 친목계 모임이 있는 날이다. 아직 도착하지 않은 사람들을 기다리는 동안 일찍 왔던 사람들끼리 화투놀이가 시작되었다. 조금 늦게 도착한 사람도 건성으로 인사만 나누고 하나둘씩 화투판에 끼어들었다.

　유사를 맡은 친구 부인이 정성을 다해 장만한 음식을 잔칫상처럼 차려놓고 있다. 너무 오래 기다린 탓에 식어버린 찌개를 두 번씩이나 다시 데우면서 식사하기를 독촉했다. 하지만 모두들 못 들은 척 대꾸가 없다. 부인의 눈치가 보여서 내가 나서서 밥 먹고 치라고 다그치자 "딱 세 번만 더치고 먹기로 하세"하고 중재안을 내놓았다. 그 후 세 판을 더치고 난 후에야 겨우 밥상 앞에 둘러앉았다. 이처럼 놀이가 노름이 되어 빠지면 염라대왕도 못 말린다. 더 큰 문제는 도박에 중독되어 사회적 문제가 되기도 한다.

　화투의 기원에 대해서는 다양한 설이 있다. 그 가운데 하나는 중국의 투전이 유럽으로 건너가 카드가 되었고, 그것이 포르투갈 상인들에 의해 일본으로 들어와 화투가 되었다는 것이다. 그러나 정작 일본에서는 이미 사라진 놀이라고 한다. 화투나 투전, 카지노 등은 확률로 승부가 나는 것이 아니라 기술과 속임수라는 선입관이 있다. 화투를 치며 친목을 도모한다고 주장하지만, 돈을 잃은 사람이 속마음을 나타내지 않고 있을 뿐이지 내 것을 잃고 즐거워하는 사람은 없을 것이다.

화투는 본래 수학이나 자연 교육을 목적으로 만들어졌으며, 꽃 그림 놀이라는 뜻으로 화찰(花札)이라 했다고 전해진다. 화투라는 말도 꽃 화(花) 자에 싸움 투(鬪) 자를 써서 꽃 싸움이라는 뜻이다. 그러나 노름이 아닌 놀음이 될 때 화기애애한 분위기가 형성되고 향기가 풍긴다.

라디오도 텔레비전도 없던 시절, 농촌에서 한가로운 겨울철이 되면 사랑방에 모여 담배나, 술 내기 화투를 쳤다. 우리도 청소년 시절 마땅한 놀이가 없어 과자나 과일 등 군것질거리 내기를 하여 서로 나누어 먹었는데 이겨도 좋고 져도 좋은 즐거운 놀이였다.

화투에는 일 년 열두 달을 상징하는 그림이 그려져 있다. 그림의 뜻이 정월은 소나무와 십장생의 하나인 학을 그려서 복과 건강을 뜻하고, 2월은 매화와 꾀꼬리를 그려서 기쁨을 뜻한다. 이를 보면 본래는 좋은 의도를 가지고 만들어졌다는 것을 알 수 있다.

모든 사물은 사용하기에 따라 결과가 달라지듯, 화투도 노는 방법에 따라 도박이 되기도 하고 즐거운 놀이가 되기도 한다. 따지고 보면 우리 생활 속에서 투자는 투기의 씨앗이고, 놀이가 바로 도박의 어머니가 되는 경우가 많다.

화투놀이를 자세히 살펴보면 인생의 축소판 같다. 광이 좋다고 아끼다가 피박을 쓰기 쉽고, 껍데기도 소중하게 잘 다루면 이길 수 있다. 내 것이 아닌 것과 포기할 것을 알고 아까운 패도 과감하게 버려야 한다. 상대방이 내놓는 패를 보고 전략을 분석하고, 이길 자신이 없으면 옆 사람과 힘을 합쳐서 적게 잃을 궁리를 해야 한다.

그런 줄 알지만 자기가 칠 때는 편견에 갇혀 뻔한 실수를 하고, 옆에서 훈수를 둘 때는 수(기술)가 더 잘 보인다. 화투뿐만 아니라 바둑이나 장기는 물론 실생활에서도 마찬가지다. 옆에서 볼 때는 마음을 비우고 객관적으로 보기 때문에 모든 사물이나 도리를 보다 명확하게 꿰뚫어 보는 지혜가 생기고 고수(高手)가 된다.

≪문학저널≫ 2005년 7월호

섣달그믐날 밤

1, 늙음에 대하여

자정이 되도록 잠이 오지 않는다. 잠을 자려고 애를 쓸수록 정신은 더 맑아진다. 젊은 시절처럼 마음속에 희망의 실로 짠 새 옷을 갈아입고 밝아오는 새해를 맞아야 하는데 나에게 아직 그런 준비가 되어있지 않다. 평소 일찍 자고 일찍 일어나는 생활습관이 몸에 배어있어 나이 한 살 더 먹는 몸살을 앓고 있다.

어쩔 수 없이 침대에서 일어나 컴퓨터 앞에 앉았다. 잠드는 걸 방해하는 감정과 생각들을 글로 풀어내기 위해서다. 막상 글을 쓰려고 하니 살아온 세월만큼 생각이 많아 어디서부터 시작해야 할지 모르겠다.

해마다 느끼는 일이지만 만감이 교차한다. 어릴 때는 세월이 참 더디게 가더니 칠순을 넘고부터 내리막길을 달리는 자동차처럼, 시간의 흐름에 가속도가 붙은 것만 같다. 오십 대까지만 해도 나이를 의식하지 않았다. 육십이 넘어서도 내 나이가 많다는 생각은 들었지만 늙었다는 걸 인정하지 않았다. 칠십 고개를 넘고부터 몸이 온전한 곳이 없고 내 나이를 떠올리면 스스로 놀란다. 더욱이 12월이 되면 새삼 세월이 한층 더 빠르게 느껴지고, 인생이 덧없다는 생각이 든다.

노년의 문턱을 넘어서니 나이를 먹는다는 것보다 더 부담스러운 일은 없다. 죽음이 두려워서 그런 것이 아니다. 이루어 놓은 것이 없고, 내 존재 가치를 잃어 간다는 사실이 두렵다. 머리가 하얗게 되고 얼굴에 주름살이 생기는 것 정도는 받아들일 수 있다. 귀와 눈이 어두워지고 치아가 빠지고 뼈마디가 쑤시고 시린 것도 남들보다 험하게 사용했으니 그러려니 하고 참을 수 있다. 그런데 두뇌 회전이 느려지고 기억력이 떨어지는 것은 견딜 수 없는 일이다. 세상은 나날이 발전해 가는데 나는 퇴보하고 늙어간다는 사실에 주눅이 든다. 시시때때로 내가 바보가 되어가고 있는 것만 같아 매사에 자신이 없고, 자존감이 떨어지는 것이 가장 슬프다.

할아버지나 어르신이라는 호칭을 듣게 되면서부터 명성도 인기도 떨어진다. 사회에서는 물론 가정에서도 있을 자리가 점점 줄어든다. 몸이 아파 병원에 가면 의사들로부터"연세가 있으시니"라는 말을 자주 듣는다. 이처럼 나이가 많다고 기를 꺾는 일들이 수없이 반복된다. 오죽하면 대중가요도 〈청춘을 돌려다오〉〈내 나이가 어때서〉〈내 나이 묻지 마세요.〉라는 노래가 인기를 끌겠는가.

이러는 나를 보고 어떤 이는 노화는 자연적인 현상인데 호들갑을 떤다고 생각할 것이다. 흰머리와 주름살은 인생의 연륜이 쌓인 흔적이므로 편안하게 받아들이라고 하는 이도 있다. 또 늙음은 새로운 원숙이라고 말하기도 한다. 그러나 제아무리 근사한 말로 합리화시켜도 슬프고 안타까운 일임은 분명하다.

섣달그믐은 전통적으로 내려온 세시풍속일 뿐이니, 여기에 얽매여 심란해할 필요가 없다. 해도 달도 종착지가 없고 세월은 시작도 끝도 없이 흐르는데 어디서부터 시작이고 어디가 끝이란 말인가. 언제고 내가 시작하면 그때부터 새로운 출발이 될 뿐이다.

2, 내 삶의 성적표

나이가 들어갈수록 지난날을 돌아보는 일이 잦다. 지금까지 잘 살아온 것인가 자문해 보고 스스로 성적표를 만들어 본다. 우리가 국민학교 다니던 때 학업 성적을 수(秀), 우(優), 미(美), 양(良), 가(可), 다섯 등급으로 평가했듯이, 일생을 유년, 소년, 청년, 중년, 노년, 다섯 단계로 나누어 생각해 본다.

나는 1953년 휴전협정이 체결되던 해, 국민학교에 입학했다. 그 시절에는 교실이 부족하여 오전 오후반으로 나뉘어 수업을 받았고 그것도 부족하여 정자나무 아래서 수업을 했다. 나는 공부의 중요성을 모르고 동무들과 어울려 놀기에 바빴다. 부모님들도 공부하지 않는다고 꾸짖지 않았으며, 시험을 치렀어도 몇 점 받았는지 관심이 없었다. 보릿고개를 겪고 있던 시절이라 오직 굶지 않고 하루하루 살아가는 일에만 집중하는 것이 사회적 분위기였다.

그때의 교과서는 국어, 산수, 자연, 도덕, 실과, 미술, 음악, 체육이었는데 성적표를 통신표라고 했다. 당시 내 성적은 대부분 중간 점수인 미(美)였고, 체육과 음악은 하등급인 양(良)이었으며, 미술만 좋은 점수인 수(秀) 아니면 우(優)를 받았는데, 가난한 형편이라 졸업할 때까지 크레용을 한 번도 사지 못했다. 하지만 성적 순위에 대해 연연하지 않았다.

청년으로 자란 후 젊은 혈기를 앞세워 삶의 등급을 올려 보겠다고 다양한 사업에 도전했다. 하지만 국민학교 시절 성적표처럼 셈본이 서툴고 시대에 맞지 않은 사업 전략으로 실패를 거듭했다.

이때 바닥 밑에 또 바닥이 있고, 등급이 있다는 걸 깨달았다. 매도 자주 맞으면 단련이 되고 굳은살이 박이듯이 실패를 자주 하다 보니 견디는 힘이 길러졌다. 거듭된 실패로 삶의 나락으로 떨어졌을 때 부모님으로부터 물려받은 유일한 유산인 창의력과 사고력에 남의 능력까지 빌려서 신제품을 개발했다. 뜻밖에도 옹색하게 만든 그 제품이 싸늘하게 식은 잿더미 속에서 다시 살아난 불씨처럼 어두운 삶을 밝혀 주었다. 그러니 내 인생 또한 어렸을 때의 학교 성적이 중간 점수인 미(美)였던 것처럼 내 삶의 성적표도 그와 같다고 하겠다.

평생 노력한 것에 비해 크게 이룬 것은 없지만, 그래도 평균 점수는 된다고 애써 스스로 위안해 본다. 앞서는 것도 좋지만 나는 중간이 더 좋다. 날씨도 춥지도 덥지도 않은 봄과 가을이 생활하기 가장 좋듯이, 행복이란 삶의 저울이 어느 쪽으로도 기울지 않고 평범하고 평탄한 일상을 보내는 것이라고 생각하기 때문이다.

늙음은 어쩔 수 없는 삶의 순리이지만, 나이만큼 늙는 것이 아니라 각자의 생각만큼 늙는다고 했다. 오늘을 살아보지 못하고 먼저 간 사람들을 생각하면 얼마나 소중한 날들인가, 앞으로 하루하루가 선물이라 생각하고 감사하는 마음으로 살아가야겠다.

※ 소학교에서 초등학교로 명칭이 바뀌는 과정
①1895년 ~ 1905년 소학교,
②1906년 ~ 1937년 보통학교
③1938년 ~ 1940년 심상소학교,
⑤1941년 ~ 1995년 국민학교,
⑥1996년 3월 1일부터 초등학교,
※ 1946년부터 1955년까지 셈본~1955년부터 산수~1994년
  부터 수학,

돋보기안경

글씨가 잘 보이지 않아 책을 읽을 수 없어 돋보기안경을 장만했다. 처음 안경을 썼을 때 그 밝음은 경이로웠다. 육체와 정신까지 맑아지고 새로운 힘이 솟아오르는 것 같은 기분이 들었다. 안경은 이제 내 신체의 일부분이 되었다.

해가 갈수록 신체 기능은 점점 떨어지고, 돋보기 도수는 높아간다. 흔히들 몸이 천 냥이면 눈은 구백 냥이라고 한다. 이런 보배가 점점 낡아가고 있다는 생각을 하니 우울하다.

어린 시절에는 안경 쓴 사람이 멋있어 보였는데, 안경을 직접 써보니 불편한 점이 한두 가지가 아니다. 여름철에는 땀에 얼룩지고, 겨울철에 마스크를 착용하면 입김과 콧김이 서려서 앞이 잘 안 보인다. 또 추운 곳에 있다가 따뜻한 실내로 들어가면 김이 뿌옇게 서린다.

안경은 사물을 선명하게 보기 위한 도구이지만, 때로는 얼굴을 가리기 위한 액세서리 역할을 하고, 멋과 부(富)를 나타내기도 한다. 하지만 아무리 좋은 안경이라도 때가 끼고 흐리면 앞을 제대로 볼 수가 없다.

안경을 한자로 눈 안(眼) 자와 거울 경(鏡) 자를 쓰는 것을 보면, 사물을 밝게 보는 거울이라는 뜻이 담겨 있다. 그런데 일상생활에서는 봐도 겉만 보고 속은 제대로 보지 못해 놓쳐버린 순간들이 많았다. 특히 나는 지식과 지혜의 눈이 어둡다, 그래서 '아는 만큼 보인다.'는 말에 깊이 공감한다.

돋보기는 볼록렌즈로 되어있기 때문에 물체가 확대되어 보인다. 어린 시절 볼록렌즈로 햇빛을 모아 종이를 태우며 놀았다. 태양빛이 볼록렌즈를 통해 하나로 모여서, 뜨거운 열을 발생하여 종이가 타는 모양이 신기했다. 이런 것들을 종합해 볼 때 삶의 목표도 볼록렌즈와 같다는 생각이 든다. 어떤 계획을 세우면 그 목표를 달성하기 위해 모든 에너지를 하나로 모아, 시간을 태우고 나를 태워야 한다는 점에서 그렇다.

지난날 나는 부를 축적하는 것이 곧 성공이라 생각하고 볼록렌즈처럼 모든 에너지를 쏟아부었는데 지금은 누가 읽어 주지도 않는 글을 쓰는 데 혼신의 노력을 하고 있다. 좋은 글을 쓰기 위해 몰입하다 보니, 문득 내 마음속에도 돋보기가 들어 있다는 생각이 든다. 평소에는 무심히 지나쳤던 일도 글로 표현할 때는 돋보기로 들여다보듯 자세히 관찰한 후 이야기를 풀어가야 하기 때문이다. 이와 같이 글을 쓰는 과정에서 마음의 돋보기로 과거와 현재를 깊이 들여다보면 부끄러운 내 모습이 발견되어 혼자 있어도 얼굴이 붉어질 때가 많다. 그러니 글쓰기가 바로 인생의 돋보기라는 생각이 든다.

지난날을 돌이켜 보면 자꾸 멀리만 보려 애쓰고, 정작 가까운 곳에 있는 소중한 것들을 보지 못한 경우가 많았다, 나에게는 다초점 안경처럼 삶도 사물도 훤히 내다보는 그런 재주가 없었다. 이제는 소중한 것들을 놓치지 않도록 안경알을 닦듯이 마음의 돋보기를 수시로 닦아야겠다. 눈의 시력은 어쩔 수 없더라도 정신적인 눈, 마음의 시력이라도 높이도록 해야겠다. 남은 세월 마음의 돋보기로 일상을 자세히 들여다보며 의미 있는 삶이 되도록 힘쓰고자 한다.

『대표에세이』 2015년

내 삶의 교과서

틈만 나면 버릇처럼 책을 읽는다. 책이 귀한 환경에서 자란 탓으로 책을 보면 반갑지만, 먹고사는 일에 쫓기며 살다 보니 읽을 시간이 없어 자투리 시간을 활용한다. 처음에는 즐거움을 얻고, 지식과 삶의 지혜를 얻기 위한 목적으로 독서를 했는데 이젠 습관이 되었다.

지금까지 읽은 책 중에서 가장 많이 반복하여 읽은 책은, 손 꼽히는 명작이나 전공에 관련된 전문 서적이 아니라 명심보감이다. 이 책은 청소년 시절 시골에서 겨울철마다 열리는 서당에서 배웠다. 책 이름이 한자로 밝을 명(明), 마음 심(心), 보배 보(寶), 거울 감(鑑)자로 되어 있듯이, 마음을 밝혀주고 자기 성찰의 내용이 담긴 계몽 성격이 강한 책이다. 고전들이 대부분 그렇듯, 명심보감도 시대를 뛰어넘는 보편적 가치를 지니고 있기에 두고두고 반복해서 읽어왔다.

서당에 다닐 때 읽었던 책은 너무 낡아서 버렸고, 지금 가지고 있는 책은 1977년 발행된 것이다. 이 책을 샀던 당시 나는 아이디어 상품개발에 몰두했을 때였다. 새로운 아이템을 찾기 위해 세운상가를 헤매다가, 길거리에서 노인이 책을 팔고 있는 것을 보고 옛 생각이 나서 300원에 샀다. 당시 서울 시내버스 요금이 40원이었다.

앞으로 어떻게 살아갈 것인가에 대한 답은 찾지 못하고 책만 한 권 사 가지고 집으로 돌아왔다. 자나 깨나 머릿속은 오직 한 가지, 실패를 딛고 다시 일어설 대책을 강구하느라 밤이 깊도록 잠을 이룰 수가 없었다. 이때 잡념을 떨쳐버리기 위해 명심보감을 펼쳐놓고 읽었다. 지난날 서당에 다닐 때 책 전체를 암기했었는데 오랫동안 잊고 살아온 탓으로 모든 내용이 새롭게 느껴졌다. 똑같은 내용이지만 내가 처한 환경과 상황에 따라 그 느낌이 확연히 달랐다.

특히 안분편(安分篇)에 ' 만족할 줄 아는 사람은 가난하고 천하여도 즐거울 것이요, 만족할 줄 모르는 사람은 부(富)하고 귀(貴)하여도 역시 근심을 한다.' 라는 이 한 구절이 내 마음 깊은 곳을 들여다본 듯 깨우침을 줬다. 단 한 번의 실패로, 마치 인생이 끝난 것처럼 실의 빠져 있었는데, 처음 서울 생활을 시작할 때를 생각해보니 나는 아직도 가진 것이 많았다.

이십 대 중반에 서울에 첫발을 내딛던 때를 생각하면 지금은 방이 다섯 개나 되는 주택을 보유하고 있으니 아직 부자라는 생각이 들었다. 곧바로 초심으로 돌아가서 방문판매 사업을 시작했다. 오랜 세월 쌓아온 신용으로 도매상에서는 제품을 외상으로 밀어주었고, 영업사원들도 먼 거리에서 찾아와 도움을 주었다. 명심보감의 정기편(正己篇)에 '부지런함은 값으로 따질 수 없는 보배요, 진중함은 몸을 보호하는 부적이다.' 라는 태공의 가르침대로 2년 동안 열심히 노력한 결과 재기에 성공했다.

이처럼 명심보감은 전체 내용이 성인들의 말씀과 명언들로 채워져 있을 뿐만 아니라 한자를 익히게 되어 일상생활에 큰 도움을 주었다. 서당에서의 수업방식은 문장을 무조건 외우고 중요한 내용은 붓글씨로 수없이 반복하여 쓰고 암기 했다. 그렇게 공부한 결과 수많은 명언이 마음을 밝혀주고 한자를 보는 눈까지 뜨게 되었다.

한자는 우리말과 떼려야 뗄 수 없는 관계다. 우리가 쓰는 단어의 약 70퍼센트 이상이 한자에서 왔다고 하니 한자와 한글을 동시에 배울 수밖에 없다. 명심보감을 배우면서 한자를 익힌 덕분에 실생활 속에서도 웬만한 낱말은 국어사전을 보지 않고도 한자로 풀어서 그 뜻을 알 수가 있었다.

글을 읽거나 쓸 때 동음어(同音語)의 경우, 뜻을 구분하는데 혼란스러울 때가 많다. 특히 한자어는 의미를 알기도 어렵다. 예를 들어 가격(價格)과 가격(加擊), 가설(架設)과 가설(假設)처럼 발음은 같고 뜻은 다른 낱말들이 그렇다. 그렇지만 한자를 알면 굳이 사전을 펼쳐 보지 않더라도 쉽게 구분하고 뜻까지 알 수가 있다.

2010년 3월 백령도 인근 해상에서 북한군의 어뢰(魚雷) 공격으로 우리 해군 제2함대 소속 초계함이 침몰한 사건이 있을 때의 일이다. 초계함은 한자로 哨 망볼 초, 戒 경계 계, 艦 싸움배 함자를 써서, 적의 습격에 대비하여 망을 보며 경계하는 군함이라는 뜻이다. 그런데 한글 전용교육으로 대학까지 졸업한 젊은 이들이 초계함(哨戒艦)과 선미(船尾), 함미(艦尾)라는 낱말의 뜻을 잘 몰랐다. 그런데도 텔레비전 방송에서는 똑같은 말을 뉴스 시간마다 수없이 반복했다. 하지만 한자와 한글을 함께 배운 세대는 처음 들은 낱말도 한자로 풀이하여 곧바로 그 뜻을 알 수가 있으니 한자 공부는 필수라고 생각한다.

나는 특별한 취미나 특기가 없고 오직 책 읽는 것을 즐겨 왔는데 이제는 독서가 가장 좋은 친구가 되었다. 독서를 통해 다양한 분야의 전문 지식을 쌓은 덕분에 생각의 깊이를 더해주어 세상을 바라보고 해석할 수 있는 지혜의 눈을 가지는데 적지 않은 영향을 주었다. 더욱이 나만의 고정관념에서 탈피하고 다른 사람의 견해를 통해 가치관을 넓힐 수 있게 해주었다.

세상을 살아가면서 좋은 책을 만나는 것은, 좋은 사람을 만나는 것만큼이나 중요하다. 독서를 통해서 수많은 지식과 삶의 지혜를 얻을 수 있기 때문이다. 만약 누가 나에게 가장 좋아하는 책을 꼽으라고 한다면 주저 없이 명심보감이라고 말할 것이다. 명심보감은 내 삶의 교과서이고 지침서이기 때문이다.

※ 價값가, 格격식격, 加더할가, 擊칠격, 架세울가, 設베풀설
　　지을설, 假거짓가, 船배선
※ 안분편(安分篇 편안한 마음으로 자기의 분수를 지킴) :
　　지족자는 빈천도역락이요 불지족자는 부귀역우니라.(知足者는
　　貧賤도亦樂이요 不知足者는 富貴亦憂)니라.
※ 정기편(正己篇 몸과 마음을 바르게 다루는
　　내용)근위무가지보요 신시호신지부니라. (勤爲無價之寶요
　　愼是護身之符)니라.

『대표에세이』2020년

남자의 몰락

　　요즘 노인의 반열에 들어선 분들은 격동의 시대를 겪어 오면서 자신을 돌아볼 틈 없이 앞만 보고 바쁘게 살아왔다. 매일매일 전쟁을 치르듯 치열하게 살아온 덕분에 우리나라 역사상 가장 풍요로운 세상이 되었는데, 남녀평등을 넘어서 여성 상위 시대가 되어 남성이 차별받는 세상이 되었다. 문화센터도 백화점에도 대부분이 여성들 천국이다. 반면에 나이든 남자들은 갈 곳이 없어 공원이나 놀이터에서 외롭고 무료한 나날을 보내는 사람들이 많다.

　　주변을 살펴보면 나이가 들어갈수록 남자는 여성화 되어가고, 여자는 남성화되어 가는 것을 느낀다. 학계의 연구결과에 의하면 본래 남성은 이성적인 좌뇌(左腦)형이고 여성은 감성적인 우뇌(右腦)형이라 한다. 그런데 갱년기에 접어들면서 여성에게는 남성호르몬이, 남성에게는 여성호르몬의 역할이 상대적으로 커지기 때문이라고 한다. 그래서 그런지 나이가 들어갈수록 여성들이 과격해져서 가정에서도 남자는 점점 설 자리를 잃어간다.

　　아무리 그렇다 하더라도 평생 가족을 위해 살아온 남편에게 백수, 삼식이, 유휴 인력, 잉여 인간이라고 비하하는 것은 지나치다는 생각이 든다.

남자들은 대부분 직장이라는 코뚜레에 꿰이고 가장이라는 멍에에 짓눌러 숨죽이고 살아왔다. 나 또한 평생 사업한다고 일요일도 없이 바쁘게 살아왔다. 수많은 사람을 상대하다 보면 울화가 치밀거나 자존심이 상하고 비참한 생각이 들 때가 많았다. 그때마다 나만 바라보고 있는 가족들 얼굴을 떠올리며 참고 견디었다. 사업 실패로 인하여 빚더미에 앉아 삶을 포기하고 싶을 정도로 힘들 때도 있었다. 하지만 세상 그 무엇보다 소중한 가정을 지키기 위해 마음을 다잡았다.

이처럼 힘들고 바쁘게 살아오면서 사랑과 정성이 담긴 집밥 먹으며 편안히 쉬어보는 것이 소원이었다. 아무 걱정 없이 자유로운 공간 속에서 포근하고 안락한 휴식을 취하며 나만의 세계를 즐기며 살아보는 것이 삶의 목표였다.

그런데 요즘 퇴직한 남편을 가리켜 집에 두고 오면 근심 덩어리, 밖에 나오면 짐 덩어리, 혼자 내보내면 걱정덩어리, 마주 앉으면 원수 덩어리라고까지 한다고 하니 남자들의 위상이 바닥으로 곤두박질쳐졌다. 그냥 우스갯소리로 하는 말이라고 믿고 싶지만, 그렇다 할지라도 부부라는 이름으로 사랑과 믿음 속에 살아온 사람이 할 수 있는 말은 아니다.

요즘 남편을 삼식이라고 비아냥 조로 부르는 주부들은 평소 남편이 출근하고 나면 홀가분하게 편히 살아왔던 여성들이다. 그렇게 자유롭고 편하게 살아오다가 남편이 퇴직하면서부터, 행동의 제약을 받게 되고 하루 세끼 밥 챙겨주는 일이 귀찮아서 하는 말인 것 같다.

　그러나 세상의 거친 풍파를 함께 겪어온 부부는 그렇지 않다. 평생 고생만 하다가 늙어 버린 모습을 보면 가슴이 아프고 안타까운 마음이 들어서 더 아끼고 사랑한다.

　우리 부부는 힘들고 어려운 고비를 함께 넘어왔다. 그래서 그런지 아내는 나에게 최선을 다한다. 끼니때마다 내가 좋아하는 음식을 만들어 주는 것은 물론, 유난히 군것질을 좋아하는 나에게 간식까지 챙겨준다. 그러니 삼식이가 아니라 오식이 육식이이다. 그뿐만 아니라 몸에 좋다는 영양제까지 복용하게 한다. 덕분에 평생 바쁘고 힘들게 살면서 소망했던 백수(白手) 삼식(三食)이가 되어 가족에게 떠받듦을 받으며 살고 있다. 만약 누군가가 나에게 가장 행복 한때가 언제냐고 물으면 나는 주저 하지 않고 바로 지금이라고 대답할 것이다.

단추와 단춧구멍

외출하기 위해 옷을 입다가 단추가 툭! 떨어졌다. 외롭게 남은 실밥 한 올이 바르르 떤다. 구속에서 풀려난 단추는 신이 난 듯 때구루루 굴러가 벌러덩 누웠다.

이 양복은 딸아이 결혼식 때 입기 위해 샀던 명품 브랜드다. 값비싼 옷이 단추 하나 때문에 입고 나갈 수 없게 되었다. 어쩔 수 없이 양복 색깔에 맞춰 와이셔츠부터 갈아입었다. 단추를 모두 채우고 보니 이번에는 단춧구멍 하나가 남는다. 마지막 단추를 끼울 때까지 첫 단추를 잘못 끼운 걸 몰랐다. 이런저런 생각에 빠져 단추 끼우는데 주의를 기울이지 않았기 때문이다.

어린 시절 우리 고향에서는 단추를 단초라고 했다. '단초'라는 말이 사투리인 줄 알았는데 이제 알고 보니, 아주 깊은 뜻이 숨겨져 있었다. 첫 단추가 바로 어떤 일이 처음 시작되거나 실마리를 풀어나가는 단초(端初)가 된다는 의미였으니 말이다.

첫 단추를 잘못 끼우면 모든 것이 헝클어진다. 세상일도 단추를 채울 때처럼 일이 한창 진행되고 있을 때는 시작이 잘못된 사실을 잘 모른다. 이는 어떤 한 가지 일에 몰입하고 있을 때 경험하게 된다.

옷의 단추는 잘못 끼우면 풀었다가 다시 끼우면 되지만, 삶의 현장에서 시행착오로 발생하는 경제적 정신적 피해는 상상을 초월한다. 첫 단추를 잘못 끼우면 끝 단추가 제구실을 못 하게 되는 것처럼 인생의 낙오자가 되는 경우까지 있다.

단추는 옷을 잠그는 기능적인 역할과 장식적인 요소를 함께 가지고 있다. 그래서 잠그는 것과는 상관없이 옷에 따라 크기와 모양 색깔이 다르다. 그뿐만 아니라 양복의 경우 소매 끝에 세 개 또는 네 개씩이나 장식으로 달려있는 것을 보면 알 수 있다.

단추를 다는 일 또한 하찮아 보이지만 직접 달아보면 쉽지가 않다. 첫째 정확히 제자리를 찾아서 달아야 하고 실을 너무 바짝 당겨서 달아서도 안 된다. 너무 달싹 붙여 달면 단추를 채우기가 불편할 뿐만 아니라, 옷감의 두께가 있기 때문에 단추를 억지로 끼우면 옷이 쭈글쭈글해진다. 그렇다고 너무 느슨하게 달면 단추를 채운 다음 축 늘어져 칠칠치 못한 인상을 준다. 이렇듯 세상만사가 남이 하는 것은 쉬워 보여도 막상 내가 직접 하려고 하면 생각보다 쉽지 않다.

단추에 뚫린 구멍도, 단추를 끼우는 구멍도 모두 단춧구멍이라고 한다. 이처럼 이름은 똑같지만, 그 역할은 서로 다르다. 하나는 단추를 매달기 위한 구멍이고, 다른 하나는 서로 꿰어서 옷을 여미기 위한 구멍이다. 이 두 가지의 구멍은 연결과 융합의 근원이며 단초(端初)가 된다.

지난날 나는 첫 단추가 '단초'가 된다는 것을 모르고 저돌적으로 내달렸던 시절이 있었다. 사업을 시작할 때도, 경영할 때도 큰일에 집착하고 작은 일에 소홀히 했다. 그 결과 아이디어 상품을 개발하면서 값싼 부품 하나 때문에 심혈을 기울여 만든 제품이 불량품이 되어 시간과 경제적 손실이 이만저만 아니었다. 또 잘 진행되고 있던 일이 하찮은 작은 실수 하나로 도미노처럼 일이 계속 꼬여서 결국 재기불능 상태가 되기도 했다. 그로 인해 재기하는데 십 년에 가까운 세월이 흘렀고 가족들과 주변 사람들까지 힘들게 만들었다.

무엇보다 단추는 끼우기 편하고 한 번 채우면 잘 빠져나오지 않도록 단추와 단춧구멍의 크기가 서로 꼭 맞아야 한다. 마찬가지로 우리가 세상을 살아가는데도 이처럼 자기에게 꼭 맞는 상대를 만나야 뜻을 이루게 된다. 이때 호흡이 잘 맞는 짝을 단짝이라고 한다.

만남보다 더 중요한 것은 서로의 관계를 어떻게 가꾸고 발전시켜 나가느냐다. 단추는 실이 끊어지기보다는 풀려서 떨어지는 경우가 더 많다. 단춧구멍 또한 오래되면 헐거워진다. 마찬가지로 사람의 관계도 오랜 세월이 흐르면 사랑과 믿음으로 단단했던 마음이 느슨해진다. 여기서 한번 원칙이 훼손되면 계속 꼬여가고 급기야 신뢰가 떨어져 함께 추락한다.

누구나 그런 줄 알지만 살다 보면 떨어진 단추처럼 자신을 옭아매고 있는 현실에서 이탈하고 싶은 충동이 일어날 때가 있다. 하지만 그 순간을 제어하지 못하면 돌이킬 수 없는 후회를 하게 된다. 떨어진 단추도 제 짝을 잃은 단춧구멍도 쓸모가 없게 되듯 사람의 관계도 똑같은 상황을 맞게 되기 때문이다. 그래서 우리는 빛이 바래고 낡아지도록 옷깃을 여미듯 느슨해지려는 마음을 다잡고 바로 서기 위해 최선을 다한다.

　날마다 옷을 입고 벗으면서도 정신을 집중하지 않으면 단추를 잘 못 끼우는 경우가 있고, 하찮게 보이는 단 추 하나 때문에 옷을 입을 수 없게 될 때도 있다. 이처럼 평범한 일상도 결코 쉬운 일이 아니고, 삶이란 어느 한순간도 소홀히 할 수 없고 쉽게 이루어지는 것이 없다.

　우리의 삶도 단추를 채우듯 차근차근 미래를 꿰고 세상을 채우는 일이다. 단추 하나가 떨어졌다고 옷을 버릴 수 없듯이 한 번의 실수로 삶을 포기할 수는 없다. 혹여 첫 단추를 잘못 채웠더라도 이미 꿴 것을 다시 풀고 처음부터 다시 채워나가는 도전 정신이 있다면 언젠가는 제대로 꿰는 날이 반드시 올 것이다.

≪계간문예≫ 2019년 가을호

관심

아침저녁으로 제법 서늘한 기운이 느껴지는 계절이다. 텃밭에 나가보니 가녀린 줄기에 팔뚝만 한 수세미 열매가 주렁주렁 열려있다. 사랑과 관심 속에 자란 호박이나 오이와는 달리 무관심 속에서도 당당하게 제 자리를 지키며 익어가는 수세미 열매가 내 마음을 붙잡는다.

지난봄 담장 밑에 호박과 오이, 수세미 모종을 나란히 심었었다. 이들 모두가 똑같은 박과에 속하는 한해살이 덩굴 식물이다. 처음에는 모두 비슷한 모습으로 자라더니 넝쿨이 길게 뻗어나가기 시작하면서부터 확연히 달라졌다.

한정된 장소에서 서로 넓은 자리를 차지하려고 엎치락뒤치락 자리싸움하며, 더 많은 양분을 얻기 위해 다투었다. 그중에서도 유독 수세미는 열등감을 오기로 승화시키려는 듯 곁에 있는 다른 넝쿨보다 한 뼘이라도 더 자라기 위해 여린 덩굴손으로 잡히는 대로 움켜잡고 악착같이 오르고 또 올라갔다. 그처럼 더 노력하여 꽃 피우고 열매를 맺었지만, 호박이나 오이만큼 대접을 받지 못했다.

나는 텃밭에 거름이나 물을 줄 때도 수세미보다는 호박과 오이가 잘 자라도록 하기 위한 목적이었다. 그런 무관심 속에서도 상관없이 수세미는 속울음을 삼키며 온몸을 곧추세우고 열심히 자랐다. 하지만 튼실한 열매가 주렁주렁 열려있어도 나는 별로 관심이 없었다.

여기서 수세미에 대한 나의 무관심은 차별에 뿌리를 두고 있었음을 부인할 수 없다. 호박과 오이는 먹을 수 있지만, 수세미는 쓸모없는 식물이라는 생각이 마음의 밑바닥에 자리 잡고 있었기 때문이다.

지금까지 나는 수세미 열매는 주방에서 설거지할 때나 쓰는 하찮은 것으로 여겼다. 그런데 알고 보니 수세미를 약용으로도 많이 쓰인다고 한다. 성질이 차서 몸에 열이 많을 때 생기는 가래를 삭여주고, 뜨거운 피를 식혀 줌으로써 혈액순환을 촉진하고, 소염작용을 한다고 한다. 특히 동맥경화, 고지혈증과 같은 혈관질환 예방에 효능이 뛰어나다고 한다. 알면 약초 모르면 잡초라고 하더니, 모든 것이 사용하기에 따라 가치가 달라진다는 것을 수세미를 통해 새삼 깨달았다.

식물이든 사람이든 관심에서 멀어지면 결국 도태된다. 특히 사람은 관심에서 멀어지면 살아있어도 살아있는 것이 아니다. 그래서 관심을 끌기 위해 치열한 경쟁을 벌이며 살아간다. 그러니 사랑도 성공도 관심으로부터 시작되며 관심을 먹고 자란다고 해도 과언이 아니다.관심이란 말은 한자로 볼 관(觀) 자를 쓰지 않고 빗장 관(關) 자에 마음심(心) 자를 쓴다. 이는 마음의 빗장을 열고 온 마음을 다하여 세심하게 관찰하고 마음의 눈으로 본다는 뜻이 되며, 눈보다 마음이 더 밝고 깊게 본다는 의미가 담겨있다.

그런데 사람의 능력으로는 어떤 가치나 실력을 자로 재듯이 정확히 판단하기 어렵다. 그러기 때문에 오이와 호박 속의 수세미처럼 편견과 선입견으로 차별받는 경우가 많다. 실력은 뛰어나지만, 외모나 학력 때문에 능력을 인정받지 못하고 사회적 경제적 불이익을 받고 있는 것이 현실이다. 하지만 서민들 대부분이 땀 흘린 만큼 대접받지 못해도 수세미 넝쿨처럼 삶의 벽을 꼭 붙들고 묵묵히 제 몫을 다한다. 이런 민초들이 바로 세상을 닦고 지탱해주는 수세미라 할 수 있다.

≪에세이 21≫ 2023년 여름호

제5부

삶의 굴렁쇠

　어린이 대공원에서 '데굴데굴 축제'가 열리고 있다. 행사에 참여한 어린이들이 굴렁쇠 굴리기 놀이에 흠뻑 빠져 있는 모습이, 까맣게 잊고 있던 추억을 떠올리게 한다.

　우리 어린 시절 가을 운동회 때면 줄다리기와 굴렁쇠 굴리기는 빠지지 않는 경기였다. 장난감이나 마땅한 놀이가 없던 그 시절, 굴렁쇠 굴리기는 신명 난 놀이였다. 대부분 굵은 철사를 둥글게 말아 붙여 만든 것이거나, 나무통에서 벗겨낸 대나무 테를 굴리며 놀았다.

　우리 고향에서는 굴렁쇠를 '도롱테' 또는 '대롱테'라고 했다. 속이 비어 있는 대나무 토막을 대롱이라고 하는데 대나무로 만들어진 테라는 뜻으로 그렇게 불렀다. 나는 이런 대나무 테를 굴리며 놀았는데, 어느 날 어머니께서 굵은 철사로 만들어진 굴렁쇠를 구해다 주셨다. 이는 대나무 테하고는 비교할 수 없이 잘 굴러갔다. 나는 무슨 대단한 것이라도 얻은 듯이 기뻐서 동네 골목골목을 누볐다. 누가 봐주거나 부러워하는 사람도 없는데 자랑하고 싶은 마음에 시간 가는 줄 모르고 굴리고 다녔다.

　그러던 어느 날 부잣집 친구가 자전거 바퀴를 가지고 와서 굴리며 뽐냈다. 또래끼리 모이면 시합을 했는데 내 굴렁쇠는 바퀴가 작고 완벽하게 둥글지 않아 자전거 바퀴를 굴리는 아이에게 번번이 지곤 했다.

우리의 어린 시절도 굴렁쇠를 굴리듯 그렇게 굴러갔다. 그때의 개구쟁이들이 자라서 사회생활을 하면서부터 서로 확연히 다른 삶을 살았다. 자전거 바퀴를 굴리던 부잣집 아들은 양복에 넥타이를 매고 시원한 사무실에서 근무했다. 반면에 나는 가난의 찌든 때가 줄줄 흐르는 작업복 차림으로 뙤약볕 아래서 거칠고 힘든 일을 하며 살았다. 이처럼 저마다 살아가는 방법은 달라도 흐르는 세월 따라 희로애락이 굴렁쇠처럼 굴러갔다.

어린 시절 굴렸던 굴렁쇠처럼 내 삶은 아무리 애를 써도 원하는 쪽으로 굴러가지 않았다. 이리 삐뚤 저리 삐뚤 엉뚱한 곳으로 굴러가다가, 이리 부딪치고 저리 부딪쳐서 수렁에 빠지거나 넘어지기 일쑤였다. 그런 과정을 거치면서 슬퍼도 눈물을 흘리지 않고 속으로 우는 법을 터득하고, 하루 한 끼 정도는 굶어도 가슴을 펴고 씩씩하게 살아가는 훈련을 했다.

이처럼 살아가는 일이 굴렁쇠 굴리기처럼 늘 내 뜻대로 되지 않았지만, 누구를 원망하거나 불평하지 않고 현실을 있는 그대로 받아들였다. 그것은 내가 현명해서가 아니었다. 어느 것 하나 내세울 만한 것이 없으니 참고 견디어야 한다고 생각했기 때문이다.

어느 한 곳에 뿌리내리지 못한 불안정한 삶이라, 잠시만 정신을 집중하지 않아도 넘어지는 굴렁쇠처럼 곤두박질쳤다. 때문에 좁고 거칠은 돌밭 길 위에서 굴렁쇠를 굴리듯 항상 긴장된 삶을 살아왔다.

부지런함을 무기로 앞만 보고 정신없이 달리다 보니 어느 날, 나도 남들과 어깨를 나란히 하며 뛰고 있었다. 어린 시절 굴렁쇠가 넘어지지만 않도록 밀었듯이, 오로지 중심을 잃지 않기 위해 안간힘을 쓰며 열심히 살았다. 그런데 뜻밖에도 내가 삶의 굴렁쇠를 잘 굴린다고 박수를 보내주는 사람도 더러 있었다.

나만 변하고 발전한 것이 아니다. 산간벽지 오지는 관광지가 되었고, 자갈땅 모래땅에는 아파트 단지가 들어섰다. 시골에도 고속도로가 생기고 인공위성이 발사되는 급변하는 세상 속에서 굴렁쇠 굴리던 손으로 자동차 핸들을 잡는 세상이 되었다.

세상이 발전한 만큼 우리는 더 바쁘게 살았다. 땀 닦고 숨 돌릴 틈도 없이 중년의 가파른 고개를 넘고 있을 때, 1997년 외환위기를 맞았다. 그로 인해 수많은 기업이 문을 닫았다. 이때 양복에 넥타이 매고 직장에 근무하던 친구도 갑자기 일자리를 잃었다. 직장에서 받은 퇴직금은 그리 오래 가지 못했다. 고등학교와 대학교에 다니는 자녀들 학자금 마련을 위해 돈이 되는 일이면 닥치는 대로 해야만 했다. 그는 50이 넘은 나이에 내가 청년 시절에 겪었던 힘든 과정을 겪었다.

우리들 삶의 굴렁쇠는 또 그렇게 굴러갔다. 서로 살아가는 방법이 다르고 성격이 다르고 사는 곳까지 너무 멀리 떨어져 있어 한동안 소식이 끊어졌다. 하지만 친구라는 말에는 알 수 없는 마력이 깃들어 있다. 특히나 추억을 공유하고 있는 코흘리개 친구는 평생 잊지 못한다. 그래서 옛 친구는 이름만 떠올려도 가슴으로 뭔가 따뜻한 정이 느껴진다. 사회생활을 하면서 사귀는 친구는 얼마든지 숫자를 늘릴 수 있지만, 소꿉친구는 그럴 수가 없으니 더없이 소중한 존재다. 더욱이 굴렁쇠를 함께 굴리던 코흘리개 동무는 꾸밈이 없고 정이 흘러넘친다.

지나고 보니 굴렁쇠를 혼자 굴리듯이, 우리의 삶 또한 각자 굴려 가는 것이었다. 같은 공간에서 똑같은 일을 해도 자기가 감당해야 할 몫은 따로 있고, 함께 살아도 일거수일투족을 영원히 함께할 수 없기 때문이다.

굴렁쇠는 무조건 앞으로 밀기만 한다고 잘 굴러가는 것이 아니다. 굴러가는 방향을 잘 조정하고 속보나 조금 뛰는 듯한 정도로 밀고 가야 가장 안전하다. 너무 욕심을 부리고 과속하면 굴렁쇠는 저 혼자 멀리 달아나버린다. 우리 인생살이도 이와 흡사하다. 나는 이런 뻔한 이치를 다 늦은 나이에 깨달았다.

굴렁쇠는 어느 한쪽으로 기울거나 치우치지 않도록 균형을 이루어야 넘어지지 않고 잘 굴러간다. 이와 마찬가지로 우리 인생의 저울도 행복과 불행 어느 쪽으로도 기울지 않는 삶이 가장 이상적인 삶이라고 생각한다. 세상을 지탱하는 것 또한 어느 쪽으로도 기울지 않고 묵묵히 중심을 잡아 주는 사람들 덕분이다.

그래서 나는 평소에 잘나지도 못나지도 않은 그런 사람이 되고 싶었다. 하지만 스스로 평균수준도 못 된다는 생각에 늘 주눅이 들어 살아왔다. 이제 다 늦은 나이 남을 부러워한다고 달라질 수 없으니 나도 중간쯤은 된다고 애써 나를 달래며, 굴렁쇠 놀이를 하듯이 그렇게 살아가고자 한다.

≪문학세계≫ 2023년 1월호

별명 부자

　이름은 그 사람을 나타낸다. 그런데 이름보다 별명으로 더 자주 불러서 정작 이름을 불렀을 때 낯설게 느껴지는 경우도 있다. 별명은 대부분 그 사람의 생김새와 성격, 버릇 등, 특징을 가지고 짓게 된다. 그래서 별명을 부르면 그 사람의 모습이나 성격이 사진처럼 선명하게 떠오른다.

　어린 시절 집이 가난하여 먹을 것이 풍족하지 못했다. 그런데도 나는 장마철에 죽순처럼 키가 쑥쑥 자랐다. 그래서 붙여진 별명이 모두 여섯 개나 된다. 어린 시절의 별명은 '키다리, 꺽다리, 멀대'였다. 그 시절 키가 크다는 것은 부러움의 대상이 아니라 놀림감의 대상이었다. 하는 일이 서툴 때면 멀대같이 키는 커다란 놈이 그것도 못하느냐고 빈정거렸다.

　청년이 되어 육군에 입대할 당시, 평균 신장이 163cm였는데 내 키는 180cm이었다. 키가 큰 탓으로 몸에 맞는 옷이 드물어 발목이 휑하게 보이는 짧은 바지를 입고 지냈다. 그뿐만 아니라 열병식을 할 때는 맨 앞에 서서 바짝 긴장해야 했고, 방공호도 남들보다 더 깊이 파야만 했다. 그리고 각개전투 훈련할 때는 키가 커서 적군에게 노출되기 쉽겠다고 놀렸다.

제대 후 사업을 시작하면서 별명이 하나 더 생겼다. 사원들이 서류를 작성해오면 하나하나 꼼꼼히 따지고, 거래처에서 약속을 지키지 않으면 강하게 항의한다고 하여 얻은 별명이 '탱자까시'였다. 가시 중에서도 탱자나무 가시가 가장 크기 때문에 붙여진 별명이다. 이 별명 역시 키가 크다는 뜻이 담겨있다.

수많은 업체와 경쟁에서 살아남기 위해 차별화된 상품을 개발하면서 별명이 또 생겼다. 아무런 기술도 경험도 없이 아이디어 하나만 믿고 시작한 일이라 늘 불안하고 걱정이 되었다. 그래서 보다 더 꼼꼼히 따지고 세밀하게 검토했더니 '송곳' 또는 '장도칼'이라고 했다. 여기서 장도칼의 장자는 분단장할 장(粧)자가 아닌 길 장(丈)로, 역시 키가 크다는 뜻이 포함되어 있다.

마음에 들지 않으면 모든 것이 밉게 보이는 법이다. 옛말에도 '며느리가 미우면 손자까지 밉고, 발뒤꿈치가 달걀 같다고 나무란다.'라고 했듯이, 세심하고 날카로운 성격 때문에 키가 큰 것까지 밉게 보였던 것이다.

이름과 별명은 사물이나 사람을 부르는 수단이다. 이름보다 별명은 그 사람을 더 오래 기억하게 하는 중요한 매개체가 되기도 한다. 그런데 별명은 대부분 상대를 존중하는 뜻으로 부르기보다는 친근감을 표현하거나 놀리기 위해서 지어지는 경우가 더 많다. 그러나 누가 내 별명을 불러도 어렸을 때를 제외하고는 별로 기분 나쁘게 생각하지 않았다. 사실을 인정하고 나 자신을 알기 때문이다.

좋은 별명은 이름을 빛내주는 액세서리가 된다. 하지만 나는

장점이 별로 없어 좋은 별명은 얻지 못했다. 하지만 이제 담담
하게 받아드리려고 한다. 원칙을 지켜온 칼 같고 가시 같은 성
격으로 인하여 주변 사람들의 마음을 불편하게 했을지라도 물질
적인 피해는 주지 않았고, 나를 바로 세우는 힘이 되었기 때문
이다.

　※ 멀대 : 용마루 즉 마룻대의 다른 말로 머릿대가 변하여 생
　　　　긴 말이다.

『대표에세이』 2019년

동무와 친구

오늘은 친구들과 모임이 있는 날이다. 어릴 적 순수함 그대로 만나는 친구들이기에 편안한 옷차림에 격식을 차리지 않아도 좋다. 우리는 격변기에 태어나 전쟁과 가난 속에서 온갖 고생을 하며 살아왔다. 그렇게 힘든 시절을 함께 견디어온 사람들이라 특별한 정이 느껴진다.

만남의 장소는 소문난 맛집이나 고급 레스토랑이 아니라 낮은 산이나 공원과 유원지 등 자유로운 곳에서 만난다. 음식도 자기가 좋아하는 것보다 친구들의 취향과 입맛에 맞춰 넉넉히 준비한다. 각자 마련한 음식들을 한자리에 모아 놓고 보면 출장 뷔페처럼 푸짐하다.

나는 청소년 시절 궁핍한 생활에 건강까지 좋지 않아, 친구들과 잘 어울리지 못하고 늘 주눅이 들어서 살았다. 불우했던 지난날의 기억 때문에 고향은 내가 태어난 곳이라는 의미 외에는 그리운 곳이 되지 못했다. 지금도 힘들었던 그 시절을 생각하면, 연필로 쓴 일기를 지우개로 지우듯이 어린 시절의 기억들을 모두 지우고 싶다. 하지만 고향 친구들만은 소중하게 생각한다. 저마다의 아픔을 안고 어쩔 수 없이 고향을 떠나왔던 사람들끼리 동병상련의 정을 느끼며 서로의 상처를 어루만져주기 때문이다.

우리는 한창 꿈에 부풀어 있을 나이에 낯선 타향에서 힘든 일 궂은일 가리지 않고 열심히 살았다. 나름대로 생활의 터전을 마련하게 되고 조금은 마음의 여유가 생길 무렵 향우회 모임에서 다시 만났다. 만나자마자 그동안 쌓였던 추억을 동반한 우정이 봇물 터지듯 쏟아져 이심전심으로 모임을 결성하게 되었다. 너나없이 힘들게 살아온 만큼 서로를 소중히 여기며 우정의 숲을 열심히 가꾼 덕분에 오랜 세월 친형제처럼 지내고 있다.

우리와 같은 관계를 친구라는 말보다는 동무라고 해야 옳지 않을까 싶다. 코흘리개 동무는 같은 마을에서 태어나 함께 자라면서 정이 듬뿍 든 관계이고, 친구는 대부분 세상을 살아가면서 필요에 의해 가까이 지내는 사이를 뜻하기 때문이다.

우리 어린 시절에는 친구라고 하지 않고 동무라고 했다. 당시 즐겨 부르던 동요도 ' 동무들아 나오라 나오라 나오라 동무들아 나와서 같이 놀자'라고 불렀다. 전래동요에도 '어깨동무 씨동무 미나리 밭에 앉았다. 동무동무 씨동무 보리가 나도록 씨동무'라고 되어있다. 이 노랫말처럼 코흘리개 시절의 친구만이 씨동무가 될 수 있다. 그리고 어깨동무를 어깨 친구라고 하면 어색할 뿐만 아니라 웬만큼 가까운 사이가 아니면 어깨동무를 할 수도 없다. 이처럼 친구라는 말보다 동무라는 말이 더 아름답고 예쁜 말인데 공산주의자들이 많이 쓰고 있어, 지금은 우리가 사용하는 언어에서 배척당하고 있으니 안타까운 일이다.

동무는 순수한 우리말이고 친구(親舊)는 한자어이다. 우리는 동무라는 말이 친구로 바뀌는 혼란기를 겪으며 고난의 세월을 살아왔기 때문에 사선을 넘어온 전우애처럼 끈끈한 우정을 다져 가고 있다.

그 무엇보다 고향 친구는 인위적으로 만들어지는 관계가 아니라 하늘이 점지해 준 관계이니 친구라고 하여 모두 똑같다고 할 수가 없다. 오랜 세월 사회 활동을 하면서 많은 사람을 만나고 사귀었지만, 객지에서 만난 사람들은 뿌리 없는 나무처럼 그 세계를 떠나면 그만이다. 자기가 먹고 있던 밥도 나누어 줄 정도로 가깝게 지내던 사이도 잠시 떨어져 살다 보면 잊고 살아가는 사람이 부지기수다.

하지만 코흘리개 동무들은 오랫동안 소식이 끊겼다가도 애경사나 뜻하지 않은 곳에서 다시 만나게 되고, 아무리 오랜만에 만나도 저축해 둔 정을 쏟아내듯이 그동안 못다한 정을 나누게 된다. 그러기 때문에 수많은 친구 중에서도 코흘리개 시절의 친구를 가장 으뜸으로 꼽는다. 특히 오늘 만나는 친구들은 누가 자기 마음에 안 드는 말을 해도 빙긋이 웃어주고 좀 손해가 나는 일에도 그저 그러려니 하고 넘어간다. 가끔 의견 충돌이 있을 때도 있지만 돌아서면 언제 그랬느냐는 듯이 변함없는 얼굴로 대한다. 또 누가 어려움에 처하면 부탁하지 않아도 먼저 손을 잡아주는 사람들이다.

그래서 죽마고우는 그 바탕이 땅과 같다는 생각이 든다. 코흘리개 친구들은 모든 식물이 자랄 수 있도록 필요한 영양분을 공급하여 주는 땅처럼, 호불호(好不好)를 따지지 않고 포용해 주기 때문이다. 그뿐만 아니라 상대방의 좋은 점뿐만 아니라 단점까지도 사랑하고 외형적인 조건을 따지지 않는다. 고향 친구라고 하여 모든 사람이 다 그렇다고 할 수는 없겠지만, 오늘 만난 친구들은 어린 시절의 순수한 동심을 바탕으로 솜이불처럼 따습고 심성이 도내기샘 같은 사람들이다.

흔히들 진정한 친구란 내가 어려운 환경에 처해 있을 때 힘이 되어주고 나를 위해 뜨거운 눈물을 흘려주는 사람이라고 말한다. 그래서 평생에 진실한 친구 한 명만 있으면 성공한 인생이라고 한다. 바로 오늘 만나는 친구가 그런 진실한 친구들이다.

내가 세 번째 제조업에 실패하고 실의에 빠져 있을 때의 일이다. 어느 날 동갑내기 친구가 만나자고 하여 찾아갔더니, 사업 자금이 얼마나 있으면 재기할 수 있겠느냐고 물었다. 내가 부탁하지도 않았는데 사업 자금을 지원해 주겠다는 뜻으로 하는 말이었다. 하지만 당시 나는 집을 팔아도 갚을 수 없는 많은 빚을 지고 있던 상태라 도움을 받을 수가 없었다. 내가 선뜻 대답을 못 하자 친구는 사업을 하려면 통신 수단이 필수인데 휴대폰이 있어야 하지 않겠느냐고 했다. 당시 휴대폰은 벽돌처럼 생겼다고 하여 벽돌폰이라고 했으며 가격이 매우 비싸서 부(富)의 상징이었다. 그러나 나는 휴대폰이 있더라도 비싼 요금을 감당할 수가 없다는 말을 남기고 헤어졌다.

그로부터 한 달 후 그 친구로부터 또 만나자는 연락이 왔다. 부부 동반하여 만난 자리에서 친구는 나에게 주려고 삐삐(무선 호출기)를 사 왔다고 내놓았다. 내가 행사장을 전전하고 있기 때문에 소식이 궁금해도 연락할 방법이 없어서 사 왔다고 했다.

이때 나는 친구와 그의 부인 앞에서 체면도 잊고 어린아이처럼 펑펑 울었다. 성인이 되어 그렇게 소리 내어 울기는 처음 이었다. 내 곁에는 이런 천연기념물 같은 동무가 있으니 나는 스스로 인복(人福)이 많은 사람이라고 생각한다.

대부분 고향 친구는 우리의 삶에서 기반이 되는 가장 중요한 때의 인간관계이며, 사막 같은 인생길에 진정한 우정은 오아시스와 같은 존재다. 이처럼 고향의 온돌방 아랫목 같은 죽마고우가 있으니 소리쳐 자랑하고 싶다.

≪수필세계≫ 2023년 겨울호

옹이

대공원 감나무에 대봉이 주렁주렁 열려있다. 열매의 무게를 견디지 못해 가지가 휘어져 땅바닥에 닿을 듯하다. 나뭇가지가 더 이상 찢어지지 않도록 지주대가 세워져 있다. 살아 있는 나무가 죽은 나뭇가지에 기대고 서 있는 풍경이 내 발길을 붙잡는다.

우리 세대는 감에 대한 추억이 많다. 군것질거리가 별로 없던 어린 시절, 떫은 풋감을 우려먹었다. 우려내는 방법은 항아리에 물을 붓고 소금기를 하여, 2~3일 동안 담가 두면 떫은맛이 우러나고 단감처럼 맛이 있었다.

어린 시절 고향집 뒤뜰에도 감나무가 여러 그루 있었다. 어느 가을날 잘 익은 홍시를 따기 위해 나무에 올라갔다가 갑자기 나뭇가지가 뚝! 부러져 나는 그만 땅으로 떨어졌다. 다행히 크게 다치지는 않았다. 그때 어른들 말씀이 감나무에 열매가 열릴 때는 나무속이 비어 있어서 쉽게 부러지니 조심하라고 하셨다. 그 이유는 모든 영양분을 열매로 보내주기 때문에 나무의 속이 비어 있다고 한다. 그래서 감이 열릴 무렵이면 나뭇가지가 쉽게 부러진다는 것이다.

실제로 빨갛게 익은 감을 따려고 잡아당기면 제법 굵은 가지가 툭! 부러지는 경우가 가끔 있었다. 겉으로는 멀쩡한데 가지 속을 살펴보면 까맣게 삭아있었다. 나무는 열매를 익히기 위해서 그처럼 고통을 안으로 참으며 힘들게 지탱하고 있었다. 식물에게도 그런 모성의 본능이 있다는 사실이 놀랍고 신기했다.

옛 추억이 떠올라 반가운 마음에 감나무 가까이 다가가서 살펴보니 수많은 옹이가 박혀있다. 얼마나 상처가 깊고 고통의 세월이 길었으면 이처럼 단단한 옹이가 만들어졌겠는가. 이같이 돌처럼 굳어진 옹이는 도끼나 톱으로도 자르기 힘들다.

그런데 겉으로 드러나지 않은 옹이도 있다. 어느 날 목재소를 지나가다가 원목을 켜 놓은 판재들이 산더미처럼 쌓여있는 앞에서 나도 모르게 걸음을 멈췄던 적이 있다. 겉으로 드러나지 않은 옹이들이 만들어낸 천연 무늬가 눈길을 끌었기 때문이다. 원목을 제재소에서 널빤지로 가공해 놓으니 옹이들이 아름다운 무늬가 되어있었다. 인간의 힘으로는 도저히 표현해낼 수 없는 아름다운 무늬였다.

이런저런 생각 끝에 무심코 감나무를 만지고 있는 내 손바닥을 살펴보니 굳은살이 박혀 있다. 이 또한 나무의 옹이처럼 그동안 내가 온갖 고생을 하며 힘들게 살아온 삶의 무늬라는 할 수 있겠다. 그래서 흔히들"손은 그 사람의 인생을 반영하는 거울이다" 라고 한다.

옹이 속에는 그 나무가 자라면서 겪은 온갖 풍상이 서려 있다. 이와 마찬가지로 대부분의 사람들이 겉으로는 아무렇지 않게 보이지만, 가슴속에 옹이와 같은 응어리를 품고 살아간다.

더욱이 역사적 격동기를 겪어 온 우리 세대에는 그 정도가 더 심하다.

옹이는 고통을 끌어안고 견딘 끝에 만들어진다. 참고 견디지 못하면 옹이도 없다. 그러니 옹이는 부끄러운 흉터나 혹이 아니라 삶의 훈장이고 사리(舍利)라 할 수 있다. 온갖 풍파를 겪고 피어난 꽃이 더 향기롭듯이 역경을 이기고 만들어진 옹이에서 깊은 삶의 향기가 느껴진다.

≪에세이21≫ 2019년 여름호

동지팥죽

　시화전 관람을 마치고 일행들과 동지팥죽을 먹으러 갔다. 근처에서 가장 유명한 맛집이라고 하여 잔뜩 기대하고 음식이 나오기를 기다렸다. 한참 후 주문한 음식이 나와서 한 숟가락 떠보니 내가 생각했던 팥죽이 아니어서 크게 실망했다. 동지팥죽이 아니라 그냥 쌀죽에 새알심이 몇 개 들어 있을 뿐이었다. 그렇지만 모두 들 맛있게 먹고 있는데 좋은 분위기를 흐릴까 봐 조심스러워 차마 불평할 수 없어 잠자코 따라 먹었다.

　동지팥죽은 단순한 음식이 아니라 오랜 세월 우리 민족과 함께한 풍습과 문화의 산물이다. 옛날에는 설과 대보름, 한식, 단오, 추석, 동지를 가장 중요한 5대 명절로 여겼다. 그중에서 동지는 24절기 중에서 가장 의미가 깊은 절기다. 동지는 한자로 겨울 동冬, 이를 지至 자를 쓰며, 겨울에 이르렀다는 의미를 담고 있다. 동지는 하루해가 가장 짧았다가 다시 길어지기 시작하는 날로, 새해의 출발을 상징하기도 한다. 이날은 죽었던 햇볕의 따뜻한 기운이 다시 태어나 새로운 해로 소생하는 날로 여겼다. 그런 의미에서 동지를 작은 설이라고 했으며 팥죽을 쑤어 집안 곳곳에 뿌리고 액 막음을 하며 새해의 무사 안일을 빌었다.

어린 시절 어머니는 동지 하루 전부터 팥죽 끓일 준비를 하느라 분주했다. 팥과 찹쌀을 씻어 물에 불리고 충분히 불린 팥은 삶아서 체에 밭치고 으깨면서 껍질과 건더기를 분리했다. 또 찹쌀은 물기를 뺀 다음 맷돌에 갈아서 가루로 만들고 기도하는 마음으로 정성을 다해 재료를 준비했다.

그날 밤에는 석유 등잔불 아래 식구들이 모여 앉아 찹쌀가루 반죽을 조금씩 떼어 손바닥에 올려놓고 둥글둥글하게 만들었다. 밤늦도록 염원과 소망을 담아 새알심을 빚었다. 새벽닭이 울면 이렇게 준비해 둔 재료로 정성스럽게 팥죽을 쑤어 하얀 사기그릇에 담아서 장독대에 올려놓고 가족의 건강과 행복을 빌었다. 기도를 마친 뒤 붉은 팥죽 국물을 집안 곳곳에 뿌려 잡귀나 나쁜 기운을 쫓는 의식을 행한 다음, 온 가족이 둘러앉아 팥죽을 나눠 먹었다. 그때 어머니가 끓인 죽은 맛이 깊고 진한 팥의 풍미가 입안에 가득 퍼지고 사르르 녹아내리는 느낌이 들었다.

그 시절에는 집집마다 팥죽을 쑤었지만, 서로 주고 싶은 마음에 똑같은 음식을 이웃과 함께 나누어 먹으며 정을 쌓아갔다. 죽을 주고받을 때 옹기와 사기그릇밖에 없어 불편했지만, 이웃과 나누고 싶은 마음 앞에서 그런 불편은 이유가 되지 않았다. 이처럼 동지팥죽은 단순한 음식이 아닌 공동체의 화합을 도모하는 매개체 역할을 했다.

동지의 의미와 유래를 알고 나면 더욱더 특별한 생각이 든다. 동지에 팥죽을 먹는 이유는 귀신이 빨간색을 무서워한다는 전설이 있어서, 빨간색인 팥에 사악한 기운을 물리치는 힘이 있다고 믿었기 때문이라고 한다. 특히 새알심의 의미와 그 풍습은 둥근 모양이 가족의 화합과 행복을 상징한다고 한다. 또 알은 새로운 탄생과 소생(蘇生)의 상징으로, 고구려의 시조인 주몽, 신라의 박혁거세, 가야국의 시조 김수로왕과 같은 건국 신화에서도 알은 새로운 시작을 의미한다. 특히 팥의 붉은색이 음기를 물리치고 악귀를 쫓는다고 여겼으므로 새알심의 숫자만큼 주변의 모든 사람의 행복과 평안을 바라는 붉은 기도가 담겨 있다. 새알심 하나하나에 담긴 천년의 지혜와 그 죽을 쑤는 사람의 기도하는 마음이 담겨 있는데 그런 새알심을 빼놓고는 동지팥죽이라고 할 수 없다.

그날 우리가 찾아간 식당 주인은 전통 동지 팥죽을 먹어보기나 했는지, 동지 팥죽에 대한 유래와 의미는 알고나 있는지 의문스럽다. 새알심을 옹심이라는 사투리를 사용하며 팥죽에 새알심을 충분히 넣지 않는 것으로 보아 그런 생각이 든다. 전통 음식은 단순히 배를 채우는 것이 아니라 우리 조상들의 삶의 지혜와 역사가 담긴 문화유산이니 온전히 보전되었으면 싶다.

대부분 어머니가 만들어 주었던 음식을 최초의 맛으로 기억한다. 특히 농촌이 고향인 사람들은 마음속에 항상 고향에 대한 짙은 향수가 깔려있다. 그건 아마도 나이가 들어갈수록 어릴 적 추억이 서린 고향으로 돌아가고 싶은 귀소본능 같은 게 있어서일 것이다. 추억의 음식 또한 마치 잃어버린 고향의 냄새가 코끝을 간질이는 것처럼 우리의 마음속 깊은 곳으로부터 그리움이 피어오른다.

　동지팥죽은 여느 때보다 동지에 먹어야 제맛이 난다. 매서운
겨울 날씨에 따뜻한 동지 팥죽은 추억을 떠올리게 하고 온돌방
아랫목처럼 마음까지 따뜻하게 해준다. 고향을 떠나온 지 반백
년의 세월이 흐른 지금도 추운 겨울이 되면 뜨끈뜨끈한 동지팥
죽 생각이 초가지붕의 굴뚝 연기처럼 모락모락 피어오른다.

　오늘 식당에서 먹은 얼치기 음식이 아닌, 옛날 팥죽 본연의
그 맛을 제대로 느낄 수 있는 그런 죽이 먹고 싶다. 한 해의 건
강과 평안을 기원하는 마음으로 빚은 새알심을 되직하게 넣고,
액운을 타파하는 붉은 기도로 정성껏 끓인 죽을 먹으며 추억의
맛을 소환하고 싶다.

≪에세이21≫ 2025년 여름호

바코드

대형마트 계산대마다 쇼핑카트가 길게 줄지어 서 있다. 구매한 모든 물건은 상품에 붙어있는 바코드를 스캐너로 읽혀서 계산된다. 바코드에는 표준형 13자리 숫자와 단축형 8자리 숫자, 두 가지가 있으며, 국가, 제조사, 상품명 등 순서로 구성되어 있다.

우리는 모두 바코드 세상에 살고 있다. 사람도 상품처럼 태어나면서부터 숫자로 운명이 결정된다. 그 첫 번째 인생 바코드는 주민등록 번호라 할 수 있다. 이를 시작으로 성장과 함께 어린이집에서부터 학교까지 숫자로 분리한다. 학년과 반이 편성되고 성적 순위로 맑고 아름다운 동심을 빼앗긴다.

학교라는 울타리를 벗어나면 남자는 군대에서 군번이 주어진다. 또 사회 활동을 하면서부터 더 많은 숫자에 갇히게 된다. 직장인은 연봉과 계급으로, 사업하는 사람은 각종 인허가 번호, 은행 계좌 번호, 등으로 나를 개념 짓는다.

그렇지만 똑같은 상품이라도 판매되는 장소와 브랜드에 따라 가격 차이가 나듯이 사람도 이와 같다. 그래서 자리가 사람을 만든다고 말한다. 이 말속에는 주어진 환경에 따라 숨은 능력을 발휘하게 된다는 의미가 담겨 있다. 그보다 똑같은 일을 해도 직책에 따라 가치가 다르게 평가받는다는 뜻이 더 강하다.

흔히들 사주팔자를 인생 바코드라 하고 미래를 여는 번호는 자격증이라고 말한다. 그런데 사주팔자는 같아도 주어진 환경에 따라 그 운명은 아주 다르다.

아주 옛날 한날한시에 태어난 두 아이가 있었는데, 똑같이 왕이 될 사주였다고 한다. 한 아이는 왕실에서 태어났고 한 아이는 천민의 자식으로 태어나 성인이 되었다. 한 아이는 그 나라의 왕이 되었고, 다른 아이는 거지왕이 되었다는 이야기가 있다. 이와 마찬가지로 똑같은 학교를 졸업하고 같은 자격증을 가지고 있어도 저마다 아주 다른 삶을 살아가게 된다.

하지만 우리의 삶은 누군가에게 높은 평가를 받기 위해서 보다는 스스로 만족한 삶을 살기 위해서 최선을 다한다. 인생이란 결과도 중요 하지만, 그 과정이 더 중요하기 때문에 주어진 현실에서 혼신의 힘을 다한다. 그래서 땀과 열정으로 시련을 극복한 사람에게 더 큰 박수를 보낸다.

요즘 '내 인생의 바코드를 읽어라' 는 책이 인기를 모으고 있다고 한다. 나는 한때 자신의 미래를 훤히 알 수 있다면 인생을 보다 효율적으로 살아갈 수 있을 것이라는 생각을 했던 때가 있었다. 그런데 운동선수가 경기에서 승패를 미리 알고 있다면 최선을 다하지 않을 것이며, 관중들도 결과를 미리 알고 있으면 구경하는 재미가 없을 것이다. 마찬가지로 인생도 자신의 앞날을 미리 알고 있다면 그 누구도 열심히 노력하지 않을 것이다.

≪월간 문학≫ 2020년 8월호

글쓰기와 요리

　설 명절을 앞두고 아내는 명절 음식을 준비하느라 분주하다. 나는 할 줄 아는 게 없어 도와주지 못하고 있으려니 미안한 마음이 들어 읽고 있던 책을 덮었다. 하지만 마땅히 할 일이 없어 텔레비전을 켰더니 전문 요리사가 명절 음식에 대해 소개하고 있다.

　그의 첫마디가 "요리는 단순히 음식을 만드는 행위가 아니라, 재료와 조리법을 통해 맛과 향을 만들어내는 창조적인 예술입니다"라고 했다. 요리사의 그 말을 듣는 순간! 문득 요리하는 것과 글 쓰는 과정이 닮았다는 생각이 든다. 요리에서 재료가 맛과 영양을 결정하듯. 글도 소재에 따라 작품의 수준이 결정되기 때문이다. 그뿐만 아니라 요리 솜씨가 좋으면 몸 건강과 마음을 즐겁게 해주고, 글솜씨가 좋으면 정신 건강과 삶을 변화시켜 주니 더욱 그렇다.

　요리도 글쓰기도 재료 준비로부터 시작된다. 요리할 때 각종 식재료를 준비하듯 글을 쓰기 위해서는 생활 속에서 느꼈던 특별한 장면이나 단어를 그러모은다. 똑같은 식재료도 조리법에 따라 다양한 요리로 탄생하듯, 같은 소재라도 어떤 장르의 글을 쓰느냐에 따라 글의 양상도 사뭇 달라진다. 그뿐만 아니라 아무리 좋은 식재료라도 요리 솜씨가 없으면 맛 좋은 음식을 만들 수 없고, 글솜씨가 없으면 좋은 작품이 될 수 없다.

평소 내가 글을 쓰리라고는 상상도 못했다. 사업을 그만둔 뒤 새로운 취미활동을 통해서 단조롭고 무료한 일상에서 탈피하고 싶어 시민대학을 찾아갔다. 아직 접수 시간이 되기 전에 너무 일찍 도착하여 기다리는 동안 안내 책자를 읽어보니 수많은 강좌 중에서 배우고 싶은 프로그램이 없었다. 그냥 돌아갈까 생각하고 있는데, 내 나이 또래의 남녀 십여 명이 오더니 접수창구 앞에서 차례로 줄을 섰다. 그 모습을 보고 이왕 왔으니 나도 따라 해보자는 마음으로 그들 뒤에 서 있다가 시 창작 강좌에 수강 신청을 했다. 식당에서 많은 사람이 주문하는 모습을 보고 덩달아 같은 음식을 주문하는 경우와 같다. 접수를 시작한 지 얼마 안 되어 정원이 마감되었다며 더 이상 접수를 받지 않았다. 뜻밖의 광경에 시 창작에 관심을 가진 사람들이 이렇듯 많다는 사실에 놀랐다.

수업 시간에 지도 교수님께서 이해하기 쉽고 울림이 깊은 시가 좋은 시라고 하셔서 나는 그런 시를 쓰려고 노력했다. 그중에서 자유시보다는 정형시를 더 즐겨 썼다.

시를 쓰기 시작한 지 2년째 되던 어느 날이었다. 수업 시간에 난해 시를 잘 쓰기로 평판이 높은 이의 작품을 가지고 각자 평가하게 되었다. 대부분 칭찬을 하는데 유독 어느 한 여성이 문장이 유려하지도 않고 내용을 이해할 수도 없으니 시도 아니라고 혹평을 했다. 그러자 그 시를 쓴이가 얼굴색이 갑자기 바뀌더니 자리에서 일어나 교실을 나가 버렸다. 그러자 교수님께서 "다 같이 배우는 입장에서 문제점을 지적하는 것은 좋지만, 시도 아니라는 극단적인 표현은 삼가야 합니다. 잘못 쓴 시는 있어도 시가 아닌 시는 없습니다. 어떤 글이든 기본적인 구성만 갖추면 각자 취향이 다르기 때문에 좋고 나쁨이 없고, 우열을 가리기도 힘듭니다. 그래서 문학에는 정답이 없다고도 합니다."라고 했다.

강의실을 나가버렸던 그는 다시 오지 않았고 그날 합평 받았던 시는 문학상 공모에서 동상을 받은 작품이었다고 했다. 문학상에 입상은 했지만, 대상을 받지 못했으니 좀 더 수정 보완하여 자신의 대표작으로 삼으려고 했는데 혹평을 듣고 마음이 몹시 언짢던 것이다. 아무리 훌륭한 요리도 저마다의 입맛과 취향에 따라 호불호가 갈리듯, 글 또한 이처럼 저마다 전문적인 지식이나 취향에 따라 호불호가 갈린다는 사실을 깨달았다.

그런 일이 있고부터 어쩐지 시 쓰기가 싫어졌다. 요즘 문학상을 수상한 작품들을 보면 대부분 이해하기 어려운 난해한 시인데, 나는 그런 시를 쓸 줄 모를 뿐만 아니라 독자들이 이해할 수 없는 글을 써서 무엇하냐 하는 생각이 들었기 때문이다. 나도 주간신문사에서 공모하는 문학상에 응모하여 상을 받기도 했지만, 그건 심사위원의 취향이 나와 맞았거나 아니면 운이 좋았기 때문일 것이라는 생각이 들었다.

글쓰기를 그만두고 다른 취미를 찾아봐야겠다는 생각을 하고 있을 무렵 문우로부터 전화가 왔다. 도봉문화원에 수필을 잘 가르치는 선생님이 있으니 한번 찾아가 보라는 것이었다. 거리가 너무 멀어서 싫다고 했더니 강사의 명성을 듣고 경기도에서 다니는 사람도 있다고 하기에 한 학기만 수강해 볼 생각으로 등록했다.

수업을 받으면서 소문으로 듣던 대로 잘 가르친다는 생각이 들었다. 강의를 듣고 있으면 머리가 훤해지는 것 같고 나도 글을 쓸 수 있다는 자신감이 생겼다. 선생님은 일상적 경험이나 사소한 사건을 새로운 시각으로 바라보는 낯설게 하기를 강조했다. 그 가르침을 명심하고 수업 시간에 배운 대로 쓰려고 노력했다. 하지만 타고난 소질도 남다른 재능도 없이 노력만 한다고 누구나 좋은 글을 쓸 수 없는 일이기에 이론처럼 글이 잘 써지지 않았다. 그렇지만 최소한 신변잡기라는 평만은 듣지 않으려고 최선을 다했다.

요리사가 아무리 최선을 다해도 매번 음식 맛이 똑같지 않듯이, 각고의 노력을 기울여 글을 써도 작품의 완성도가 들쑥날쑥하다. 더욱이 칠순을 넘고부터 점점 발전하는 것이 아니라 퇴보하고 있어 글쓰기를 그만둘까 하는 생각이 들 때도 있다.

깊이 헤아려 볼수록 글쓰기와 요리는 공통점이 아주 많다. 좋은 재료에 훌륭한 요리 솜씨가 더해져서 최고의 음식이 만들어지듯, 글을 쓰는 일도 작품의 바탕이 되는 글감이 좋아야 한다. 그뿐만 아니라 요리사는 음식을 맛있게 먹어 주는 사람이 없으면 요리를 계속할 수 없고, 작가는 독자가 없으면 글을 계속 쓸 수가 없다.

이처럼 공통점이 많지만 요리하기보다는 글쓰기가 더 어렵다는 생각이 든다. 좋은 음식 재료는 돈으로 살 수 있지만, 글감은 그럴 수가 없으니 작가는 좋은 재료를 찾기 위해 끊임없이 연구하고 고민해야 한다. 또 요리는 조미료를 사용해서 맛을 높일 수 있지만, 글은 그럴 수가 없으니 근면과 끈기를 바탕으로 많이 읽고, 더 많이 생각하고, 많이 쓰는 방법밖에 없다.

『대표에세이』 2025년

누님의 거칠고 굽은 손

시제(時祭)에 참석하기 위해 서울에 거주하고 있는 동기간들이 함께 고향을 찾아갔다. 사촌 누님댁에 도착하니 사랑과 정성이 듬뿍 담긴 푸짐한 밥상이 우리를 기다리고 있다. 두 분의 누님과 누이동생, 세 자매가 힘을 모아 며칠 전부터 준비한 음식이라는 것을 한눈에 봐도 알 수 있다.

식사하면서 맞은편에 앉아 있는 사촌 누님의 손을 보니 손가락 마디마디가 울퉁불퉁하고 손끝이 갈퀴처럼 심하게 휘어져 있다. 평생 가족과 주변 사람들을 위해 끊임없는 희생과 헌신을 해온 세월이 느껴져 안쓰러운 생각이 든다.

누님은 육 남매의 맏이로 태어나 어려서부터 어른스러웠다. 그래서 어른들께서 누님을 가리켜 저 아이 가슴속에는 노인이 들어앉아 있다고 칭찬하셨다. 성년이 되자 중매로 가문만 보고 결혼했다. 무늬만 농부이고 완전한 농사꾼이 되지 못한 선비 같은 사람을 만나, 힘든 세월을 보냈다. 하지만 혹시라도 남편 체면 깎일까 봐 조심하며 억척같이 가난한 살림을 일으켰다.

이제 팔순을 바라보는 나이라 몸 이곳저곳 안 아픈 곳이 없다고 하면서도 주변 사람들을 위해서 끝없이 헌신하고 베풀기만 한다. 우리가 고향에 내려갔다 돌아올 때마다 친동기간 사촌 가리지 않고 이것저것 농산물을 바리바리 챙겨주신다. 이렇게 늘 받기만 하여 염치가 없고 미안한 생각이 들어 내가 용돈을 조금 드리고 왔더니 결국은 그 돈으로 찹쌀 한 가마니를 택배로 보내 주셨다. 그것도 자기 집에 없는 쌀을 일부러 사서 보내주었다는 것을 친누님을 통해서 알았다.

친누님 또한 사촌 누님과 마찬가지로 가족과 주변 사람들을 위해 희생하며 한평생을 살아왔다. 매형께서 가정은 뒷전이고 술 좋아하고 놀기 좋아하며 평생 직업도 없이 신선놀음하듯 허송세월하셨다. 어쩔 수 없이 누님이 공장과 남의 식당에서 일하여 가정 경제를 책임지셨다. 하지만 아무리 생활이 어렵고 힘들어도 누구를 원망하거나 불평하지 않았다. 이런 누님을 주변 사람들은 바보같이 착한 사람이라고 했다.

우리 모두 바쁘게 살아가는 사람들이라 헤어지기 아쉬운 마음을 안고 서울로 돌아와야만 했다. 승용차에 오르기 전에 서로 인사를 나누며 잡은 누님의 거칠고 주름진 손은 희생과 고통의 세월이 배어있다. 평생 고생만 하다가 부쩍 늙어버린 모습을 보니, 안쓰러운 마음과 함께 깊은 정이 전해져온다. 손은 그 사람이 살아온 세월의 무늬가 고스란히 새겨져 있어, 말보다 더 진한 느낌을 준다. 아름다운 손이란 곱게 잘 가꾸어진 손이 아니라, 다른 사람의 상처를 어루만져주고 눈물을 닦아주는 누님의 손과 같은 사랑의 손이다.

어린 시절, 어머니는 나를 바르고 강한 사람으로 기르기 위해

항상 엄격했지만, 누님은 언제나 내 편이 되어 따뜻하게 감싸
주었다. 그래서 나에게 누님이라는 이름 속에는 따뜻함과 포근
함이 배어있다. 오랜 세월 만나지 못해도 언제나 가슴속에 있
고, 멀리 떨어져 있어도 정답게 다가오는 그런 이름이다.

2020년 6월

그립지 않은 고향

고향을 떠난 지 반백 년이 훌쩍 지나서 찾아 왔다. 오랜만에 와보니 나를 기억하는 사람들은 대부분 노인이 되어있고 그 옛날의 포근함이 느껴지지 않는다. 문득 정지용 시인의 '고향에 고향에 돌아와도 그리던 고향은 아니러뇨'라는 시 한 구절이 떠오르고 마음이 시려온다.

나는 한국전쟁 휴전협정이 체결되던 1953년에 국민학교(초등학교)에 입학했었다. 그 시절에는 학교도 가정도 가난했다. 교실이 부족하여 학년별로 오전반 오후반으로 나누어 등교하거나 정자나무 아래서 수업을 받기도 했다.

학생이 없던 우리 집에는 책은 물론 글씨가 인쇄된 종잇조각조차도 없었다. 글씨가 있는 곳이라곤 벽에 걸린 달력 한 장뿐이었다. 종이가 귀하던 시절이라 공책(노트)은 백로지(질이 낮은 백지)로 만들었고 연필도 글씨가 잘 써지지 않아 혀끝으로 침을 발라가며 썼다. 연필이 닳아 짧아지면 대나무에 끼우거나 젓가락에 묶어서 쓰기도 했다.

가난 속에서도 나는 유난히 키가 빨리 자랐기 때문에 몸에 맞지 않은 옷을 입고 살아야만 했다. 유난히 짧은 바지 입기 싫어

하는 나를 위해, 어머니는 천 조각을 덧대어 길이를 이어주셨다. 재봉틀이 없어 손으로 한 땀 한 땀 꿰맨 자리가 매끄럽지 않았다. 더욱이 새로 이은 천의 색깔이 옷 색깔과 달라 내 옷에서는 가난이 뚝뚝 흘렀다. 어린 시절의 그런 기억 때문에 평생 짧은 바지를 싫어했고, 무더운 여름철에도 반바지를 입지 않았다.

1961년 5월 16일 군사 쿠데타가 일어나 온 나라 혼란에 빠져 있던 당시 내 나이 열여섯 살 때였다. 어느 날 지게를 짊어지고 가다가 길가에서 학교 가는 동무를 우연히 만났다. 하얀 운동화에 교복을 멋있게 차려입은 동무 앞에, 찢어진 검정 고무신에 꾀죄죄한 옷차림으로 서 있는 내 처지가 참으로 처량하게 느껴졌다. 동무가 반갑게 말을 걸어왔지만 나는 초라한 내 모습이 창피하여 대답도 못 했다. 그 순간! 나는 평생을 이렇게 생활의 밑바닥에서 남을 부러워하면서 살아가게 되겠구나 하는 생각이 문득 들었다. 그렇다고 누구를 원망할 수도 없는데 가슴 깊은 곳에서는 뜨거운 무언가가 치밀어 올라왔다.

내 힘으로 어쩔 수 없는 환경만 탓할 것이 아니라 미래를 위해서 나도 뭔가 준비를 해야겠다는 생각이 들었다. 하지만 아무리 생각해봐도 유일한 수단은 독학을 하는 방법밖에 없었다. 며칠을 고민한 끝에 통신강의록 책을 주문했다. 이 책은 통신 교육을 목적으로 발간되었으며 가르쳐주는 사람 없이 혼자서 쉽게 학습할 수 있도록 엮어져 있었다. 그런데 국민학교에 다닐 때 공부의 중요성을 느끼지 못하고 줄곧 놀기만 했기 때문에, 기초가 되어있지 않아 이해할 수 없는 내용이 많았다. 그래서 상급 학교에 다니고 있는 사촌 형제들을 찾아가서 모르는 부분은 물어가며 국민학교 교과서부터 다시 공부했다.

무엇보다 공부를 잘하려면 머리가 좋아야 하는데 나는 그렇지 못했다. 우리 집안은 재종형제들까지도 모두가 총명했다. 보통 총명한 것이 아니라 천재에 가까운 형제들도 여러 명 되었다. 그런데 나만은 예외로 겨우 평균 수준 밖에 안 된다. 나에게 내세울 것이 있다면 부지런함과 집념뿐이었다.

이렇게 공부를 시작한 지 2년쯤 될 무렵이었다. 밥을 먹고 나면 가슴이 답답하고 소화가 잘 안 되었다. 그 원인이 공부할 때 책상이 없어 방바닥에 엎드려서 오랫동안 가슴에 베개를 고이고 있어서 그런 줄로만 알았다. 그런데 점점 증세가 악화되어 속이 쓰리고 아파서 밤잠을 설치는 날이 많아졌다. 당시 통증을 가라앉히는 약은 된장을 진하게 풀은 물을 마시거나 소다가루를 먹는 방법밖에 없었다. 지금 생각해보니 무슨 일이든 한번 마음먹으면 꼭 하고야 마는 고집스러운 성격 탓으로 스트레스를 많이 받아서, 소화불량을 일으켰던 것으로 짐작된다.

날이 갈수록 병이 악화되어 하혈까지 했지만, 가족들에게 말도 못 했다. 당시 한국전쟁에서 휴전이 된 지 10년밖에 안 된 때라서 밥을 굶는 가정도 많았던 시절이라, 가난한 살림에 병원에서 치료받을 수 없는 형편이었기 때문이다.

누구나 자기가 태어나고 자랐던 정든 땅을 떠나고 싶은 사람은 없다. 하지만 나는 고향에 정을 붙이고 살아갈 수가 없었다. 꿈을 박탈당하고 웃음을 잃어버린 삶 속에서 모진 병마에 시달리기까지 했기 때문이다. 이는 고향을 떠나라는 것보다 더 혹독한 구박이었다. 그래서 죽더라도 도시로 나가서 죽겠다는 각오로 고향을 떠나게 되었다. 고향을 떠나면서 새로운 인생을 열어 가겠다는 뜻으로 내 이름도 바꾸었다. 그런 모진 각오를 했었기 에 한때 밥을 굶고 잠잘 곳이 없어 거리를 헤매면서도 이를 악 물고 버틸 수 있었다.

당시 도회지로 나와서 밥벌이만 해도 절반은 성공한 것이라고 여겼다. 일을 배운다는 명목으로 밥 먹여주고 잠자리만 제공해 주면 보수도 없이 일하는 사람들도 많았다. 배고픔을 해결하기 위해서는 노예나 짐승 같은 대접을 받으면서도 속울음을 삼키며 버티었다. 그래서 당시 평화시장에서 재단사로 일하던 전태일이라는 청년이 1970년 겨울 '우리는 기계가 아니라 사람이라고 외치면서' 스스로 자신의 몸에 석유를 뿌리고 22살의 한창나이에 자살하는 사건이 일어나기도 했다.

나는 평소에 고향을 그리워해 본 적이 없다. 고향 하면 대부분 그리움을 말하고, 나이가 들면 추억을 먹고 산다고 한다. 하지만 나에게 고향은 내가 태어나고 자란 곳이라는 의미 외에는 가슴 아픈 기억밖에 없기 때문이다. 내가 가끔 고향을 찾아간 것은 그곳이 그리워서가 아니라 부모 형제들이 살고 있으니 최소한의 도리를 하기 위해서였다. 그렇게 큰마음 먹고 찾아가면 잊고 있던 가슴 아팠던 기억들이 되살아나서 마음고생을 했다.

삶의 조각보

　수공예에 대해 조예가 깊은 문단 선배로부터 뜬금없이 전화가 왔다. 인사동에서 조각보 전시회가 열리고 있으니 구경 오라는 것이었다. 조각보가 무슨 특별할 게 있다고 그러는가 싶었지만, 일부러 전화까지 해주는 성의가 고마워 전시장으로 갔다.

　선배는 나를 보자 반가운 얼굴로 "잘 오셨습니다. 김선생은 남다른 감각을 지닌 사람이니 오늘 전시회 구경을 하면 좋은 글감을 하나 얻을 수 있을 것입니다."라고 했다. 선배의 말을 듣고 보니 지난날 시민대학 문예 창작 교실에서 지도 교수님께서 하셨던 말씀이 문득 떠올랐다.

　"글을 잘 쓰려면 겉보다는 본질을 꿰뚫어 보는 통찰력이 있어야 한다. 사물이나 세상사를 겉으로 나타난 대로만 보지 말고 의미를 찾아서 표현하고 감춰진 것을 찾는 노력이 필요하다. 글은 손으로 쓰는 것이 아니라 눈과 가슴으로 써야 좋은 작품이 된다."라고 말씀하셨던 기억이 난다.

　전시장에는 조각보뿐만 아니라 커튼과 쿠션, 방석 등 다채로운 작품들이 전시되고 있다. 내가 예상했던 것과는 다르게 색채의 조화로움과 세련된 조형미에 놀라고, 관람객들이 많은데 또

놀랐다. 조각보가 이처럼 예술성이 뛰어나기에 미국, 영국, 프랑스, 호주, 독일, 벨기에, 일본 등 세계 10개국에서 40여 차례나 전시회를 개최했었다는 것을 실감할 수 있었다.

내가 조각보를 처음 본 것은 1970년이었다. 나와 같은 건물에 세를 들어 사는 신혼부부가 있었는데. 남편의 직장은 방문판매 회사 수금 사원이었고 부인은 봉제 공장에서 근무했다. 그 부인은 공장에서 제품을 만드는 과정에서 나오는 자투리 천으로 조각보를 만들어서 지인들에게 나누어 주었다. 그 당시는 조각보에 대한 인식과 이해가 척박하던 시절이라, 어떤 사람은 고맙다고 받아가고 어떤 사람은 이런 누더기를 무엇에 쓰라고 주느냐고 받아가지 않았다.

조각보를 만들 때 천 조각을 어떻게 배치하고, 어떤 생각으로 꿰매느냐에 따라서 느낌이 다른 조각보가 된다. 그뿐만 아니라 색의 밝음과 어두움, 조직의 곱고 거침에 따라 아름다움과 품격도 달라진다. 또 조각이 큰 것보다는 작은 조각들을 여러 개 붙인 것이 더 아름답다.

여러 형태의 조각보들을 보고 있으려니 우리의 인생도 이와 같다는 생각이 든다. 조각보는 효용 가치를 잃은 천 조각들이 모여서 보자기가 되었다. 이처럼 버려진 것들끼리 모여서 조각보가 되듯, 상처 입은 것끼리 보듬고 잇대어 삶을 이루는 조각보 같은 인생도 있다.

조각보는 밝고 고운 천 조각들을 모아서 만들어야 아름다운 작품으로 탄생한다. 그런데 나의 인생이라는 조각보는 잦은 실패와 굴곡진 삶을 살아온 탓으로, 색상이 어둡고 칙칙하며 무늬마저 곱지 않다. 더욱이 솜씨가 서툴러서 바늘로 손가락을 수없이 찌르는 것과 같은 세월을 살아왔으니 내 인생의 조각보는 부끄러운 수준이다. 그렇지만 나에게는 어느 한 조각도 버릴 수 없는 소중한 것들이다.

이제 다 늦은 나이, 이미 지나온 삶의 조각들은 바꿀 수 없으니 펜을 바늘 삼아 내 인생의 조각보에 화룡점정이 될 수 있는 글을 쓰도록 노력하고자 한다.

가슴속의 동굴

친구들과 부부 동반하여 강원도 삼척 환선굴 관광을 떠났다. 환선굴은 약 5억 3천만 년 전에 생성된 석회암 동굴로 동양 최대의 크기라고 하여 큰 기대를 안고 갔다. 동굴에 들어서자 콸콸 쏟아지는 물소리와 함께 웅장한 풍경에 가슴이 뻥 뚫린 것 같다. 더욱이 천 미터도 넘는 땅속에 시골마당처럼 넓은 공간이 있다는 사실이 놀랍고 신기했다.

내부를 둘러보니 동굴 곳곳에는 산호(珊瑚)와 영지버섯, 거북이와 항아리 모양의 종유석(鐘乳石)과 석순(石筍)이 산재해 있어 과연 지하의 궁전이라 할 만큼 황홀했다. 기기묘묘한 형상을 하고 있는 자연의 신비로움과 아름다움에 폭 빠져, 나는 일행과 떨어져 혼자 남게 되었다. 그래도 상관없이 내 생전에 다시 오기 힘든 곳이라는 생각이 들어 느긋한 마음으로 꼼꼼히 구경했다.

가늠할 수 없는 억겁의 세월을 거쳐 만들어진 동굴 속을 조용히 들여다보고 있으려니, 나도 어두운 삶의 동굴을 빠져나온 사람중에 한 사람이라는 생각이 문득 들었다.

환선동굴은 어쩌면 산의 아픔이요, 아물지 않는 상처라고 할 수 있다. 마찬가지로 우리들의 가슴속에도, 한평생 살아오는 동안 알게 모르게 받은 상처들이 동굴이 되고, 켜켜이 쌓인 아픔들이 석순처럼 자라 있을 것이다. 그런 슬픔과 아픔을 안으로 삭이며 남모르게 흘린 눈물들이 고여 있다면 아마도 한 사발은 될 테다. 하지만 밖에서 볼 때 이곳 덕항산의 높은 산 속에 이런 동굴이 있다는 상상이 되지 않듯이 사람들의 겉모습만으로는 가슴속 깊이 숨겨진 그 아픔을 상상하기는 어렵다.

우리 세대는 8.15해방을 전후하여 태어나서 6.25 전쟁을 겪었다. 이와 같은 시대적 격변기에 보릿고개까지 겹쳐 출구가 보이지 않는 캄캄한 동굴과 같았다. 더욱이 우리나라 서부 최남단에 자리 잡은 낙후된 마을에서 태어난 탓으로 그 정도가 더욱 심했다.

국민학교에 다닐 때는 시대적 혼란기에 입학 시기를 놓쳐서 같은 반 아이들끼리도 나이 차이가 많았다. 학교를 다녀도 집안일을 돕기 위해 결석하는 아이들이 많았고, 졸업할 때는 중학교 진학하는 사람이 학년 전체에서 5명뿐이었다. 그나마 여자는 단 한 명도 없었다.

그 후 1960년대의 급격한 산업화와 도시화로 국민들의 거주지를 복잡하게 흩뜨려 놓았다. 그런 까닭에 너도나도 출구가 보이지 않은 어두운 삶의 동굴로부터 탈출하기 위해 무작정 상경했지만, 성공은커녕 밥 굶지 않고 살기도 힘들었다. 대부분이 반듯한 직장도 없이 단칸 셋방에서 봉지쌀을 사 먹으면서 근근이 살았다. 죽고 싶다는 말은 살고 싶다는 역설이었고, 못 살겠다는 말은 정말 한번 잘살아 보고 싶다는 열망이었다. 겉으로는 모질고 강한척하며 버텨왔지만, 속으로는 억장이 무너져 내려

펄썩 주저앉고 싶을 때가 한두 번이 아니었다.

그와 같은 어려움 속에서도 모두들 용케도 자리를 잡고 각 분야에서 인정받았다. 지금은 대부분 현직에서 물러나 주변을 돌아보는 여유로움 속에 멋있게 나이 들어가고 있다. 그 모질고 힘든 세월을 견뎌온 친구들의 모습을 보고 있으면 참으로 장하다는 생각이 들어 마음속으로 박수를 보내게 된다.

땅속 깊이 수많은 바윗돌과 큰 동굴을 품고 우뚝 솟아 있는 이곳의 덕항산처럼, 겉으로는 아무렇지 않은 척하고 살아가지만, 저마다 가슴 속에 크고 작은 응어리를 안고 살아간다. 하지만 슬픔도 아픔도 함께 나누면 작아진다. 그래서 서로 아끼고 사랑하는 가정에서 살아온 사람들은 춥고 배고팠던 시절까지도 행복했던 것으로 기억된다. 하지만 아무리 부유한 환경에서 살아온 사람일지라도 차별을 받으면 마음의 상처를 입게 된다.

대부분 마음의 상처는 가까운 사람들로부터 받는다. 서로 부딪치며 살다 보면 정이 들기도 하지만 상처를 받기도 한다. 그 중에서 가족으로부터 받은 상처가 가장 아프다. 남에게 섭섭한 일이 있으면 옳고 그름을 따지고 풀 수 있지만, 가족들 사이에는 서운하다는 말조차도 꺼내지 못하고 혼자서 가슴앓이를 하게 된다. 그것이 응어리가 되어 평생을 안고 가는 경우가 많다.

나에게도 반백 년의 세월이 지나도 아물지 않는 상처가 있다. 한창 꿈에 부풀어 있어야 할 나이에 건강까지 좋지 않았다. 여기에 더하여 가까운 사람들로부터 받은 상처가 가난과 병고의 아픔보다 더 컸다.

그때의 일들을 떠올리면 지금도 가슴이 아린다. 하지만 그 누구에게도 털어놓고 말할 수 없으니 죽을 때까지 가슴속 깊이 묻고 가야 한다고 생각했다. 내 속마음을 털어놓는 순간, 또 다른 갈등을 부를 수 있기 때문이다.

아무리 친한 사이라도 자신이 직접 겪어보지 않고는 남의 아픔을 이해하기는 어렵다. 심지어는 함께 살아가는 식구들조차도 서로의 입장이 다르기 때문에 이해하지 못하는 경우가 많다. 그래서 속마음을 털어놨다가 나만 더 초라해질 수 있다. 더욱이 숨겨진 상처를 드러낸다는 것은 자기의 약점과 치부를 보여주는 일이기에 참으로 조심스럽고 큰 용기가 필요하다.

내 평생의 웃음을 모두 모아도 복 많은 사람 하루치도 안 될 것이다. 오죽하면 고향을 떠나온 순간, 내 이름까지 바꾸고 살아왔겠는가. 이처럼 아무에게도 말할 수 없는 상처를 안고 살아간다는 것은 참으로 고통스러운 일이다. 그래서 가슴 아팠던 일들을 잊으려고 애를 썼다. 이제 세월도 많이 흘렀고, 다 잊었다고 생각했는데 오늘 뜻하지 않는 곳에서 지난날의 상처를 다시 떠올리게 되었다.

지금까지의 나의 삶은 캄캄한 동굴에서 좁고 긴 터널을 통과하는 과정이었다. 동굴이나 터널은 모두 캄캄한 땅속에 있지만, 동굴은 출구가 없고, 터널은 출구가 있을 뿐만 아니라 밝은 세상과 연결된다는 점에서 아주 다르다. 이제 다 늦은 나이 아픈 기억들을 모두 잊고 싶다. 구토증이 발생할 때 모두 토하고 나면 속이 편해지듯, 이 글을 끝으로 지난날 어두웠던 내 삶의 동굴도 환선굴처럼 아름다운 추억으로 기억되었으면 한다.

편리함의 그늘

과학기술이 인류를 위협하고 있다. 텔레비전 뉴스에 최근 인터넷 전문은행의 출범과 함께 관련 주식들이 급부상하고 있다한다. 금융과 정보통신 기술을 융합한 새로운 시장이 열린 것이다. 점포를 유지하는데 소요되는 막대한 경비를 절감하고, 여기서 얻은 수익으로 보다 더 나은 조건의 서비스를 제공한다는 논리다. 결과적으로 일자리를 획기적으로 줄여서 수익을 올리고 있다는 이야기다.

최근 들어 인공지능과 로봇기술 발전에 관한 뉴스를 자주 접하게 된다. 이런 보도를 대할 때마다 기대보다는 더럭 걱정이 앞선다. 나날이 취업난이 심해지는 그 원인이 과학기술의 급속한 발전 때문이라는 생각이 들어서 그렇다.

이처럼 편리함만 따진다면 이 세상에 존재할 가치가 있는 것은 별로 없다. 하다못해 화초 하나를 기르는데도 신경이 쓰이고 귀찮다. 인간관계도 잘 유지하려면 헤아릴 수 없이 많은 신경을 써야 한다. 귀찮고 싫다고 모든 것을 기계로 대신할 수는 없다. 삶의 기본이 되는 음식을 장만하고 설거지하는 일이 귀찮다고 영양제 한 알로 해결한다면 어떤 현상이 일어나겠는가? 더 나아가 출산이 힘들다고 아기를 체세포 복제 기술로 태어나게 한다면 인간의 존엄성과 정체성을 잃게 될 것이다.

우리는 현재 난자(卵子) 은행이 상용화된 시대에 살고 있다. 1996년 영국에서 체세포복제로 양이 태어났고, 2년 뒤 일본에서는 소를 탄생시켰고, 최근에는 중국에서 원숭이를 복제했다는 보도다. 이런 뉴스를 볼 때마다 인류가 스스로 무덤을 파고 있다는 생각이 든다.

요즈음 경제적 논리를 앞세워 결혼을 하지 않겠다는 젊은이들이 늘어나고 있다. 보릿고개를 겪던 시절에도 10명이 넘는 자녀를 키우기도 했는데, 결혼은 해도 아이는 낳지 않겠다는 경향이 강해지고 있다. 이런 현상의 근본 원인은 과학기술 발전으로 일자리가 줄어들고 사교육비 증가에 있다. 보건복지부 통계에 의하면 출산부터 대학 졸업까지의 비용이 3억 9천만 원이라고 한다. 그렇게 힘들여 대학을 졸업해도 취업이 어렵고, 여기에 결혼비용과 전셋집 마련까지 포함하면 상상을 초월한다. 앞으로 과학기술이 발달하면 할수록 일자리는 더 많이 줄어들게 될 것이다.

현재 통신기계의 발전이 이를 충분히 증명하고 있다. 스마트폰 하나만 있으면 카메라, 라디오, 시계, 내비게이션, MP3 플레이어, PC 등이 따로 필요 없다. 이들 관련 제품을 생산하던 업체들이 이미 문을 닫았거나 어려움을 겪고 있다. 그만큼 수많은 일자리가 사라졌다.

2016년에 개최된 구글의 인공지능 알파고와 이세돌 9단과의 바둑 대결은 인공지능에 대한 경각심을 갖게 했다. 며칠 전 텔레비전 방송에서도 앞으로 5년 이내, 8,300만 개의 일자리가 사라질 것이라고 했다. 지금 초등학교에 입학한 어린이의 65% 가 현재 세상에 없는 새로운 직업을 가지게 될 것이라는 보도 다. 그뿐만 아니라 앞으로 30년 이내에 인공지능 로봇이, 지금 의 일자리 절반을 빼앗아갈 것이라 한다.

이 시대에 우리가 진정으로 추구해야 할 가치는 편리함보다 는 사랑과 인정으로 가득한 세상이다. 물도 없는 꽃병에 꽂힌 첨단과학기술로 만든 화려한 꽃보다는 푸른 들판에 피어난 풀꽃 의 향기가 벌 나비를 춤추게 한다.

≪은빛 날개를 펴라≫ 2015년

나는 서투른 삶의 조각가

초판 발행 2025년 8월 15일
지은이 김상환
펴낸이 김복환
펴낸곳 도서출판 지식나무
등록번호 제301-2014-078호
주소 서울시 중구 수표로12길 24
전화 02-2264-2305(010-6732-6006)
팩스 02-2267-2833
이메일 booksesang@hanmail.net

ISBN 979-11-87170-61-7
값 15,000원